Die Autorin

Jana Aston liebt Katzen, große Becher voll Kaffee und Bücher über Milliardäre, die Jungfrauen ihre Unschuld rauben. Sie hat ihren Debütroman geschrieben, während sie im Kundenservice im Einsatz war und Anfragen zu elektronischen Rechnungen entgegennahm, und sie wird für immer dankbar für den fiktiven Gynäkologen in *Wrong* sein, den die Leser so sehr in ihr Herz geschlossen haben, dass sie ihren Traum, im Schlafanzug zu arbeiten, wahrmachen konnte. Janas Bücher haben es auf die Bestsellerlisten der NYT, der USA Today und des Wall Street Journals geschafft, manche von ihnen sogar mehrmals hintereinander. Jana mag es gerne mehrmals hintereinander.

NEW YORK TIMES BESTSELLERAUTORIN

JANA ASTON

JUST ONE NIGHT

Gute Mädchen gibt es schon zu viele …

Contemporary Romance

Aus dem Amerikanischen von Friedericke Bruhn

ROMANCE EDITION

JUST ONE NIGHT:

Gute Mädchen gibt es schon zu viele ...

Jana Aston

8712 Niklasdorf, Austria

1. Auflage
Covergestaltung: © Sturmmöwen
Titelabbildung: © sakkmesterke (Depositphotos)
Korrektorat: Melanie Reichert

Printed in Germany

ISBN-Taschenbuch: 978-3-903130-90-6
ISBN-EPUB: 978-3-903130-91-3

www.romance-edition.com

1. Kapitel

Violet

Ich kann das.

Daisy kann es ja auch. Sie macht es ständig. Eigentlich möchte ich nicht andeuten, dass meine Schwester das Luder von uns beiden ist, aber letzten Endes ist sie das.

Ich richte meinen Blick wieder zur Hotelbar und sehe dem Fremden in die Augen. Drei Sekunden lang. Für drei ewige Sekunden starren wir uns an, ehe ich lächle und wegsehe. Diesen Tipp habe ich aus einer Frauenzeitschrift. Der Artikel hatte eine Überschrift, die in etwa lautete: *Wie du in zwanzig Minuten oder weniger jeden Mann rumkriegst, den du willst.* Der Drei-Sekunden-Blick und das Lächeln waren der zweite Tipp. Der dritte lautete, ihn anzusehen und sich dabei über die Lippen zu lecken. Doch ich glaube, dass das jenseits meiner Fähigkeiten liegt. Denn dabei handelt es sich schon um Verführung für Fortgeschrittene und ich bin definitiv eine Anfängerin auf diesem Gebiet.

Der erste Tipp besagte, man solle den Mann ansehen und dabei an seinen Haaren herumspielen. So dumm.

Ich hab's trotzdem gemacht.

In verzweifelten Zeiten ...

Wenn Tipp Nummer zwei nicht wirkt, gehe ich zurück auf mein Hotelzimmer. Allein.

Moment ... sind diese Tipps vielleicht darauf ausgerichtet, dass man sie alle auf einmal anwendet? Hätte ich ihn drei Sekunden ansehen, lächeln und gleichzeitig noch mit meinem Haar herumspielen sollen? Vielleicht habe ich es verbockt? Ach, was soll's. Ich meine, wie soll das überhaupt funktionieren? Als ob es wirklich nur drei Sekunden Blickkontakt bräuchte, um einen heißen Fremden dazu zu kriegen, mit mir ins Bett zu gehen. Wie soll das klappen?

Daisy wüsste es.

Manchmal hasse ich es, dass sie scheinbar immer auf alles eine Antwort hat, als hätte sie schon viel länger gelebt als ich, was definitiv nicht der Fall ist.

Ich seufze, während ich die Cocktailkirsche beobachte, die im Rest meines Drinks herumschwimmt. Ich frage mich, ob ich sie erreiche, wenn ich das Glas etwas kippe, oder ob sie einfach am Boden haften bleibt und mich wie eine Idiotin aussehen lassen würde.

Idiotin, entscheide ich.

Ich sollte um die Rechnung bitten und gehen, denn ich habe eine geschäftige Woche vor mir. Eine lange, bedeutende und mit an Sicherheit grenzender Wahrscheinlichkeit desaströse Woche. Daher sollte ich mir lieber eine ordentliche Mütze Schlaf gönnen, statt hier zu sitzen und Verführungstricks aus einer Zeitschrift auszuprobieren, die ich unter dem Sofa meiner Schwester gefunden habe. Aber als ich den Kopf hebe, um nach der Rechnung zu fragen, wird ein neuer Drink vor mich hingestellt.

»Von dem Typen in dem blauen Shirt«, sagt die Barkeeperin mit kurzem Blick in dessen Richtung. Dann lächelt sie mich an und zieht beiläufig eine Braue in die Höhe, ehe sie sich einem Gast zuwendet, der nach einem weiteren Drink ruft.

Heilige Scheiße, es hat funktioniert? Der dreisekündige Blick und das Lächeln haben tatsächlich gewirkt? Überrascht weite ich meine Augen, während ich zu dem Mann am anderen Ende der Bar spähe und dann wieder zu dem Drink vor meiner Nase starre. Was zur Hölle habe ich mir dabei gedacht? Was soll ich jetzt machen? Ich hätte besser den ganzen Artikel lesen sollen.

»Stört es dich, wenn ich mich zu dir setze?«

Als ich aufblicke, steht er neben meinem Stuhl, einen Drink in der Hand, den er dazu benutzt, auf den leeren Platz neben mir zu deuten. Und was war das? Habe ich da einen Akzent herausgehört? Ich glaube schon, aber so viel Glück kann ich nicht haben. Ich schlucke meine Nervosität hinunter und mustere ihn rasch von Kopf bis Fuß. Groß. Sportlich. Sein Hemd trägt er lose über ausgewaschenen Jeans. Seine Füße stecken in Lederschuhen und auf seinem Kinn ist ein Bartschatten zu erkennen.

Dichtes, kurz geschnittenes und gut gestyltes dunkles Haar, dazu beeindruckend braune Augen, mit denen er mich interessiert ansieht.

»Ich hoffe, der Drink ist zu deiner Zufriedenheit.« Er nickt mit dem Kopf in Richtung meines Glases.

Oh.

Mein.

Gott.

Sein Akzent hat sich soeben bestätigt. Ich habe scheinbar den Heiligen Gral möglicher One-Night-Stands erwischt.

»Du bist Brite«, stelle ich fest und versuche, ein breites Grinsen zu unterdrücken.

»Ich werte das als ein Ja«, erwidert er, stellt sein Glas auf der Theke ab und setzt sich auf den Stuhl neben mir. Seine langen Beine muss er etwas anwinkeln, damit er seine Füße entspannt auf dem Boden abstellen kann. »Es sei denn, du hast ein Problem mit meinem Heimatland?«, fragt er nach, eine seiner Brauen in die Höhe gezogen und ein kleines Lächeln auf den Lippen.

Wisst ihr, was so toll an britischen Männern ist?

Alles.

Auch wenn ich vor ihm noch keinen getroffen habe und sie wahrscheinlich ganz genauso sind wie amerikanische Männer – aber der Akzent macht den Unterschied. Der ist das Beste. Glaubt ruhig, dass es sich dabei um ein Klischee handelt, aber mal ehrlich! Dieser Akzent ist einfach wahnsinnig scharf. Mir ist natürlich bewusst, dass er die gleiche Sprache spricht wie ich, doch die Worte klingen aus seinem Mund einfach so viel besser.

»Ich bin *Jennings*«, stellt er sich vor und streckt mir seine Hand entgegen, woraufhin ich mir nur knapp ein Lachen verbeißen kann.

Jennings? Das ist ganz offensichtlich nicht sein richtiger Name. Dieser Typ ist zu alt, um einen trendigen Millennial-Namen wie *Jennings* zu haben. Außerdem klingt er wie die britische Version von *Ich nenne dir einen Fake-Namen.*

Aber von mir aus, ich bin dabei. »*Rose*«, antworte ich und ergreife seine Hand. Er umschließt meine und streicht mit dem

Daumen sanft über meinen Handrücken, anstatt mich sofort wieder loszulassen. Ich mag das Gefühl sehr. Die Wärme seiner Haut lassen in mir sofort den Wunsch aufflammen, noch ganz andere Dinge von ihm zu berühren.

»*Rose*«, wiederholt er und legt den Kopf ein wenig zur Seite, als würde er mir nicht glauben. Sollte er auch nicht, denn so heiße ich nicht. Aber es ist nah genug am Original und immerhin hat er mir auch nicht seinen richtigen Namen verraten, von daher ist das alles, was er bekommt. Ich sollte nicht mal hier sein, deswegen also *Rose*.

»*Rose*«, bestätige ich. »Und nein, ich habe keinerlei Probleme mit deinem Heimatland.« Ich lächle und lasse meinen Blick einen langen Moment auf seinem Gesicht verweilen. Ehrlich gesagt, bin ich sogar ein wenig anglophil. Als William und Kate geheiratet haben, bin ich extra früh aufgestanden, um mir die Übertragung im Fernsehen anzuschauen, und ich habe alle sechs Staffeln von *Downtown Abbey* durchgesuchtet. Zwei Mal sogar. Außerdem bin ich der Meinung, dass so ein Nachmittagstee genau meine Sache wäre, auch wenn ich bisher noch nie einen getrunken habe. »Danke für das Getränk«, sage ich und halte mein Glas hoch.

»Gern geschehen. Was genau trinkst du da eigentlich?«, fragt er und beäugt mein Glas, während er einen Schluck aus seinem nimmt. Ich glaube, er selbst trinkt Bourbon. Ein einziger Eiswürfel schwimmt in bernsteinfarbener Flüssigkeit. Sie sieht teuer aus, insofern ich den Preis seines Getränks mit einem Blick beurteilen kann. Dass der Kerl in einem unscheinbaren Hotel am Flughafen so nobel wirkt, muss wohl an seinem britischen Akzent liegen.

»Ein Champagner-Cocktail«, antworte ich und werde rot. Das ist ein komischer Drink, aber ich mag ihn.

»Ah«, erwidert er und selbst dieses halbe Wort klingt durch seinen Akzent gleich viel besser. »Ist das ein beliebtes Getränk in diesem Land?«

Ist es nicht.

Aber Halt. Das weiß er ja nicht, oder?

»Sehr sogar.« Ich nicke. Wow. Wer hätte gedacht, dass ich eine so gute Lügnerin bin? Die Woche wird vielleicht doch nicht so schlimm wie erwartet. »Also, was führt dich nach Washington?«, frage ich und wechsle damit rasch das Thema. Ich fahre mit dem Finger den Rand meines Glases entlang und überlege, ob ich das hier wirklich durchziehen kann. Andererseits – es ist eine großartige Gelegenheit, oder nicht? Er ist perfekt, wirkt an mir interessiert und ich werde ihn nie wiedersehen. Um mich wieder in den Sattel zu schwingen, könnte ich mir außerdem kein besseres Szenario ausmalen. Oder ein anderes Pferd. Ein echtes Vollblutpferd, das außerhalb meiner Liga spielt, ich aber definitiv gern reiten würde.

»Die Arbeit«, antwortet er. »Und dich?«

»Ebenso.« Ich winke ab. »War langweilig«, ergänze ich lächelnd und verdrehe die Augen.

»War langweilig, ja«, stimmt er zu und sieht mich an, ehe er seinen Blick auf meine Lippen senkt.

Ich spüre, wie ich erröte, und muss schlucken. »Bist du für eine Weile in der Stadt?«

»Was meinst du mit *eine Weile*, *Rose*?« Er lacht und nippt an seinem Drink, während er mich beobachtet.

»Ähm, vielleicht vier Tage?« Ich habe keine Ahnung, wie lang er auf seinem Businesstrip sein wird, aber das klingt zumindest gut.

»Auf jeden Fall werde ich keine zwei Wochen in Amerika sein.«

Perfekt.

Ich sehe auf seine Hände und schaue nach, ob er einen Ring trägt. Ich mag ihn gern dafür benutzen, um mein Sexleben aufzupolieren, aber einen Fremdgeher will ich dabei nicht unterstützen.

»Was ist mit dir, *Rose*? Wo bist du zu Hause, wenn du nicht in diesem Hotel übernachtest?«

Schmerzliches Thema. »Hier und da.« Auf der Couch meiner Schwester, aber das sage ich nicht. Ich bin viel zu alt, um keine eigene Wohnung zu haben und zwischen verschiedenen Jobs hin- und herzupendeln. Also erzähle ich ihm auch hundertprozentig nichts davon. Stattdessen lächle ich und genehmige mir einen großen Schluck meines Getränks. In dieser Woche geht's sowieso ums Bluffen.

»Hier und da?«, hakt er mit hochgezogener Augenbraue nach und legt den Kopf schräg. Na toll. Jetzt denkt er vermutlich, dass ich für einen One-Night-Stand nicht gefestigt genug bin. Ich muss die Unterhaltung in eine andere Richtung lenken.

»Wo, hast du gesagt, lebst du?«, frage ich und ergänze ratend: »London?« Denn ja, meine Geographiekenntnisse sind so herausragend, dass London die einzige Stadt in England ist, die mir auf die Schnelle einfällt.

»London, ja«, bestätigt er, wobei er mich weiter unverwandt ansieht. »In Mayfair. Hertford Street.« Ich bin mir ziemlich sicher, dass er so genau antwortet, um zu betonen, wie vage ich mich ausgedrückt habe. Tja, Pech gehabt.

»Das klingt schön.«

»Ja?« Er lächelt mich an, als würde ich ihn amüsieren. Ich trinke einen weiteren Schluck und starre die Kirsche auf dem Boden meines Glases an. Die letzte ist mir durch die Lappen gegangen, als die Barkeeperin mein fast leeres Glas durch den Drink von *Jennings* ersetzt hat.

»Ich mag dein Hemd«, versuche ich es mit einem zweiten Themenwechsel. »Ist es eine Spezialanfertigung?«

»Was meinst du damit? Ob es maßgeschneidert ist?« Er schüttelt den Kopf und lacht. »Nein.« Er hält inne und betrachtet sein Hemd. »Dieses Hemd hier ist nicht maßgeschneidert.« Die Pause zwischen seinen Worten sorgt dafür, dass ich mich frage, ob seine anderen Hemden maßgefertigt sind. Er wirkt schon ziemlich schick, aber wer lässt sich seine Hemden schon auf Maß schneidern? Niemand, den ich kenne, das ist auf jeden Fall sicher.

Ich werde abgelenkt, als eine Schar von Kindern, die offenbar zu einem Fußballteam auf Reisen gehören, durch die Lobby zum Fahrstuhl läuft. Aufgeregte Rufe, wer mit wem in einem Zimmer schläft und über ein Treffen am Hotelpool, hallen durch die Räumlichkeiten.

»Es wird ganz schön laut hier drinnen«, sage ich und sehe zum Eingang der Lobby, durch den die Kinder längst verschwunden sind. Das stimmt nicht, nicht wirklich. Aber ernsthaft, wie willst du sonst von den Drinks zum Sex kommen? Wie?

»Hm«, murmelt *Jennings*, den Blick wieder auf mich gerichtet.

»Möchtest du irgendwo hingehen, wo es ein wenig ruhiger ist?«, schlage ich vor.

Er hält in der Bewegung inne, das Glas schon halb an den Lippen, und sieht mich überrascht an. Scheinbar bin ich echt schlecht in dieser Sache. Hat meine Schwester also doch recht? *Argh.* Es tut weh, so was auch nur zu denken. Gott, bewahre mich davor, es jemals laut aussprechen zu müssen. Meine Schwester hat selten recht, aber in diesem Fall hat sie es vielleicht. Möglicherweise bin ich nicht dazu in der Lage, etwas wie das hier über die Bühne zu bringen.

»Du kommst ja direkt zum Punkt, was?« Er grinst. »Ich dachte, du würdest noch zwei weitere Runden an Drinks herumdrucksen, ehe du bereit wärst.«

Bereit? Meint er bereit für Sex? Ich mustere wieder die Kirsche in meinem Glas und zwinge mich dann, zu ihm aufzublicken. Ich sehe ihn drei Sekunden lang an, ehe ich spreche. Hat ja schließlich vorhin auch gewirkt, oder? »Hör zu, ich bin eine sichere Nummer«, sage ich mit einem leichten Schulterzucken und wende den Blick ab, nur um ihn dann gleich darauf wieder anzusehen.

»Ist das so?« Seine Miene lässt deutlich erkennen, wie amüsiert er ist.

Nein, bin ich nicht. Das war ich auch noch nie. Aber ich war vorher auch noch nie *Rose*, von daher zur Hölle damit – heute Nacht bin ich es.

»Ja«, bestätige ich, wobei mehr Selbstbewusstsein in meiner Stimme mitschwingt, als ich tatsächlich empfinde.

»Hm«, sagt er wieder und meine Güte, sein Gemurmel ist das Heißeste, was ich je gehört habe. Er hält mein Glas schräg und fischt mit seinen langen Fingern die Kirsche heraus. Dann hält er sie mir hin und ich öffne den Mund und nehme sie. Mit der Zunge umspiele ich seine Finger, als ich mit den Zähnen die süße Frucht aus seinem Griff befreie. Ich lasse die Kirsche über meine Zunge rollen und sehe meinem Gegenüber in die Augen, mich fragend, wie es jetzt weitergeht.

»Na, dann lass uns gehen, oder?«

Oh Scheiße. Ich schlucke die Kirsche runter und mache mir für einen Moment Sorgen, dass sie in meiner Kehle stecken bleibt und ich würgen muss. Habe ich gerade wirklich einem Wildfremden gesagt, ich sei eine sichere Nummer?

2. Kapitel

Jennings

Diese Frau lügt. Ich bin mir nicht sicher, wobei sie unehrlich ist – über ihren Namen auf jeden Fall, aber wer weiß, was noch alles eine Lüge ist. Nicht, dass es etwas bedeuten oder mich interessieren würde. Sie ist eine Ablenkung, mehr nicht. Eine sehr willkommene und unerwartete Ablenkung vor dem Beginn einer langweiligen, aber hoffentlich informativen Woche.

Eine sichere Nummer hat sie gesagt. Ich verkneife mir ein Schmunzeln, als ich auf den Knopf des Aufzugs drücke, und füge es der Liste ihrer Lügen hinzu. Ich habe den Drink für sie bestellt, als ich bemerkte, wie sie mich in der Bar angesehen hat, dachte aber nicht, dass das irgendwo hinführen würde. Angesichts ihres schüchternen Lächelns nahm ich an, dass sie genug Interesse an mir hätte, um nichts dagegen zu haben, dass ich mich zu ihr setze. Ein bis zwei Stunden Konversation und dann hätte sie sich sittsam entschuldigt, indem sie vorgegeben hätte, am nächsten Morgen früh aufstehen zu müssen. So sah zumindest meine Erwartung aus. Dass sie stattdessen jedoch tief einatmete und vorschlug, an einen ruhigeren Ort zu gehen, hat mich überrascht. Als ich daraufhin fragend den Kopf schräg legte und sie damit herausplatzte, dass sie *eine sichere Nummer* sei – tja, was sollte ich dazu sagen?

»*Rose*«, sage ich, als sich die Fahrstuhltüren öffnen. Sie antwortet nicht, sondern ist gänzlich auf ihr Handy konzentriert, während sie versucht, so unauffällig wie möglich eine Nachricht an jemanden zu versenden. Wenn ich raten müsste, würde ich tippen, dass sie einer Freundin eine Sicherheitsnachricht zukommen lässt. Insofern ihr GPS denn an ist. Sie hat vermutlich auch ein Bild von mir geschossen, als ich abgelenkt war, und es ihr ebenfalls gesendet.

Sie ist süß.

»*Rose*«, wiederhole ich und lege ihr eine Hand auf den Arm.

Einen Moment lang sieht sie verwirrt aus, so kurz nur, dass es mir nicht aufgefallen wäre, hätte ich nicht darauf geachtet. Sie heißt definitiv nicht *Rose*.

Sie lächelt und folgt mir in den Aufzug, während ich mich frage, was sie hierhergeführt hat, in dieses Hotel und zu diesem Moment. Langeweile? Eine unschöne Trennung? Will sie sich selbst beweisen, dass sie begehrenswert ist?

Nun, dabei helfe ich ihr nur zu gern.

Aber ich kann sie nicht *Rose* nennen. Wenn sie an diese Nacht zurückdenkt, soll sie mich dabei nicht den Namen einer anderen sagen hören. Und sie wird an diese Nacht zurückdenken.

Die Türen des Aufzugs schließen sich und ich drehe mich zu ihr um. Sie trägt ein kurzärmeliges Oberteil; ihre Brüste formen eine bezaubernde Kurve unter dem Material. Ich streiche mit dem Finger ihren Arm hinunter und sehe, wie sich ihre Nippel aufrichten, während ihr Blick erst zu mir, dann zu den Knöpfen des Aufzugs und wieder zurück zu mir wandert.

»Schlägst du vor, dass wir es gleich hier treiben? Denn wenn du schnell genug bist, um zu kommen, bevor sich diese Türen wieder öffnen, habe ich ehrlich gesagt kein Interesse.« Sie zieht die Brauen zusammen und ihre Miene spiegelt eine Mischung aus Bedauern und Erregung wider.

Dieses Mal lache ich wirklich, als ich hinter ihr den Knopf für den dritten Stock drücke. »Nein, *Love*, ich war nicht auf eine schnelle Nummer im Fahrstuhl aus«, versichere ich ihr und trete näher an sie heran, ohne sie zu berühren. Ihre Pupillen weiten sich und ihre Brust hebt sich, als sie scharf die Luft einzieht und ihren Kopf nach hinten legt, um mich anzusehen. Sie trägt einen knielangen Rock und hochhackige Sandalen an den Füßen. Der Rock ist fließend und würde sich ganz einfach ihren gespreizten Beinen anpassen, sollte ich sie hochheben und sie ihre Beine um meine Hüften schlingen. Der Gedanke ist verführerisch und *Rose* leicht genug dafür, um sie hochzuheben und gegen eine Wand gedrückt zu vögeln. Aber nein, ich habe andere Pläne. Ich kann ihr definitiv mehr als ein paar Minuten meiner Zeit schenken.

Der Boden unter uns gibt einen Hauch nach, was uns signalisiert, dass sich die Fahrstuhltüren gleich wieder öffnen werden. Ich sehe sie unverwandt an, als die Türen aufgleiten, und lehne mich dann an ihr vorbei, um eine Hand gegen die geöffnete Fahrstuhltür zu pressen, damit sie sich nicht wieder schließt.

»Nach dir«, sage ich leise.

Rose dreht sich um, verlässt den Fahrstuhl, bleibt aber sogleich stehen, als ihr Blick auf die gegenüberliegende Wand fällt, wo ein Pfeil in eine Richtung zu den Zimmern 300 bis 319 zeigt und ein anderer zu den Zimmern 320 bis 340. Ihr Innehalten lässt die Frage in mir aufkommen, ob das Ganze hier für sie plötzlich zu real geworden ist und sie einen Rückzieher machen wird.

Ich nehme ihre Hand und führe sie nach rechts den Flur hinunter. Sie folgt mir, ihre weiche Hand in meiner und ihre Schritte trotz ihrer hohen Absätze auf dem Teppichboden des Hotels kaum vernehmbar. Ich halte die Schlüsselkarte vor das elektronische Schloss an meiner Zimmertür und drücke sie auf, als das Licht auf Grün springt. Dann strecke ich den Arm aus und halte meiner Begleitung die Tür auf. Sie lässt meine Hand los, betritt das Zimmer und ich merke auf einmal, wie schön ihr Haar ist. Lange Locken in einem tiefen Haselnussbraun, die auch schwarz sein könnten, fallen ihr über den Rücken. Sie werden auf meinem Kissen sogar noch viel besser aussehen.

Nach ein paar Schritten in den Raum hinein, bleibt *Rose* stehen und sieht mich über ihre Schulter hinweg an, als die Tür hinter mir ins Schloss fällt. Der Anblick von ihr in meinem Hotelzimmer löst in mir einen Moment des Bedauerns aus. Obwohl ich sie gar nicht kenne, weiß ich, dass sie mehr verdient hat als dieses Zimmer. Nicht, dass mit diesem Hotelzimmer irgendwas nicht stimmen würde. Es ist absolut annehmbar, aber halt eher für Businessreisen oder Familientrips eingerichtet. Viel lieber hätte ich sie in einem Fünfsternehotel auf mein Zimmer eingeladen – mit Blick über die Stadt, deren Lichter einen sanften Glanz im Raum erzeugen. Mit einem Badezimmer aus Marmor und einer Dusche, die groß genug für zwei ist. Aber wir sind nun mal hier, daher wird der Ausblick auf das Restaurant einer Fast-Food-Kette genügen müssen.

Alles, was *Rose* dabeihat, ist eine kleine Tasche, in die nicht viel mehr passen kann als ihr Handy und etwas Geld. Ich beobachte sie dabei, wie sie sie auf der Kommode gegenüber des Betts ablegt und sich dann zu mir umdreht. Sie hebt ganz leicht das Kinn an, so als wolle sie sich daran erinnern, warum sie hier ist, während in ihrem Gesicht zu lesen ist, dass sie sich gedanklich ein paar aufmunternde Worte zuspricht. Dann befeuchtet sie die Lippen und lächelt, aber das Lächeln ist nicht an mich gerichtet, sondern gilt ihr selbst.

Sie hat absolut keine Ahnung, wie sie weitermachen soll. Ich hatte schon Jungfrauen im Bett, die offensiver waren als diese Frau.

»Wie willst du das hier angehen?«, frage ich und überbrücke dabei mit langsamen Schritten die Distanz zwischen uns, die Hände in den Taschen meiner Jeans vergraben. Vor ihr bleibe ich stehen. Als sie sich nicht bewegt, ziehe ich die Hände aus den Taschen und fahre mit dem Finger ihre Ohrmuschel entlang.

Sie beißt sich auf die Unterlippe.

»Nackt«, sagt sie ernst und sieht von meinen Augen zu meiner Brust. »Ich würde es gern nackt machen.«

Ich werde sie definitiv die ganze Nacht hierbehalten.

»Nimm die ab«, fordere ich sie auf und tippe sacht gegen einen ihrer Ohrringe. Sie nimmt beide ab und legt sie neben ihre Tasche auf die Kommode, ehe sie wieder erwartungsvoll zu mir aufsieht.

»Wie hättest du den Sex gern?«, frage ich und nehme ihre Hand. Ich küsse die Innenseite ihres Handgelenks und sehe sie wieder an. »Sanft oder hart? Schnell oder langsam? Dreckig oder sehr dreckig?«

»Ähm ...« Sie blinzelt, ihr Gesicht ist errötet. »Ja.«

Ich bin mir nicht sicher, ob sie überhaupt verarbeitet hat, was ich gerade gefragt habe, aber ich bin mir ziemlich sicher, dass ich die Antwort darauf bereits hatte, noch bevor die Tür hinter uns zugefallen ist. Letzten Endes habe ich auch nur gefragt, um ihre Reaktion darauf zu sehen. Sie ist überhaupt nicht offensiv, sie wird es mögen, wenn ich die Zügel in die Hand nehme und jeden Zweifel in ihrem Gehirn darüber auslösche, ob sie begehrenswert ist oder nicht. Ich werde keinerlei Zweifel aufkommen lassen, an ihr interessiert zu sein. Und das bin ich tatsächlich. Ich will sie in jeder möglichen Position ficken, bis sie schließlich einschläft – erschöpft und befriedigt.

Ich lasse ihr Handgelenk los, reibe mir kurz mit dem Daumen über die Unterlippe und genieße diese Vorstellung.

»Deine Bluse.« Mein Ton lässt keine Widerrede zu, nicht, dass ich eine erwartet hätte. »Zieh sie aus.«

»Okay, und du zieh deine Hose aus«, antwortet sie und ihre Zungenspitze blitzt zwischen ihren Lippen hervor. Sie hat ihre Finger bereits an einem der Blusenknöpfe, als ihr Blick in Richtung meines Schwanzes wandert.

Ich werde hart. Verdammt, ich war schon hart wegen ihr, bevor ich überhaupt wusste, dass sie mitmachen würde. Ihre Bluse landet auf dem Boden, während ich meinen Gürtel und den Reißverschluss öffne, ehe ich mein Hemd von unten her aufknöpfe. *Rose* hält für einen winzigen Augenblick inne, bevor sie nach hinten greift und einen scheinbar versteckten Reißverschluss an ihrem Rock nach unten zieht. Er fällt ebenfalls zu Boden, sie steigt heraus und lässt ihre Sandalen dabei zurück. Dann verzieht sie das Gesicht zu einer kleinen Grimasse, hebt ihre Kleidung auf und platziert sie neben ihrer Tasche und ihren Ohrringen.

Sie strafft die Schultern, als sie sich zu mir umdreht und nackt, bis auf eine hübsche Kombi aus BH und dazu passendem Höschen, vor mir steht. Aus Baumwolle, vermute ich, mit einem zarten Spitzenrand. Süß. Sie ist süß. Erneut frage ich mich, was sie heute Nacht zu mir geführt hat. Hat sie jemand verletzt? Der Gedanke, dass sie jemand betrogen haben könnte, ist lächerlich, genauso wie die Tatsache, dass ich überhaupt diesen Gedanken habe, obwohl ich sie gerade mal eine Stunde kenne. Ehrlich gesagt, nicht mal eine Stunde. Ich kenne sie überhaupt nicht. Ich habe sie ja noch nicht mal geküsst. Warum will sie das hier?

Warum jetzt?

Ich werfe mein Hemd zu Boden und lasse es dort liegen. Meine Hose folgt und *Rose* sieht einen Moment auf meinen Klamottenhaufen. Ihre Finger zucken. Ich bin mir ziemlich sicher, dass sie darüber nachdenkt, meine Kleidung ebenso vom Boden aufzuheben, wie sie es mit ihrer gemacht hat, aber sie hält sich mit einem leichten Kopfschütteln davon ab und richtet dann lächelnd ihre Aufmerksamkeit auf meinen nackten Oberkörper. Ein lebhaftes kleines Grinsen macht sich auf ihren Lippen breit, das sie jedoch für wenig intellektuell halten muss, denn sie versucht sofort, es zu verstecken.

»Also«, sagt sie, während sie mit den Schultern zuckt und schließlich ihre Hand auf meine Brust legt. Ihr leichtes Aufatmen und fröhliches Grinsen zeigen mir, dass sie mit ihrer Wahl für eine einmalige Nacht zufrieden ist und etwas Selbstbewusstsein dadurch gewinnt. Sie presst die Lippen aufeinander, um ihr Grinsen zu unterdrücken, dann fragt sie: »Also, was nun?« Dabei legt sie den Kopf leicht schräg und ihre rosafarbene Zungenspitze blitzt kurz hervor. Dafür kann ich sehr wahrscheinlich eine bessere Verwendung finden.

Das reicht. Ich werde nicht noch länger warten. Ich packe ihren Nacken, ziehe sie zu mir heran und bedecke ihren Mund mit meinem. Ihre Lippen sind weich und warm und sie schmeckt noch ein wenig nach der Kirsche, die sie vorhin von mir entgegengenommen hat, außerdem nach Vanille und möglicherweise Kokosnuss. Ich glaube, es ist ihr Haar, das danach riecht.

Und dann stöhnt sie, ein ganz reizendes, winziges Stöhnen der Erregung oder Zustimmung. Es gefällt mir, was auch immer es bedeutet. Ich vergrabe die Finger in ihren Haaren und vertiefe den Kuss. Sie sind genauso seidig, wie ich sie mir vorgestellt habe. Dichte, seidig weiche Strähnen, die sich verführerisch zwischen meinen Fingern anfühlen. Strähnen, die ich mit der Faust umschließen könnte, während ich sie von hinten ficke oder sie vor mir kniet, mein Schwanz in ihrem Mund.

Ich hebe *Rose* hoch und sie umschlingt mit ihren Beinen meine Hüften, während ich uns zum Bett manövriere und gleichzeitig ihren BH öffne. Ihre Arme hat sie hinter meinem Nacken verschränkt und ihre Finger finden ihren Weg in mein Haar. Sie löst ihre Lippen von meinen und küsst sich meinen Kiefer entlang, während sie mir ihr Becken entgegendrückt, indem sie ihre Hüften leicht anhebt. Ich setze sie auf der Bettkante ab, streife ihr den BH von den Schultern, bis dessen Träger an meinen Fingern baumeln, und werfe ihn dann beiseite. *Roses* rechte Schulter zuckt kurz, aber ihr Blick folgt dem BH nicht. Stattdessen betrachtet sie meine Brust und beißt sich dabei auf die Unterlippe, ehe sie diese wieder freigibt.

Was denkt sie und warum kümmert mich das? Sie ist heiß und sie will mich. Punkt.

»Ich habe nicht mit dir gerechnet, *Rose*, aber ich bin froh, dass du hier bist. Auf meinem Bett. Bereit für mich.«

Sie wirkt für einen Moment unsicher. Fast so, als würde sie ihre Entscheidung noch einmal überdenken, was in mir die Frage aufwirft, wie viel Erfahrung sie hat. Ob ich mir Sorgen machen sollte, dass sie vielleicht noch nicht volljährig ist? Ich bezweifle es, aber es ist besser, nachzuhaken. Fragen und nicht einfach vermuten, so habe ich es immer in Bezug auf Frauen gehandhabt. »Wie alt bist du, *Love*?«, will ich wissen, woraufhin ihr Blick von meiner Brust hoch zu meinen Augen schnellt.

»Sechsundzwanzig«, antwortet sie sofort. Sie sieht nicht länger verunsichert, sondern verärgert aus. »Wie alt bist du?«

»Sechsunddreißig.« Ich lächle, denn ich mag sie. Ich glaube, dass ihr mein Alter schnurzegal ist. Sie hat nur nachgehakt, um zu kontern.

»Sechsunddreißig?« Sie zieht die Stirn kraus und unterzieht mich einer schnellen Musterung, ehe sie mit den Schultern zuckt und versucht, ihren überraschten Gesichtsausdruck wieder unter Kontrolle zu bringen. »Okay, ich nehme an, das geht in Ordnung.«

Ich hebe eine Braue. Macht mich dieses Mädchen, das ich nach dieser Nacht nie wiedersehen werde, tatsächlich gerade wegen meines Alters schief von der Seite an?

Sie richtet ihren Blick wieder auf meine Brust und legt den Kopf schief, wobei sie ein an sich selbst gerichtetes *Hm* ausstößt. Dann beißt sie sich erneut auf die Lippe und sieht mir wieder in die Augen. »Ja, das geht in Ordnung.«

Ich kann mich nicht erinnern, jemals eine Frau getroffen zu haben, die so offen mit ihren Gedanken umgeht.

Ich rolle ihren Nippel zwischen den Fingern hin und her und sie keucht auf. Ihre Reaktionen sind der Wahnsinn. Es wird Zeit, dieses Spiel wieder auf Spur zu bringen. Also knie ich mich vor sie hin, hake meine Daumen unter das Bündchen ihres Slips und ziehe daran, bis sie ihre Hüften genug anhebt, sodass ich ihn ihr ausziehen und auf den Boden gleiten lassen kann. Ihre Zehennägel sind in einem leuchtenden Pink lackiert. Ich fahre mit den Händen die Kontur ihrer Füße entlang, während ich bewundere, wie schön sie ist. Die sanfte Kurve ihrer Hüfte, die Form ihrer Unterschenkel, schmale Knöchel und ein kleines Muttermal über dem linken Fuß.

Ich schiebe ihre Knie auseinander und positioniere mich zwischen ihren weit gespreizten Beinen. Ihr stockt der Atem, als ich einen ihrer Nippel zwischen meine Zähne nehme und leicht daran ziehe. Ihre Brüste sind genauso perfekt wie der Rest von ihr, aber auf ihnen liegt gerade nicht mein Fokus. Ich möchte sie schmecken – nein, ich muss sie schmecken. Ich brauche die Erinnerung an ihren Geschmack auf meiner Zunge, wenn ich an diese Nacht zurückdenke, oder ich werde mich immer fragen, was mir entgangen ist.

Ich drücke sie zurück aufs Bett und bahne mir mit dem Mund einen Weg ihren Bauch hinunter, mein Ziel klar im Visier. *Rose* zuckt kurz mit den Beinen, doch dann entspannt sie sich und öffnet ihre Schenkel sogar noch weiter, während ihr diese Mischung aus Seufzen und Stöhnen entschlüpft, die ich bereits mit ihr verbinde.

Mit den Daumen spreize ich ihre Weiblichkeit auseinander und bin nun froh über das Licht; Neonlicht oder was auch immer da von der Straße aus in den Raum fällt. Entzückend. Sie ist so verdammt schön. Sie ist dort unten ganz glatt und ich möchte jeden Zentimeter von ihr mit meinem Mund und meiner Zunge bedecken. Sie ist bereits feucht, dabei habe ich sie bisher kaum berührt, aber ihre Erregung glänzt mir wie ein unartiges Geschenk entgegen.

Ich berühre *Rose* mit der Zunge und lasse sie einmal über ihr Geschlecht hinauf- und hinabgleiten. Als ich schließlich ihre Klitoris zwischen meine Lippen ziehe, hat *Rose* ihre Hände in meinem Haar vergraben. Innerhalb der nächsten Minute hat sie einen Fuß flach auf dem Bett aufgestellt, um genug Halt zu haben, während sich die Ferse ihres anderen in meinen Rücken bohrt.

Ihre Hingabe ist unwiderstehlich, ihr Geruch betörend. Sie ist wirklich ein Geschenk, das ich heute Nacht nicht erwartet habe.

Ich dringe mit einem Finger in sie ein und sie stöhnt irgendwas Unzusammenhängendes über Jesus. Das wird nicht funktionieren. »*Jennings*«, erinnere ich sie. Ihre Augen sind glasig und sie braucht einen Moment, um zu realisieren, dass ich meine Zunge zum Reden benutze, anstatt sie dort einzusetzen, wo sie sie haben will.

»Stimmt.« Sie blinzelt. »Stimmt, ich habe es nicht vergessen. Ich kann dich auf jeden Fall *Jennings* nennen.«

Sie ist ein seltsames kleines Ding. Eine süße Frau mit einem sexy Touch, von der ich mehr will. Gott, ich will sie. Meinen Blick lasse ich unverwandt auf sie gerichtet, als ich meinen Finger wieder in ihre feuchte Hitze schiebe. Ich liebe dieses Gefühl – die Wärme und Beschaffenheit, die Feuchtigkeit ihrer Erregung. Ich vermisse das Gefühl, ohne Kondom in einer Frau zu sein. Fuck, es ist schon ewig her, seit ich das gespürt habe. Nicht, dass ich daran heute Nacht etwas ändern würde. Ich bin ja kein Idiot.

Aber als ich wieder an *Roses* Klit sauge, während ich gleichzeitig zwei Finger gegen den empfindsamen Punkt in ihrem Inneren presse, und sie aufschreit, wünschte ich, es wäre anders.

3. Kapitel

Violet

Oh, Heiliger!
Das, was er da gerade gemacht hat, war wie ein Staatsdienst. Ein Staatsdienst, der allen Frauen offenstehen sollte, überall. Unabhängig von politischer Gesinnung, Rasse, Religion oder Staatsgrenze. Dafür sollte es ein Gesetz geben, denke ich lachend und lege einen Arm über meine Augen. Ich frage mich, was dieser Kerl noch alles draufhat. Wie konnte er mich so schnell zum Kommen bringen? Wir sind noch nicht mal fertig und das hier mutiert bereits zum besten One-Night-Stand aller Zeiten. Ich kann nicht glauben, dass so was gerade in meinem Leben passiert!

»*Amüsiert dich etwas, Love?*«, fragt er, als er aufsteht, nach seiner Hose greift und ein Kondom aus seinem Portemonnaie zieht, ehe er das Kleidungsstück wieder auf den Boden wirft. Um seine Augen haben sich feine Fältchen gebildet, die mich vermuten lassen, dass er über mein Lachen eher belustigt als verärgert ist.

»Nein, alles ist gut«, antworte ich, kann aber das Grinsen nicht aus meinem Gesicht verbannen.

Ich rutsche auf dem Bett nach oben, bis mein Kopf auf dem Kissen zum Ruhen kommt. Dann erinnere ich mich an die investigative Reportage, die ich über Hotelbetten gesehen habe, und zucke zusammen. Ich glaube allerdings, dass ich auf einer Tagesdecke liege, und die waschen sie doch sicherlich, oder? Zur Sicherheit schiebe ich aber dennoch die Beine darunter, schlage die Decke zurück und schubse sie dann ans Fußende.

Der Typ – *Jennings* – hält lächelnd inne und beobachtet mich. Kann er ruhig. Keime sind keine spaßige Angelegenheit.

Ich lehne mich gegen das Kopfende und lächle ihn ebenfalls an. »Was hast du noch drauf?«, frage ich ihn und – warum zur Hölle auch nicht – lasse meinen Blick über seinen gesamten

Körper wandern. Er hat noch immer seine Unterwäsche an, deshalb kann ich nicht alles sehen, aber das, was ich sehe, gefällt mir definitiv. Breite Schultern. Beeindruckende Bauchmuskeln – wie kann es sein, dass er schon fast vierzig ist? Schmale Hüften. Starke Beine. Stattliche Beule. *Was denn?* Als hätte ich bei meiner Musterung nicht für einen Moment dort verweilt. Ich klopfe auf den Platz neben mir und grinse.

»Was ich sonst noch draufhabe?« Er lacht und wirft das Kondom auf den Nachttisch, ehe er mich am Knöchel packt und nach unten zieht, bis ich mich in der Horizontalen befinde. Ich kreische überrascht auf, bevor ich den Atem anhalte, als er sich über mir aufbaut und mit den Armen neben mir abstützt. Dann küsst er mich und ich stöhne. Ich kann mich selbst noch auf seiner Zunge schmecken und das macht mich erneut ganz feucht. Dieser Mann. Sein Mund. Er ist ... sinnlich und das liebe ich. Vielleicht ist das so eine britische Sache? Vielleicht sind sie alle supertoll im Bett? Ich hatte noch nie etwas mit einem Mann aus einem anderen Land, daher habe ich keinen Vergleich. Alles, was ich weiß, ist, dass heute Nacht eine ziemlich gute Entscheidung war.

Sein Akzent wird mich noch umbringen. Auf die beste Art und Weise. Ich bin froh, dass er mich gerade nicht *Rose* nennt. Ich wünschte, er würde meinen richtigen Namen kennen. Violet aus seinem Mund zu hören, wäre ... Und wie er mich immer wieder *Love* nennt – das ist so britisch von ihm, oder? Es gefällt mir auf jeden Fall. Sehr sogar.

Die magischen Fähigkeiten seines Mundes enttäuschen beim Küssen genauso wenig. Es sollte seltsam sein, einen Fremden zu küssen. Das klingt allerdings auch seltsam, wenn man bedenkt, was er gerade mit seinem Mund angestellt hat. Dass ich überhaupt einen zweiten Gedanken an die Intimität des Küssens von Mund zu Mund verschwende. Beim Küssen spielen so viele Dinge eine Rolle – der Atem, der Speichel, der Geschmack, die Zungen, der Winkel und der Druck – und Mr Mouth hier ist gut in allem davon. Er gleitet mit seinen Lippen zu meinem Kiefer, während ich meine Finger wieder in seinem Haar vergrabe.

Zärtlich beißt er in mein Ohrläppchen, während mich der kleinste Atemhauch erzittern lässt, ehe *Jennings* mit der Zunge über diesen einen Punkt direkt hinter meinem Ohr leckt. Ich drücke ihm mein Becken entgegen, mich verzweifelt nach mehr sehnend.

Mehr hiervon, mehr davon. Mehr von dem, was auch immer er mir gibt.

Dann spüre ich seine Lippen wieder auf meinen und ich stöhne, als er sich so weit hinunterbeugt, dass meine Nippel gegen seine Brust reiben, und er seine Zunge in meinen Mund schiebt, um mit meiner zu spielen. Stöhne wieder, als er mir in die Unterlippe beißt und sich dann küssend meine Kehle hinabarbeitet. Als er sich schließlich noch weiter nach unten bewegt und die Unterseite meiner Brust umfasst, während er mit dem Daumen über meine Brustwarze streicht, bin ich bereit, zu betteln. Doch stattdessen fluche ich. »Fuck ... *Jennings*.« Ich stöhne erneut und wölbe meinen Rücken durch, als er mit der Zunge meine Brust entlangfährt und mit seinem Daumen immer wieder meinen Nippel liebkost. Dieser verfluchte Mund von ihm.

Ich brauche den Kerl *in* mir. Ich kann mich nicht erinnern, wann ich das letzte Mal so darauf aus war, vom Vorspiel zum Sex überzugehen. Bisher kenne ich es so, dass ein paar flüchtige Küsse ausgetauscht werden, ehe der Kerl seinen Schwanz rausholt und grunzt, als würde er viel besser ficken, als er es schließlich tut. Wie beispielsweise mein Ex Mark manchmal gern *Nimm es, nimm es* geblafft hat, während er aggressiv in mich hineinstieß, und ich so etwas wie *Hm, ja* murmelte, während ich mit meiner Hand zu meiner Klitoris wanderte und *Was soll ich nehmen?* dachte. Was genau soll ich nehmen? Denn meistens fühlte es sich eher so an, als würde er auf mir herumturnen und mich mit einem besonders großen Tampon anstubsen, während er das Alphamännchen spielte. Und das sage ich nicht aus der Warte einer verbitterten Ex-Freundin heraus. Sein Penis war absolut normal gebaut. Es ist nur so, dass manche Männer eine wirklich übertriebene Meinung bezüglich ihrer Fähigkeiten mit ihren normal großen Schwänzen haben. Das ist alles.

Was Mr Magic-Mouth angeht, bin ich mir jedoch absolut sicher, dass er das, was auch immer er in der Hose hat, gekonnt einzusetzen weiß. Er wirkt ziemlich talentiert. Vielleicht hat es ja Vorteile, schon fast vierzig zu sein? Gott, ich hoffe, dass er immer noch eine gute Ausdauer hat. Verlieren Männer nicht an Ausdauer, wenn sie älter werden? *Lass mich nicht im Stich, Jennings*, denke ich, als ich meine Hände zu seinen Boxershorts wandern lasse und sie nach unten ziehe. Es ist deutlich, worauf ich aus bin. *Lass mich nicht im Stich. Du bist mein erster One-Night-Stand, sei bitte nicht mein letzter. Sei nicht der Grund, dass ich komplett aufgebe und stattdessen anfange, zu nähen und in eine Vibratorensammlung zu investieren. Sei nicht ...*

Egal.

Als ich die Boxershorts endlich über seinen Hintern gezogen habe, springt sein Schwanz hervor und prallt gegen meinen Bauch. Im wahrsten Sinne. Wenn mein Bauch dazu in der Lage wäre, ein Ächzen auszustoßen, würde er es tun. *Heiliger, ja. Bleib ruhig und mach weiter. God save the Queen. Denk an England.* Mir entschlüpft ein Kichern, als *Jennings* nach dem Kondom greift.

»Du bist eine seltsame Art von Frau, kann das sein?«, fragt er, lächelt dabei aber. Ein träges, lusterfülltes Lächeln, das seine Augen erreicht. Er hat schöne Augen.

»Normalerweise bin ich die Vernünftige«, murmle ich. Alle Bedenken in den Wind zu schlagen, war nie meins, aber ich denke, jetzt werde ich es tun. Warum auch nicht, oder? Es ist ja nicht so, als hätte ich ein Apartment oder einen tollen Job zu verlieren. Beides ist schon weg, von daher kann ich mich ganz easy hierauf einlassen. *Nutze den Tag, carpe diem. Ganz locker und leicht.*

»Die Vernünftige?«, hakt *Jennings* nach, ehe er die Kondomverpackung mit den Zähnen aufreißt. Warum ist das so sexy? Ich sollte wahrscheinlich öfter ausgehen, wenn mich bereits dieser Move antörnt.

»Schon gut«, antworte ich und ergänze: »Vergiss es.«

Mit dem geübten Griff einer Hand hat er sich inzwischen das Kondom übergezogen und sich wieder zwischen meinen Beinen platziert. Er stützt sich auf einem Arm ab und nutzt die andere Hand, um seinen Schwanz an Ort und Stelle zu positionieren. Er dringt in mich ein und bereits das fühlt sich gut an. Ich habe das vermisst und entscheide in diesem Moment, dass mein neues, sorgenfreies Ich mehr danach streben wird.

Jennings dringt tiefer in mich ein und das ist sogar noch viel besser als nur gut.

Unsere Blicke halten einander fest, während er mich gänzlich ausfüllt. Er keucht und ich ziehe scharf die Luft ein. Dann kreise ich ein wenig mit dem Becken, um mich an das Gefühl von ihm in mir zu gewöhnen, und beiße mir dabei auf die Unterlippe. *Jennings* befreit meine Lippe mit seiner und küsst mich, was meiner Kehle ein seltsames Geräusch entlockt. Er fühlt sich einfach so perfekt an. Ich ziehe meine inneren Muskeln um ihn zusammen, was seine Augen dunkler werden lässt, ehe er sie kurz schließt. Als er sie wieder aufmacht, grinst er und küsst mich, bevor er sich fast gänzlich aus mir herauszieht und dann wieder in mich hineinstößt. Er neckt mich mit köstlich langen und gezielten Stößen. Tief, dann wieder nicht. Er zieht sich zurück, nur um dann wieder kraftvoll in mich einzudringen. Als er sich bis zur Spitze aus mir löst, kralle ich meine Finger in seine Schulter – ich will ihn wieder spüren. Ich würde ihn darum anbetteln, wenn er das verlangen würde.

Doch stattdessen kniet er sich hin, legt sich meine Beine über seine Unterarme und zieht meinen Po in die Höhe, ehe er sich wieder in mir versenkt. Dieses Mal schnell und hart. Ich greife nach oben und drücke meine Hände gegen das Kopfende, um einerseits nicht dagegenzudonnern, und andererseits, seinen Stößen entgegenzukommen. Sex hat sich noch niemals so angefühlt. Noch nie.

»Oh mein Gott, hör nicht auf.«

»Mach ich nicht, *Love.* Keine Chance.«

Seine Eier schlagen gegen meinen Unterleib, wenn er in mich hineinstößt, und es ist so verdammt anzüglich, dass man im Raum nur das Aufeinandertreffen zweier Körper hört, gemischt mit unserem Atem. Es ist feucht und heiß, hart und dreckig, und ich möchte am liebsten sofort kommen, will aber auch, dass es noch länger so weitergeht.

Spoileralarm: Es geht noch länger.

Mr Magic-Mouth ist zudem eine Art Orgasmusgenie, denn er weiß scheinbar genau, wie er mich am Rande eines Höhepunkts hält, wie er mich bis kurz davor bringt, nur um sich dann wieder zurückzuziehen. Es ist eine Qual.

»Bitte lass mich kommen«, wimmere ich. »Bitte, bitte, bitte.«

»Du bist wirklich eine entzückende kleine Überraschung, *Love*«, sagt er, während er uns herumrollt, sodass ich jetzt oben bin.

»Bin ich das?«, keuche ich. Diese neue Position kam unerwartet und ich halte für einen Moment inne. Ich mag es nicht wirklich, oben zu sein.

»Das bist du.« Er zieht eine Braue in die Höhe und tippt gegen meine Hüfte, um mir zu signalisieren, dass ich jetzt das Kommando habe.

Normalerweise fühle ich mich wie auf dem Präsentierteller, wenn ich oben sitze. Entblößt. Aber scheiß drauf, ich werde diesen Typen nie wiedersehen und ich will endlich kommen. Und hier oben habe ich die Kontrolle. Außerdem ist die Art und Weise, wie er mich ansieht, berauschend. Als wären meine Brüste nicht zu klein und als würde mein Bauch aus diesem Blickwinkel nicht moppelig wirken. Nein, ich sehe nichts als lustvolle Aufmerksamkeit in seinen Augen.

Ich lasse meinen Blick wieder über ihn wandern, ehe ich mich etwas nach oben bewege und mich dann wieder auf ihm niederlasse. Er hat wirklich einen tollen Oberkörper. Gut gebaut und straff, mit wenigen Haaren darauf, die jedoch heiß und nicht wild aussehen.

»Fass dich an«, kommandiert er und ich sehe ihm rasch in die Augen. Seine Hände hat er mittlerweile auf meinen Beinen platziert und seine Finger ruhen verführerisch auf meiner Haut.

Ich muss schlucken und sehe kurz weg, ehe ich ihn wieder anblicke und meine Finger auf meine Klit lege. Dann reibe ich mit zwei Fingern daran, während ich den Rhythmus auf seinem

Schwanz vorgebe. Ich schaukle hin und her, hoch und runter. Er sieht mich unverwandt an und als sein Blick dort hingeht, wo wir miteinander verbunden sind, halte ich kurz inne, mich selbst zu streicheln, bis er sagt: »Hör nicht auf.« Seine Stimme ist tief und verführerisch, seine Augen sind halb geschlossen und ein Keuchen löst sich aus seiner Kehle.

Ermutigt mache ich weiter. Seine Lust ist anspornend. Ermächtigend. Also schlage ich einen schnelleren Rhythmus mit meinen Bewegungen und meinen Fingern an, bis ich komme.

Der Höhepunkt schleicht sich an mich heran. Trifft mich dann schnell und hart. Ich lasse den Kopf nach vorn fallen, meine Hände habe ich auf seiner Brust abgestützt, damit ich die Balance nicht verliere. Er wird bewegungslos, tief in mir drinnen, während ich mich noch um seinen Schwanz zusammenziehe. Mit den Händen an meinen Hüften hält er mich eng an sich gedrückt, bis die Zuckungen nachlassen. Dann hämmert er von unten in mich hinein und kommt mit einem *Fuck, Love* auf den Lippen selbst zum Orgasmus, die Augen geschlossen, den Kopf in Ekstase zurückgeworfen. Sein Kiefer spannt sich an und sein Griff um meine Beine wird noch fester. In dem Moment denke ich, dass er schön ist. Ich katalogisiere all seine Züge in meinem Kopf, ehe ich auf seiner Brust zusammenbreche.

Das hier war perfekt.

Der perfekte One-Night-Stand.

4. Kapitel

Jennings

Mein lieber Schwan, diese Nacht war unerwartet. Und das amerikanische Mädchen etwas Besonderes. Während ich die letzten Reste des Rasierschaums von meinem Kinn entferne, überlege ich, ob ich sie nach ihrer Nummer hätte fragen sollen. Nein. Ich bin nur noch einen Tag in Washington, ehe ich in einen gottverdammten Bus steigen und auf glücklichen Touristen machen muss. Im Übrigen habe ich nicht mal ihren richtigen Namen erhalten, da hätte sie mir wohl kaum ihre Nummer gegeben.

Sie ging heute Morgen, ohne viel zu sagen. Nach einem Blick auf die Uhr stürzte sie aus dem Bett. Zog sich an und war in weniger als einer Minute durch die Tür verschwunden. »Danke«, zwitscherte sie noch, eine Hand an der Türklinke. »Es war schön, dich kennenzulernen!«, fügte sie hinzu, dann war sie weg.

Es war auch sehr schön, dich kennenzulernen, Love.

Ich bin nicht sicher, ob mir diese Worte schon mal jemand am Morgen danach gesagt hat, aber es war in der Tat sehr schön.

Ich liebe Frauen. Ich liebe es, sie zum Essen auszuführen. Sie zur Tür zu begleiten. Über ihre Wangen zu streicheln, ihr Kinn zu umfassen und sie zu küssen, ehe sie mich bitten, zu bleiben. Aber am meisten liebe ich es, sie zu ficken. Ich liebe es, zu entdecken, was sie feucht werden lässt. Was ihnen den Atem stocken und sie wahnsinnig werden lässt. Welche Kombination eine Frau zum Schreien und dazu bringt, auf meinem Schwanz zu kommen.

Rose – oder wie auch immer ihr Name ist – ist nicht das, was ich sonst mache. Überhaupt nicht. Aber sie hat mich zum Lachen gebracht. Die Art und Weise, wie sie bezüglich ihres Namens gelogen hat – als wäre ein Zusammentreffen mit einem Fremden eine verdeckte Mission. Vielleicht war es das für sie. Was es auch war, es hat mir ein Lächeln entlockt. Und das Aufleuchten in ihren Augen, als sie mich gefragt hat, ob ich Brite sei, *Fuck*. Als wir nackt auf dem Bett lagen, hat sie mich gebeten, etwas typisch Britisches zu sagen. Ich schüttle den Kopf und lache angesichts der Erinnerung laut auf. Und dann dieser lächerliche Champagner-Cocktail, den sie getrunken hat. Eine weitere Lüge. Dieser Drink ist in keinem Land dieser Welt angesagt. Darüber hinaus kann ich mich nicht mehr erinnern, wann mich das letzte Mal eine Frau nach dem Sex abserviert hat.

Vielleicht werde ich sie heute Abend wieder in der Hotelbar vorfinden. Vielleicht. Will ich das? Normalerweise bin ich nicht auf eine Wiederholung aus, aber eine weitere Nacht mit dieser Frau würde ich nicht ausschlagen.

Warum zur Hölle habe ich sie heute Morgen abhauen lassen? Sie hat mich mit ihrem Abgang überrascht; ich war noch immer vom Sex benebelt und darum bemüht, mit den verschobenen Zeitzonen klarzukommen. Und dann war sie verschwunden und mit ihr der Geruch nach Kokosnuss, während ich mir das Bild von ihrem breiten Lächeln einprägte. Den Ausdruck auf ihrem Gesicht, als ich sie zum Höhepunkt brachte – mehrmals. Der Anblick ihrer Haare, die sich über mein Kissen ergossen. Den Moment, in dem sie kurz innehielt, als sie plötzlich auf mir saß, ehe sie ihre Hände auf meiner Brust abstützte und sich zu einem weiteren Orgasmus ritt.

Ich hoffe, das Schicksal meint es gut und mir ist eine zweite Runde mit ihr vergönnt. Aber zuerst: *Nan*. Ich bin hier für Nan, erinnere ich mich selbst.

Ich ziehe mich fertig an – Jeans und ein T-Shirt reichen für heute. Auf dem Boden finde ich mein Portemonnaie zusammen mit den Klamotten von gestern und stecke es ein. Die Klamotten lege ich auf meinen Koffer, damit das Reinigungspersonal nicht darüber stolpert. Dann sehe ich auf die Uhr und erkenne, dass ich gerade noch genug Zeit habe, um in die Lobby zu gelangen und Nan zu treffen. Unsere geführte Tour entlang Amerikas kulturhistorischen Sehenswürdigkeiten diese Woche beinhaltet nicht die *National Gallery*, doch sie meinte, dass sie sehr gern dort hingehen würde, also machen wir das. Gott, hilf mir. Kunst ist nicht mein Ding, aber für Nan gehe ich mit.

Ich stöhne bei dem Gedanken an all die Arbeit, die ich diese Woche nicht schaffen werde. Im Grunde habe ich keine Zeit für Tourikram, aber da ich an der Reihe bin, werde ich mir diese Zeit nehmen. Ich werde das schon regeln. Außerdem habe ich meinen Laptop dabei und werde etwas Arbeit erledigen, während uns der Bus von Stadt zu Stadt fährt, um über die Dinge in Großbritannien auf dem Laufenden zu bleiben.

Ich verlasse den Aufzug und betrete die Lobby, wo ich der Bar einen flüchtigen Blick zuwerfe. Nicht, dass ich erwarten würde, dass *Rose* um zehn Uhr morgens dort sitzen würde, aber es kann ja nicht schaden, nachzugucken, nicht wahr?

Nan wartet am Eingang der Hotellobby auf mich und ich schließe sie in meine Arme. Ihr Geruch ist mir genauso vertraut wie England selbst. Dann verbanne ich die Frau von letzter Nacht aus meinen Gedanken und konzentriere mich auf den Grund, warum ich hier bin.

5. Kapitel

Violet

Das ist die schlechteste Idee, die Daisy jemals hatte. Und glaubt mir, über die Jahre hatte sie so einige schlechte Ideen. Als wir fünf waren, bestand sie darauf, dass wir die Erlaubnis hätten, uns allein die Nägel zu lackieren, was damit endete, dass unsere Eltern den Teppichboden in unserem Kinderzimmer erneuern mussten. Als wir zehn waren, erzählte sie mir, sie müsste nicht für einen Mathetest lernen, weil unsere Gehirne miteinander verbunden seien und sie die Antworten ebenfalls wüsste, da ich sie ja wüsste. Als wir dreizehn waren, hat sie mich davon überzeugt, mit ihr in der Mädchentoilette die Klamotten vor dem Nachmittagsunterricht zu tauschen – und ihren Test in Naturwissenschaften für sie zu schreiben. Uns ist das Ganze geglückt, aber ich war ein nervöses Wrack und dachte die ganze Zeit über, wir würden erwischt und dann in den Kinder-Knast gesteckt werden. Als wir sechzehn waren, hat sie sich als meine Person ausgegeben und mit einem Typen geflirtet, da ich zu schüchtern war, es selbst zu tun. Sie hat ihn dazu gebracht, sie, als sie sich als mich ausgab, um ein Date zu bitten. Technisch gesehen, hat er also mich gefragt. Glaube ich zumindest. Wie dem auch sei, ich war dann diejenige, die mit ihm auf das Date gegangen ist – und ich hatte meinen ersten Kuss mit dem Kerl, also nehme ich an, dass zumindest dieser Plan nicht ein kompletter Reinfall war.

Regeln zu befolgen, ist mein Ding. Regeln zu brechen, das von Daisy.

Also, warum habe ich mich darauf eingelassen?

Das hier ist doch absoluter Irrsinn.

Ich bin sechsundzwanzig Jahre alt. Viel zu alt, um das durchzuziehen, was letzten Endes eine Zwillingsscharade ist. Ich hole mein Handy hervor und rufe Daisy an, während ich den *Sutton-Travel-Tour*-Bus beäuge, der vor dem *Sheraton* steht.

»Ich kann das hier nicht machen«, sage ich zu ihr, sobald sie abhebt.

Sie seufzt mir ins Ohr. »Ich hab deinen Bullshit so satt, Violet. Benimm dich wie ein großes Mädchen und mach es einfach.« Das ist meine Schwester, ihr Lieben.

»Danke, Daisy. Das ist wirklich nett.«

»Gern geschehen. Denk daran, dass dich niemand dazu zwingt, das zu tun. Wenn du lieber zurück zu mir nach Hause kommen und die nächsten sechs Monate weiter schmollen willst, dann bist du herzlich willkommen. Du kannst sogar mein Zimmer benutzen, ich bin ohnehin nicht zu Hause.«

Ich seufze in den Hörer.

»Genau, Vi. Was du brauchst, ist einen Tritt in den Hintern. Ein Abenteuer!« Ihre Stimme hebt sich bei dem Wort *Abenteuer* und ich weiß, dass sie gleich ihr Totschlagargument bringen wird. »Bist du nicht gelangweilt, Violet? Du solltest ein bisschen leben. Wirf die Vorsicht über Bord. Pack das Leben bei den Eiern!« So, wie ich meine Schwester kenne, fuchtelt sie bei diesen Worten wild mit den Armen herum. »Du bist immer die Verantwortungsbewusste, und wo hat dich das hingebracht? Nirgendwohin«, ergänzt sie unnötigerweise. Denn es stimmt. Ich war immer diejenige, die ihr Leben geplant hat, und trotzdem bin ich jetzt hier, ohne einen Job und auf ihrem Sofa lebend.

Ich nehme mir einen Moment, um selbstgefällig in Erinnerungen an den geheimen One-Night-Stand von letzter Nacht zu schwelgen. Daisy weiß davon nichts. Das war auch ungeplant. Es war ein spontaner Home Run, wenn ich das so sagen darf, und wenn ich daran zurückdenke, muss ich wie eine Idiotin grinsen. Zwar habe ich keinen anderen One-Night-Stand, mit dem ich ihn vergleichen könnte, aber ich bin mir ziemlich sicher, dass er außergewöhnlich war. Ich kann immer noch nicht glauben, dass ich das wirklich durchgezogen habe, denn es ist so was von untypisch für mich, mit einem Fremden anzubandeln. Niemals zuvor bin ich auch nur in die Nähe davon gekommen, mit einem Fremden ins Bett zu gehen. Das mit dem One-Night-Stand habe ich super hingekriegt.

Ich frage mich, ob ich ihm heute Abend wieder in der Hotelbar begegne oder er bereits ausgecheckt hat. Natürlich wäre es rein rechnerisch kein One-Night-Stand mehr, wenn ich noch mal mit ihm schlafe, oder?

»Hallo, Violet? Hörst du mir zu?«, unterbricht Daisy meine schmutzige Rückblende und ich konzentriere mich wieder auf sie.

»Ja, ich höre dir zu.« Ich habe mich in den letzten vierundzwanzig Stunden echt zu einer Lügnerin gemausert.

»Es ist also keine große Sache, Vi. Tu es oder lass es. Bleib oder geh hin.«

»Es ist keine große Sache? Du wirst gefeuert, wenn ich nach Hause gehe, Daisy. Denn diese Tour startet in fünf Minuten und du bist nicht hier. Wo bist du überhaupt? An einem Flughafen? Es klingt danach. Und wie kannst du bitte so gleichgültig sein, wenn es darum geht, dass du gefeuert werden könntest? Seinen Job zu verlieren, ist definitiv eine große Sache. Ich weiß das.«

»Gefeuert zu werden, ist keine große Sache. Das sag ich dir immer wieder. Alles eine Frage der Perspektive, Vi. Du bist nicht wohnungslos und leidest keinen Hunger. Gefeuert zu werden, ist nicht das Ende, es ist ein Anfang. Ein Anfang von etwas Größerem und Besserem«, sagt sie in einem so verträumten Tonfall, wie es nur meine Schwester kann. »Das Leben verändert sich jeden Tag. Du wirst nie wissen, was der morgige Tag bringt, glaub mir. Nutze den verdammten Tag.«

»Was ist überhaupt so dringend, dass du deinen Job dafür in Gefahr bringst? Es ist schließlich eine ziemlich nette Sache für dich.« Daisys Hauptaugenmerk liegt auf dem Schreiben von Beiträgen ihres Reiseblogs, aber dieser Job erlaubt es ihr, zwei Sachen zu verbinden. Sie wird für die Sightseeing-Touren bezahlt und in ihrer freien Zeit fotografiert sie und sucht nach versteckten Schätzen, die eine größere Tourgruppe nicht bewältigen könnte, ihr aber das perfekte Material für ihren Blog liefern. Sie hat ihren Blog aus dem Nichts aufgebaut und erhält mittlerweile dank Werbung und Affiliate-Links ein gutes Einkommen. Zudem arbeitet sie auf selbstständiger Basis, was es leicht für sie macht, das mit ihren Verpflichtungen *Sutton Travel* gegenüber zu vereinbaren. Es ist ideal und sie wäre verrückt, das aufzugeben.

»Ich muss etwas erledigen«, sagt sie leichtfertig.

Etwas. Ich bin mir nicht sicher, ob ich überhaupt wissen will, worum es sich dabei handelt.

»Ich leg jetzt auf«, sagt sie. »Steig einfach in den Bus, Violet. Du kannst dich durch die Tour mogeln. Du hast mir dabei schon mal zugeschaut und es ist nicht so schwer. Außerdem habe ich dir eine Schritt-für-Schritt-Anleitung gegeben.«

»Ich werde es verbocken.« Ich schlucke trocken. »Wie kann ich nur eine Reise leiten, die ich selbst erst ein Mal mitgemacht habe?« Letzten Monat habe ich genau die gleiche Tour mitgemacht, als sie nicht ausverkauft war und sie noch ein paar freie Plätze im Bus hatte. Ich war jedoch nicht besonders aufmerksam, sondern habe fast die ganze Zeit dazu genutzt, um auf Marks Facebook-Seite herumzuspionieren, was idiotisch war. Aber zu der Zeit hatte ich das Gefühl, es wäre notwendig.

»Das wissen sie nicht, Violet. Darüber haben wir doch schon gesprochen. Keiner auf dieser Tour wird wissen, dass du keine Ahnung hast, was du da tust. Keiner von denen ist überhaupt Amerikaner. Du kannst denen erzählen, was auch immer du willst. Lächle einfach und achte darauf, dass dir keiner während einer Pinkelpause abhandenkommt, und schon ist alles im grünen Bereich.«

»Nimmst du ernsthaft an, dass nur Amerikaner die amerikanische Geschichte kennen?«, frage ich sie zum zehnten Mal. Diese Vorstellung ist einfach bekloppt.

»Ich nehme an, dass du, da du keinen Job hast, das Geld, was mir *Sutton Travel* für die Tour bezahlt, gut gebrauchen kannst. Denn ich werde es dir überweisen.«

Touché.

Aber es stimmt und ich habe für diese Woche keinerlei Vorstellungstermine. Null. Seit sechs Monaten verschicke ich nun schon meine Bewerbungsunterlagen und habe nichts anderes gemacht, als zu Vorstellungsgesprächen für Jobs zu gehen, die ich einerseits sowieso nicht haben will und mir andererseits auch gar nicht gegeben werden. Dadurch fühle ich mich scheiße, denn ich kann nicht mal etwas ablehnen, an dem ich gar nicht interessiert bin.

»Außerdem weiß ich, dass du das Skript, das ich dir geschrieben habe, gut genug befolgen kannst, um dich vor ein paar Touristen aus anderen Ländern durchzumogeln«, fügt sie hinzu. »Schließlich bist du keine Idiotin, die das Weiße Haus mit dem Kapitol verwechseln wird. Folge einfach dem Spickzettel, den ich dir gemacht habe.«

»Folge einfach dem Spickzettel«, wiederhole ich, was pure Ironie ist, da Spicken und Schummeln das ist, was Daisy hauptsächlich durch die Highschool gebracht hat.

»Der Busfahrer kennt die Route und alle Zwischenhalte sind bereits arrangiert. In Washington und Gettysburg übergibst du die Gruppe an lokale Experten. Da lädst du sie praktisch nur ab und sammelst sie dann wieder ein. Du schaffst das.«

»Okay.« Ich stoße den Atem aus und beäuge wieder den Bus. »Und du hast noch keine Tour mit diesem Busfahrer gemacht? Tom? Er erwartet nicht, dass ich ihn kenne?«

»Nein. Ich hab dir schon gesagt, dass es mindestens ein paar Hundert Fahrer gibt. Selten habe ich überhaupt einen von ihnen ein zweites Mal gesehen und diesen kenne ich definitiv nicht. Alles ist gut.«

»Okay«, murmle ich. »Das ist trotzdem eine schreckliche Idee.«

»Es ist eine geniale Idee«, antwortet sie voller Selbstbewusstsein. »Außerdem würden all die Touristen auf dem Trockenen sitzen, wenn du nicht auftauchst.«

»Das stimmt nicht«, erwidere ich langsam und rolle mit den Augen, auch wenn sie mich natürlich nicht sehen kann.

»Es stimmt schon irgendwie. Deine erste Flughafenabholung ist in weniger als einer Stunde. Die Firma wäre nicht in der Lage, so schnell einen Ersatz bereitzustellen. Denk einfach an all die netten Kanadier, die am Abfahrbereich des Flughafens auf dich warten und sich fragen, wo du bleibst.«

»Du meinst wohl, dass sie sich fragen, wo *du* bleibst«, erwidere ich trocken.

»Wie auch immer. Sie werden traurig sein, Violet. Traurig darüber, dass sie den ganzen Weg nach Amerika gekommen sind und niemand sie begrüßt hat.«

»Warum hebst du eigentlich die Kanadier hervor? Wären nicht alle traurig?«

»Ich dachte, ich appelliere an dein weiches Herz. Jeder weiß, wie freundlich die Kanadier sind«, sagt sie unverfroren. »Ich wette mit dir, dass dir einer von ihnen Süßigkeiten aus Ahornsirup anbietet, bevor die Woche rum ist.«

»Du bist lächerlich«, murmle ich, muss aber lächeln.

»Hab dich lieb, Vi. Du bist meine Erdnussbutter.«

»Und du meine Marmelade.«

Wir beenden unser Telefonat und ich pinne mir den *Sutton-Travel-Button,* auf dem *Daisy* steht, mit neu gewonnenem Selbstbewusstsein an mein Top. Daisy hat recht. Ich kann das schaffen und ich brauche die Kohle dafür dringend.

Das passiert, wenn die Firma, für die du arbeitest, zwei Wochen, bevor du den Vertrag für dein eigenes Heim abschließen willst, verkauft und dein Job gestrichen wird. Wie sich herausstellte, sind Banken mehr als skeptisch, wenn es darum geht, jemandem einen über dreißig Jahre laufenden Kredit zu gewähren, wenn dieser Jemand keinen Job hat. Ich hatte in Bezug auf mein altes Apartment bereits alles geregelt und die meisten meiner Sachen in Kisten verpackt, als meine Welt implodierte. Also wurden die Boxen eingelagert und ich zog zu Daisy auf die Couch.

Zur gleichen Zeit habe ich auch noch meinen Freund verloren.

Wenn ich sage, dass ich ihn verloren habe, meine ich das wörtlich. Denn er lebt noch – ich habe ihn nur nicht mehr. Wir haben zusammen gearbeitet. In unterschiedlichen Abteilungen – also nichts Skandalöses. Er war der Sohn der Firmenbesitzer, alle wussten von uns, es war kein Geheimnis und ich habe keine Vorteile daraus gezogen. Natürlich nicht. Ich wollte nie irgendwelche Gefallen.

Außer ...

Als das alles passiert ist, war ich die Letzte, die es erfuhr. Die allerletzte Person. Ich war gerade dabei, in meiner Mittagspause ein paar Sachen zu erledigen, als die E-Mail an die Angestellten mit der Information kam, dass die Firma an ein größeres Unternehmen verkauft worden war. Ein größeres Unternehmen, das nur noch die Hälfte der aktuellen Arbeitsplätze brauchte. Ein größeres Unternehmen, das Mark in eine andere Stadt versetzte, damit er dort eine hohe Führungsposition bekleiden konnte – natürlich alles Teil des Deals, mit dem sein Vater die Firma verkauft hatte. Als ich zurück ins Büro kam, stieß ich dort auf eine Repräsentantin der Personalabteilung der neuen Firma, die mir eine Abfindung anbot.

Habt ihr eine Ahnung, wie so eine Abfindung aussieht, wenn ihr sechsundzwanzig seid? Ein Wochenlohn für jedes Jahr, das man dort gearbeitet hat. Ich war für dreieinhalb Jahre in der Firma. Drei Wochenlöhne. Sie haben nicht mal wegen des zusätzlichen halben Jahres aufgerundet.

Innerhalb von zwei Wochen zog Mark für seinen neuen Job nach Kalifornien und ich verlor mein erspartes Geld, das ich in die Eigentumswohnung gesteckt hatte.

Er hat sich kaum die Mühe gemacht, mit mir Schluss zu machen, ehe er ging. Insofern, als dass er praktisch nichts diesbezüglich gesagt hat. Wisst ihr, wie ätzend es ist, wenn jemand eine Trennung *andeutet*, sie dann aber nicht vollzieht? Komplette Scheiße ist das. Punkt. Ich musste praktisch mit mir selbst Schluss machen. Danke, Arschloch. Er sagte, er würde nach San Francisco ziehen und ich fragte – dummerweise, wie sich dann herausstellte –, was das für uns bedeuten würde. Er runzelte die Stirn und sagte irgendwas von wegen, dass die Entfernung wohl ein bisschen zu groß sei, so als wäre ich unterbelichtet, weil ich es nicht sofort verstanden haben. »Das ist gerade eine sehr wichtige Zeit für mich, Violet.«

Irgendein Mädel namens Lindy hat ihn nun an der Backe.

Also brauche ich das hier wirklich.

Als ich auf den Bus zugehe, gehen die Schiebetüren auf und der Fahrer springt, ein breites Grinsen im Gesicht, die Treppenstufen hinunter. »Daisy!«, ruft er und starrt auf meine Brüste.

Fuck, er kennt mich. Ich meine sie. Er kennt meine Schwester.

6. Kapitel

Violet

»Hey.« Ich lächle und werfe einen Blick auf sein Namensschild. *Fuck, Fuck, Fuck*. Tom sollte diese Woche der Fahrer sein. Tom Masey, den sie noch nie getroffen hat, wie Daisy mir versicherte. Nicht George, wer auch immer das ist und den sie offensichtlich kennt. »George«, sage ich und lege etwas mehr Enthusiasmus in meine Stimme. »Hey!« Ich frage mich, wie viele Trips die beiden wohl gemeinsam hinter sich gebracht haben. Wie gut kennt er ihr Verhalten? Das hier wird so viel schwieriger werden, wenn er erwartet, dass ich mich wie sie verhalte.

Er kommt zu dicht vor mir zum Stehen und lächelt breit, ein Grübchen zeigt sich in seiner Wange. Er ist attraktiv und als er einen Arm um meine Taille legt, wird mir auf einmal sehr klar, wie gut er Daisy wirklich kennt.

Ich werde sie umbringen.

»George«, sage ich, als ich mich aus seiner Umarmung winde und versuche, nicht in Panik zu verfallen. »Ich dachte, Tom wäre diese Woche mein Fahrer.«

»War er auch, aber als ich gesehen habe, dass du diese Tour hast, habe ich mit ihm getauscht.« Er zwinkert mir zu. »Er hat meine Tour von Boston nach Maine übernommen.«

»Das könnt ihr machen?«, frage ich, ehe ich mich wieder fange. »Ich meine, das ist toll.« Ich nicke und verstärke den Griff um mein Telefon, das ich noch immer in der Hand halte. Ich muss Daisy anrufen und dann muss ich mir meinen Koffer schnappen und die Beine in die Hand nehmen. Das hier kann ich auf keinen Fall durchziehen. Unter keinen Umständen. »Weißt du was? Ich muss rasch einen Anruf tätigen«, sage ich und deute auf das Handy in meiner Hand, als ich einen Schritt rückwärts mache. Einen weiteren Schritt schaffe ich nicht, da schlingt George wieder einen Arm um mich und dreht mich zum Bus um.

»Komm schon, Daisy, du kannst vom Bus aus anrufen. Wir müssen uns auf den Weg machen, wenn wir noch pünktlich am ersten Flughafen ankommen wollen, um die erste Gruppe abzuholen. Du weißt, dass Pünktlichkeit der Schlüssel zu allem ist.«

»Ähm«, murmle ich, doch er ist mir auf den Fersen, also erklimme ich die Stufen zum Bus.

Es handelt sich um einen Luxusreisebus, so einen, den ich bereits von meiner letzten Tour mit Daisy kenne. Ich gehe die Stufen hinauf, die am Fahrersitz vorbeiführen, und sehe mich im leeren Bus um, ehe ich mich widerwillig auf einen der freien Plätze in der ersten Reihe setze. George schließt die Türen, schnallt sich an und setzt sich eine Sonnenbrille auf, ehe er das große Gefährt aus der Parkbucht manövriert.

»Also, Daisy«, beginnt George, als er an einer roten Ampel an der Frying Pan Road hält.

Bleibe ich oder renne ich davon? Abhauen wäre natürlich die vernünftige Wahl, aber wie komme ich aus dieser Sache raus? Soll ich George erzählen, dass ich gar nicht Daisy bin? Soll ich ihm sagen, dass ich mich plötzlich krank fühle, und ihn bitten, rechts ranzufahren? Dann könnte ich einfach losrennen, aber ein Blick aus dem Fenster zu den vorbeirasenden Autos verrät mir, dass das höchstwahrscheinlich nicht die sicherste Idee wäre.

Aber vielleicht haben sie ja gar nicht miteinander geschlafen? Vielleicht hat er sie nur einmal getroffen und denkt jetzt, er habe eine Chance bei ihr. Da Daisy immer rumflirtet, ist das nicht abwegig. Aber ich kann mich ja schlecht vorbeugen und ihn fragen, woher er meine Schwester kennt, oder? Schließlich denkt er, ich sei meine Schwester. Heiliger.

»Daisy?«, sagt George wieder, aber er kommt nicht weiter, ehe ich wieder Haltung annehme und realisiere, dass ich nur noch zehn Minuten habe, bis wir den Flughafen erreichen. Weniger als zehn Minuten, um herauszufinden, wie ich die Sache angehen soll, denn ich laufe nicht einfach davon. Ich möchte, dass die Leute mit mir zufrieden sind. Ich bin die Art von Frau, die so was regelt.

Auch wenn mich der Gedanke, jemanden im Stich zu lassen,

dazu bringt, mich übergeben zu wollen. Zwar würde ich Daisy im Moment am liebsten erwürgen, aber ich möchte sie dennoch nicht hängen lassen.

»Ich muss diesen Anruf tätigen«, verkünde ich, stehe auf und ergreife Halt suchend den am Sitz befestigten Griff. »Es ist privat«, ergänze ich, als ich den schmalen Gang entlang in den hinteren Teil des Busses gehe und bereits Daisys Nummer wähle.

»Hast du dir schon jetzt in die Hosen gemacht?«, fragt sie, sobald der Anruf durchgegangen ist. »Es sind erst fünf Minuten verstrichen. Fünf Minuten, Vi. Das Ganze ist nicht kompliziert. Du stehst beim Gepäckkarussell Nummer eins und hältst das Schild mit der Aufschrift *Sutton Travel* in die Höhe. Die Tourteilnehmer werden dich finden. Du hakst sie auf deiner Liste ab und schickst sie zu ...«

»Daisy«, schnauze ich sie an und unterbreche ihr Gerede. »Das ist nicht der Grund, weswegen ich anrufe. Wir haben ein Problem.«

»Das da wäre, Violet?«, will sie wissen, klingt dabei aber nicht besorgt. Das tut sie nie. Ich habe mir immer vorgestellt, wie ich mit einem Stirnrunzeln auf die Welt kam und sie fünf Minuten später, dem Arzt ein High Five gebend. Dass wir die gleiche DNA teilen, erstaunt mich immer wieder. Dennoch kann ich mir ein Leben ohne sie nicht vorstellen.

»Sie haben nicht Tom geschickt, sondern George«, sage ich leise. Nicht, dass ich glaube, George könne mich aus dieser Entfernung hören, aber man kann nie vorsichtig genug sein. »Und George kennt dich auf jeden Fall. Er hat gesagt, er habe wegen dir seine Tour getauscht.«

»Hm«, antwortet sie nach einer Weile. »Okay.«

»Okay?«, wiederhole ich außer mir. »Führ das gefälligst näher aus, Daisy. Ich kann von hier aus schon den Flughafen sehen. Ich habe nicht viel Zeit. Wie gut kennst du diesen Typen?«

»Ich denke gerade nach. Welcher George ist es?«

Für einen Moment nehme ich das Handy vom Ohr und starre es ungläubig an. »Ich nehme an, dass es der George ist, den du im biblischen Sinne kennst, dem nach zu urteilen, wie er mich angesehen hat«, erwidere ich, verdrehe die Augen und halte mir das Telefon wieder ans Ohr.

»Okay«, sagt sie und zieht dabei das Wort in die Länge.

Ich brauche ganze zwei Sekunden, um herauszufinden, was das bedeutet. »Du hast mit zwei Fahrern namens George geschlafen?«, fauche ich. »Wer tut so etwas?«

»Wahrscheinlich eine Menge Frauen«, erwidert sie ungeniert. »Die beiden Georges sind heiß und hör auf, mir deshalb ein schlechtes Gewissen machen zu wollen, du weißt, dass das nicht funktioniert.«

»Offensichtlich«, antworte ich trocken.

»Wie auch immer«, sagt Daisy gedehnt. »Welcher George ist es? Der heiße oder der heiße und zugleich lustige?«

»Woher soll ich das bitte schön wissen? Ich hab ihn erst vor fünf Minuten kennengelernt.«

»Hm, auch wahr. Ich nehme an, dass es nicht von Bedeutung ist, um welchen George es sich handelt. Nur schlaf nicht mit ihm, das wäre seltsam.«

»Meinst du?«, erwidere ich sarkastisch. Wir daten niemals die gleichen Typen. Wirklich niemals. Wir stehen uns zwar nah, aber so nah dann auch wieder nicht. »Womit habe ich es hier zu tun, Daisy? Ist einer der Georges in dich verliebt? Hast du einen Kosenamen, auf den ich reagieren muss? Muss ich ihm sein Herz brechen?«

»Nein.« Sie lacht und es klingt wie ein Schnauben. »Keiner der beiden Georges ist in mich verliebt«, sagt sie. »Definitiv nicht«, ergänzt sie und klingt dabei ein wenig traurig.

»Wir sind am Flughafen angekommen. Ich muss auflegen. Du bist meine Erbse.«

»Und du mein Topf. Hab dich lieb.«

7. Kapitel

Violet

Ich bin erschöpft. Nach dem Trip zum Flughafen heute Morgen habe ich dafür gesorgt, dass alle Reiseteilnehmer im Hotel eincheckten und wussten, wo wir uns heute Abend treffen werden. Dann habe ich das Gleiche noch mal für die Gruppe gemacht, die wir am Nachmittag abgeholt haben. Wenn mich jemand etwas gefragt hat, habe ich mich jedes Mal ein kleines bisschen verspannt, weil ich Angst hatte, möglicherweise die Antwort nicht zu wissen. Darüber hinaus musste ich George aus dem Weg gehen. Jemandem aus dem Weg zu gehen, ist schwierig. Denn man muss immer genau wissen, wo sich derjenige befindet, um nicht zur selben Zeit am selben Ort zu sein. Sollte dieser Fall doch eintreten, ist es gut, ein reizendes Pärchen aus Australien als Puffer dazwischen zu haben, damit dir derjenige nicht seine Zimmernummer offerieren kann. Nur so als Beispiel.

Ich muss da in den sauren Apfel beißen.

Ich betrachte das Bett in meinem Hotelzimmer und überlege, mich zumindest für ein paar Minuten hinzulegen, aber die Zweckmäßigkeit siegt. Die nächste Stunde über habe ich etwas Freizeit, bis ich die Gruppe unten treffen muss. Ich werfe noch einmal einen Blick auf die Liste mit meinen Reiseteilnehmern, damit ich absolut sicher sein kann, dass ich niemanden vergessen habe. Heute haben wir nur zweiunddreißig Leute am Flughafen eingesammelt. Die übrigen neun haben eigene Vorkehrungen getroffen oder sind bereits früher in der Stadt angekommen, aber das Hotel hat mir gesagt, dass alle eingecheckt haben, also kann ich diesen Punkt von meiner Liste streichen.

Einundvierzig Gäste anwesend. Check.

Außerdem habe ich mich versichert, dass die Hotelbar heute Abend einen Bereich für uns abgesteckt hat und pünktlich um achtzehn Uhr ein kleines Büfett mit Fingerfood anbietet. Check.

Dann habe ich die hiesige Reiseführerin angerufen und den Ort verifiziert, an dem sich unsere Truppe morgen mit ihr treffen wird. Check.

Zufrieden klappe ich meinen Laptop auf und überprüfe meine E-Mails, um zu sehen, ob ich irgendwelche Rückmeldungen auf meine Bewerbungen erhalten habe. Nichts, stelle ich fest und beiße mir auf die Unterlippe. Ich stoße den Atem aus und versende dann einige E-Mails an Arbeitsvermittler, mit denen ich schon mal gearbeitet habe, ehe ich einen schnellen Blick in meine Lieblingsjobbörsen werfe. Ich schaffe es, noch einige Bewerbungen zu versenden, bevor es an der Zeit ist, den Laptop auszuschalten und nach unten zu gehen. Vorher trete ich noch einmal vor den Spiegel und streiche meine Bluse glatt. Eigentlich Daisys Bluse. Gott sei Dank gibt es für die Tourguides keine festgelegte Uniform. Die Busfahrer müssen eine tragen, bestehend aus schwarzer Hose, einem Hemd, einer Weste und abhängig vom Wetter einer passenden Jacke dazu. Auf jeden Fall recht attraktiv, wenn man auf so was steht. Daisy steht ganz offensichtlich auf so was, denke ich schmunzelnd. Ich muss meine Schwester einfach lieben. Wie auch immer, die Tourguides haben wie gesagt keine Uniform. Sie dürfen keine Shorts oder Jeans tragen. Keine T-Shirts. Businessmäßig, aber leger, hat Daisy gemeint, als sie ihren Koffer gepackt und ihn mir in die Hand gedrückt hat. »Ich habe dir ein paar Sachen geliehen. Das Sommerkleid, das du dir immer borgst, ohne mich zu fragen, und auch der pinke Rock, den ich mir gerade gekauft habe, sind da drin«, ergänzte sie, während ich sie nur anstarrte, als hätte sie nicht mehr alle Tassen im Schrank. Da die Nummer damit endete, dass ich zustimmte, bin ich ganz offensichtlich ebenfalls verrückt.

Zum hundertsten Mal kann ich mal wieder nicht glauben, dass ich mich auf diese Sache eingelassen habe. Aber es ist an der Zeit, dass ich meinen Groove zurückgewinne. In dem Punkt hat Daisy recht. Auch wenn die Tatsache, dass ich meine Schwester in Form eines Tourguides für *Sutton Travel* verkörpere, nicht unbedingt meine Vorstellung davon ist, mein Leben wieder auf die Reihe zu kriegen, ist es immerhin ein Anfang. Die Bezahlung ist nicht schlecht und ich brauche die Kohle dringend. Außerdem geben die Reisenden dem Tourguide und dem Busfahrer am Ende der Reise für gewöhnlich ein Trinkgeld und Daisy hat mir versprochen, dass dabei ein hübsches Sümmchen zusammenkommt.

Und mal ehrlich, ich musste meinen Hintern wirklich mal wieder von ihrer Couch bewegen.

Daisy hat tolle Klamotten, sinniere ich, während ich mich ein wenig in dem pinken Rock hin- und herdrehe. Ich werde auf jeden Fall ein paar der Outfits behalten, die sie mir eingepackt hat. Als Bonuszahlung. Sie schuldet mir so viel dafür, dass sie mir diesen Job aufgebürdet hat, denn ihre Gründe sind nicht ganz uneigennützig. Ich kenne meine Zwillingsschwester, sie führt diese Woche etwas im Schilde.

Also werde ich das Beste aus der Situation machen. Das ist sowieso irgendwie mein Motto. *Finde einen Weg, dich hervorzutun, egal, was das Leben dir zwischen die Beine wirft.* Ich habe es satt, mich in Selbstmitleid zu wälzen, und schlage endlich ein neues Kapitel auf. Die Batterie meines Lebens brauchte Starthilfe und das ist jetzt der Moment dafür.

Der Typ von gestern Nacht war eine hammermäßige Starthilfe, denke ich und grinse mich selbst wie eine Idiotin im Spiegel an. Ich kann nichts dagegen tun, ich bin sehr zufrieden mit mir selbst, weil ich gestern so unverfroren war. Ich fühle mich seltsam ... stolz auf mich selbst. Ist das normal? Stolz auf einen One-Night-Stand zu sein? Tja, ich bin es auf jeden Fall. Letzte Nacht hat mir das Leben einen sexy Briten geschickt und ich habe das Beste daraus gemacht – und das sogar ohne einen Spickzettel von Daisy. Technisch gesehen, mag mir der Artikel aus der Frauenzeitschrift einen Schubs in die richtige Richtung gegeben haben, aber ich habe es letzten Endes selbst durchgezogen. Ich bin in die Bar gekommen und habe ihn angelächelt, korrekt, nicht wahr? Also ja, ich bin heute ein bisschen stolz auf mich.

Ich werde dieser Woche zeigen, wer der Boss ist. Denn ich

habe meinen Spickzettel und zudem mein Selbstbewusstsein zurück. Ich atme einmal tief durch und mache mich vor dem Spiegel gerade. Ich habe noch viele Bewerbungen ausstehen und erst heute wieder welche verschickt. Außerdem habe ich noch zwei Jobvermittler im Rücken, die an mich glauben und sich melden, sobald sie einen passenden Job für mich in Aussicht haben. Vielleicht rufen sie mich sogar schon diese Woche an. Man kann ja nie wissen.

Ich schnappe mir den Spickzettel für das Begrüßungsabendessen zusammen mit den gratis *Sutton-Travel*-Stofftaschen sowie Schlüsselbändern für die Gäste und gehe mit einem strahlenden Lächeln im Gesicht nach unten. Die Dinge laufen definitiv wieder nach Plan und Daisy hat recht: Niemand wird nachhaken, wenn ich etwas verzapfe. Sie werden es nicht einmal merken.

Mr Magic-Mouth. Wer hätte gedacht, dass eine Nacht mit diesem Mann meinem Selbstbewusstsein den so dringend benötigten Kick geben würde? Würde er eine Wiederholung wollen? Oder ist er bereits auf seiner nächsten Eroberungstour, dieses Mal bei einer Frau, die beständiger ist als ich? Nein, darüber werde ich nicht nachdenken. Ich wollte einen One-Night-Stand und den habe ich bekommen.

8. Kapitel

Jennings

Um achtzehn Uhr betreten Nan und ich den kleinen Essbereich, der an die Hotelbar angeschlossen ist. Ein Schild gibt an, dass dieser Bereich für unsere *Sutton-Travel*-Gruppe reserviert ist, also halten wir nach zwei freien Plätzen an einem leeren Tisch Ausschau und machen es uns dort bequem. Drei Ladys aus Kanada, die gemeinsam reisen, gesellen sich kurz darauf zu uns. Nan unterhält sich mit ihnen, während ich hin und wieder nicke und auf meine Uhr sehe, gleichzeitig jedoch auch die Gruppe betrachte, mit der ich die nächste Woche verbringen werde. Hauptsächlich Rentnerehepaare. Die Truppe Frauen auf Mädelsurlaub, die an unserem Tisch sitzt. Einige Pärchen, vielleicht in den Dreißigern. Ein oder zwei Personen, die allein zu reisen scheinen.

Es ist interessant, einer Gruppe Fremder dabei zuzusehen, wie sie sofort ein Band miteinander knüpfen, allein durch die Tatsache, dass sie gemeinsam reisen. Verflucht langweilig für mich, aber toll für all die anderen Menschen hier. Der Trip scheint einen guten Start hingelegt zu haben – die Leute gehen aufeinander zu, stellen sich nickend vor und lächeln, während sie Informationen darüber austauschen, woher sie stammen, und sich gegenseitig wegen langer Flüge und Reiseerschöpfung ihr Mitgefühl aussprechen.

Und dann betritt die Frau von gestern Nacht den Raum. Sie geht direkt in den Bereich, der für die Reisegruppe reserviert wurde. Ich blende alles aus und konzentriere mich nur noch auf sie.

Sie ist sogar noch liebreizender als gestern Abend, wenn das überhaupt möglich ist. Ihr herrlich dunkles Haar hat sie zu einem Pferdeschwanz zusammengebunden, dessen Enden sich in dichten Locken wellen. Ihre Lippen sind in einem hellen Pinkton angemalt und ihre Augenbrauen hat sie vor Konzentration leicht in die Höhe gezogen, so als halte sie möglicherweise nach jemandem Ausschau. Hält sie wirklich nach jemandem Ausschau? Ihr Blick wandert schon fast hektisch durch den Raum, während ich im Kopf die ganze Gruppe durchgehe, die ich gerade beobachtet habe, und versuche, sie mit einem von ihnen in Verbindung zu bringen. Mit wem könnte sie hier sein? Vielleicht reist sie mit einer Freundin? Mir sind ein paar Alleinreisende in der Gruppe aufgefallen, aber *Rose* sieht nicht so aus, als würde sie zu einem von ihnen gehören, und ich habe auch keinen von ihnen einen Sitzplatz reservieren gesehen.

Rose trägt eine weiße Baumwollbluse. Sie spannt etwas über ihren Brüsten und mir wird klar, dass ich auf jeden Fall eine zweite Nacht mit ihr verbringen möchte. Zu wissen, wie sie unter dieser Bluse aussieht, ist Folter. Sie hat perfekte rosige Brüste. Ich denke daran, wie sie sich in meinen Händen angefühlt haben und welches Geräusch sie gemacht hat, als ich sie mit dem Mund liebkost habe. Ich brauche eine weitere Kostprobe.

Ihre Zunge lugt zwischen ihren Lippen hervor, als sie diese befeuchtet, dann atmet sie einmal tief durch und öffnet ihren Mund, um etwas zu sagen, eine Millisekunde bevor ich realisiere, dass sie eine Handvoll *Sutton-Travel*-Stoffbeutel trägt. Ich vermute, dass alle Personen im Raum mittlerweile ihre Aufmerksamkeit auf *Rose* gerichtet haben. Doch das könnte ich nur herausfinden, wenn ich denn gewillt wäre, meinen Blick auch nur für einen Moment von ihr zu nehmen.

»Hallo«, sagt sie zur Gruppe und winkt kurz. »Noch mal ein Hallo an alle und herzlich willkommen auf der *Sutton-Travel*-Tour zu den geschichtlichen Highlights dieses Landes.«

Heilige Scheiße, sie ist die Reiseführerin. Ich lache hörbar auf und sie dreht den Kopf in meine Richtung. Als sie mich erblickt, rutscht ihr das Lächeln augenblicklich aus dem Gesicht. Ihr klappt der Unterkiefer nach unten und etwas lodert in ihren Augen auf, ehe sie ihr Bestes versucht, sich wieder unter Kontrolle zu kriegen, und ihren Fokus von mir losreißt. Mit einem *Ähm* wendet sie sich erneut an die Gruppe, während sie sich eine nicht existente Haarsträhne hinters Ohr streicht.

»Also, ähm, herzlich willkommen!«, wiederholt sie. Ihre Stimme ist jetzt ein wenig atemlos und sie zappelt unruhig herum. Ihr Blick geht überall hin, außer in meine Richtung. Sie verlagert ihr Gewicht von einem Bein auf das andere, während ich mich auf meinem Stuhl entspanne, die Beine ausstrecke und grinsend die Arme vor der Brust verschränke. Dieser Trip ist soeben um ein Vielfaches unterhaltsamer geworden.

Wie zur Hölle lautet ihr richtiger Name? Ich erinnere mich nicht daran, dass die Reiseführerin unserer Tour *Rose* hieß. Auf dem Handy rufe ich die Bestätigungsmail mit der Wegbeschreibung auf und eine Miss Daisy Hayden ist darin als Tourguide angegeben. Am Ende der E-Mail ist sogar ein Bild von ihr, zusammen mit einem allgemeinen Willkommensgruß, den das Unternehmen versendet. Vielleicht wäre es besser gewesen, ich hätte diese Nachricht gelesen, bevor ich sie gestern Abend in der Hotelbar aufgesammelt habe. Erneut schleicht sich ein Lächeln auf mein Gesicht. So ist das Ganze spaßiger. Sie ist also eine Daisy. Ich starre sie an, während ich darüber sinniere. Ich bin mir nicht sicher, ob der Name zu ihr passt; sie erinnert mich eher an eine seltene Blume als an eine gewöhnliche. Nicht, dass *Rose* besser gewesen wäre, aber es ist süß von ihr, wie sie bezüglich ihres Pseudonyms beim Blumenthema geblieben ist.

»Die meisten von euch habe ich ja schon im Laufe des Tages beim Abholen am Flughafen kennengelernt«, sagt sie, wobei sie einen weiteren Blick in meine Richtung wirft, »aber für den Rest von euch: Mein Name ist Daisy Hayden und ich werde diese Woche eure Reiseführerin auf der *Highlights-of-History*-Tour sein.« Während sie spricht, hat sie ein breites Lächeln im Gesicht, wirkt aber nervös. Gestern an der Bar war sie selbstbewusster. Sie plappert weiter über die Wettervorhersage und darüber, wie viel wir während der Besichtigung morgen laufen werden. Sie erinnert uns an die Wichtigkeit, dem Zeitplan genau zu folgen und ihr Bescheid zu sagen, wenn wir eine der geplanten Unternehmungen auslassen wollen. Dann lädt sie uns ein, das Büfett zu genießen, das für uns aufgebaut wurde.

Sie schafft es, das zu tun, ohne mich auch nur ein einziges Mal anzusehen. Ich erwische sie dabei, wie sie immer wieder kurz in meine Richtung blinzelt, dabei aber meine Tischnachbarn ansieht, ohne sich auf mich zu konzentrieren. Ich wiederum kann meinen Blick nicht von ihr nehmen. Sie ist wunderschön. Die Art und Weise, wie ihr Zopf hin und her wippt, als sie den Stapel mit den Stoffbeuteln auf einem leeren Tisch platziert und ihren Arm entlangstreicht, während sie sich leicht nach vorn beugt. Wie sie konzentriert die Augenbrauen zusammenzieht, wenn ein Gast sie etwas fragt, das ich über den Raum hinweg nicht verstehen kann. Die Kurven ihrer Waden und die zarte Form ihrer Knöchel, die zweckmäßigen Ballerinas an ihren Füßen. Ich bin ein gottverdammter Arsch, weil ich sie heute Morgen habe gehen lassen, aber jetzt habe ich eine weitere Chance. Schicksal, wenn man so will. Und der Gruppe sowie dem Reiseplan nach zu urteilen, wird sie jeden Abend mit ihren Verpflichtungen als Reiseführerin durch sein und noch einiges an freier Zeit haben.

Zeit, die sie am besten mit mir verbringt. Im Bett.

Ja, ich plane, Miss Hayden diese Woche sehr genau kennenzulernen.

Als die Gruppenteilnehmer aufstehen und sich auf den Weg zur Büfettschlange machen, weicht das Lächeln aus ihrem Gesicht und sie traut sich endlich, mir wieder einen Blick zuzuwerfen. Ihre Augen werden kugelrund, als sie bemerkt, dass ich sie unverfroren anstarre, ehe sie auf dem Absatz kehrt macht – ihr pinkfarbener Rock folgt dabei jeder ihrer Bewegungen – und das Restaurant verlässt. Sie hat den Kopf gesenkt und tippt etwas auf der Tastatur ihres Handys herum.

Ich sage Nan, dass ich ein geschäftliches Telefonat führen muss, und ermutige sie, schon mal zum Büfett zu gehen und mit ihren neuen kanadischen Freundinnen zu essen, während ich kurz weg bin. Dann folge ich Miss Hayden und finde sie wie erwartet draußen auf dem Flur wieder. Ich vermute, dass sie sich nicht aus dem Staub machen kann, bis das Willkommensessen vorüber ist. Sie ist halb hinter einer großen dekorativen Topfpflanze versteckt, mit einer Hand hält sie sich das Handy ans Ohr, die andere hat sie auf das freie Ohr gepresst, um die Umgebungsgeräusche auszublenden.

»Nein, ich habe ihm gesagt, mein Name sei *Rose*«, faucht sie ins Telefon. Sie steht mit dem Rücken zu mir und ich bleibe direkt hinter der Pflanze stehen, denn warum sollte ich das nicht tun? Wer wäre ich, wenn ich eine solch einmalige Gelegenheit, ein paar Informationen zu erhalten, verstreichen lassen würde?

»Warum? Ich weiß nicht, warum, es schien mir zu diesem Zeitpunkt einfach eine gute Idee. Ich dachte, wir würden beide einen falschen Namen benutzen. Schließlich hatte ich noch nie einen One-Night-Stand und keine Ahnung, wie so was abläuft.«

Darüber muss ich lächeln und bin froh, dass sie mir gerade nicht von Angesicht zu Angesicht gegenübersteht. Mein Lächeln wirkt vermutlich ziemlich aufgeblasen, aber ich kann nichts gegen die Zufriedenheit tun, die mich bei dem Wissen überkommt, dass ich derjenige war, dem diese Ehre zuteilwurde.

Es entsteht eine Pause, als Daisy ihrem Gesprächspartner zuhört. Wer auch immer das ist.

»Ich mache dir kein schlechtes Gewissen wegen deiner Flirtereien, ich erkläre es dir nur«, sagt sie und seufzt übertrieben. »Und du gibst mir das Gefühl, prüde zu sein, wenn du lachst. Das ist ziemlich heuchlerisch, Da...« Während sie spricht, dreht sie sich um und hält dann mitten im Satz inne, als sie mich entdeckt. »Ich muss auflegen«, wispert sie ins Handy und ich lächle. Es ist ein bisschen zu spät fürs Flüstern.

»Du«, sagt sie in einem Ton, der nicht gerade andeutet, dass sie sich freut, mich zu sehen. Sie ballt ihre freie Hand zur Faust, entspannt sich dann aber wieder, als sie sich etwas größer macht und den Kopf schüttelt. Während sie telefonierte, hat sie das Ende ihres Zopfes über ihre Schulter nach vorn gezogen und sich eine Locke daraus um den Finger gewickelt. Sie ruht nun auf ihrer Bluse und ich bin geneigt, meine Hand auszustrecken, um sie zu berühren, denke aber nicht, dass sie das zu diesem Zeitpunkt gestatten würde.

»Ja, ich«, bestätige ich. »Im Übrigen immer noch Jennings«,

ergänze ich schmunzelnd. Darauf reagiert sie gereizt. Etwas flackert in ihren Augen auf, bevor sie diese zusammenkneift, während ihre Mundwinkel nach unten wandern und sie die Arme defensiv vor der Brust verschränkt. »Also heißt du Daisy, nicht *Rose*«, stelle ich fest und teste, wie sich der Name auf meiner Zunge anfühlt. »Ich hätte dich nicht für eine Daisy gehalten.«

»Tja, bin ich aber«, erwidert sie scharf. »Eine Daisy«, betont sie, nur um sicherzugehen, dass ich es verstanden habe. Dann runzelt sie die Stirn. »Warum wirke ich nicht so, als könne ich eine Daisy sein? Daisys haben immer ordentlich Spaß.« Sie macht mit den Armen eine weit ausholende Geste, um anzuzeigen, wie viel Spaß sie haben kann, und ich verbeiße mir ein Grinsen.

»In Ordnung.«

»Übrigens dachte ich, du seist wegen der Arbeit hier«, faucht sie. »Nicht auf einer Urlaubsreise mit deiner Sugarmama.«

»Großmutter«, korrigiere ich. Ich bin wegen der Arbeit hier, wenn auch nur indirekt. Das sollte ich ihr sagen. Ich sollte.

»Also gut.« Sie lässt die Schultern sinken und zuckt dann einmal mit ihnen. »Deine Großmutter. Du bist auf einer Urlaubsreise mit deiner Großmutter«, wiederholt sie und zieht dabei das letzte Wort in die Länge. »Du bist fast vierzig und deine Großmutter bezahlt immer noch für deinen Urlaub. Weiter so.« Sie tippt sich mit dem Finger gegen die Stirn und schließt für einen Moment die Augen, während sie den Kopf schüttelt.

Wie bitte? Sie denkt, meine Nan bezahlt für diese Reise ... Oh, sie ist unvergleichlich. Und damit kann ich leben. »Schlimm, oder? Die Wirtschaft und so ist nicht mehr das, was sie mal war.« Ich stecke die Hände in meine Hosentaschen und lehne mich etwas in ihre Richtung, ehe ich weiterspreche. »Aber: Lass die Reise beginnen. Nicht wahr?«

Das ist der Slogan von *Sutton Travel. Let the journey begin.* Ich habe erwartet, dass sie mich anlächelt, aber sie sieht mich nur an, als sei ich ein Idiot.

»Hör zu, Jennings.« Sie nimmt einen tiefen Atemzug und

blickt weg. »Es tut mir leid wegen letzter Nacht.«

Es tut ihr leid?

»Mir war nicht klar, dass du auf dieser Tour mit dabei sein wirst«, fährt sie eilig fort. »Ich hoffe, dass das hier nicht zu unangenehm wird.«

»Warum sollte es das werden?«

Sie sieht mich wieder an, ihre Brauen ungläubig nach oben gezogen. Ihre Augen sind von einem tiefen Blau und werden von dichten Wimpern umrahmt. Diese Frau ist so verdammt schön.

»Ähm, weil du mich nackt gesehen hast?«

Ich verziehe die Lippen zu einem trägen Grinsen, während ich ihren ernsten Gesichtsausdruck und die leichte Röte auf ihren Wangen betrachte. »In der Tat habe ich dich nackt gesehen, *Love*«, stimme ich zu, während ich meinen Blick über ihren ganzen Körper und wieder zurück wandern lasse. »Da ist absolut nichts Unangenehmes dran«, stelle ich klar, als sie anfängt, unruhig zu werden, und noch mehr errötet. »Aber ich dachte, dass du die Männer, mit denen du schläfst, normalerweise mehr als ein Mal siehst, also sollte es doch kein Problem sein, mir noch mal zu begegnen, oder?«

Ihre Augen beginnen zu funkeln, als sie erkennt, dass ich diesen kleinen Informationsleckerbissen – nämlich dass ich bisher ihr einziger One-Night-Stand war – definitiv gehört habe. Ich grinse, während sie finster dreinblickt.

»Aber nicht bei der Arbeit«, flüstert sie. »Und nicht, ohne ihren Nachnamen und dergleichen zu kennen.« Sie schüttelt erneut den Kopf. »Das hier ist wirklich eine Katastrophe«, sagt sie mehr zu sich selbst als zu mir.

»Jennings Anderson«, erwidere ich und strecke ihr meine Hand entgegen. »Ich mag Steak, hasse Popcorn und liebe kleine Hundewelpen. Jetzt weißt du meinen Namen und ein paar Dinge über mich.« Einige, nicht alle. Nicht den Teil, den sie am interessantesten finden würde.

Sie legt den Kopf schräg und verengt die Augen, ehe sie antwortet. Zweifelhaft. So würde ich den Ausdruck auf ihrem

Gesicht beschreiben. Zweifelhaft. »Tja, nun, Jennings, wenn du mich entschuldigst, ich habe einen Job zu erledigen.« Sie sieht in Richtung des Raumes hinter mir, in dem die Reisegäste zu Abend essen.

»Nur zu, *Love*«, erwidere ich, trete einen Schritt zur Seite und deute auf das Restaurant. »Ich lasse dich dann mal zurück an die Arbeit gehen. Ich würde dich im Traum nicht von deinem Job abhalten.« Ich zwinkere ihr zu.

»Das tust du bereits«, murmelt sie, als sie an mir vorbeigeht.

Wenn sie nur wüsste, wie gern ich ihre Ablenkung wäre. Jede Nacht. Die ganze Woche über. *Ja, Miss Daisy Hayden, du hast keine Vorstellung davon, wie abgelenkt du sein wirst.*

9. Kapitel

Violet

Letzte Nacht war ein Riesendurcheinander. Das ist mein erster Gedanke, als ich heute Morgen aufwache. *Riesen. Durcheinander.* Fuck. Mein Wecker hat noch nicht mal geklingelt und ich bin schon wach und denke darüber nach, eine Woche meinen One-Night-Stand am Hals zu haben. Sieben Nächte und acht Tage, um genau zu sein. Juhu.

Wie ist das passiert? Jetzt mal ehrlich, warum passieren mir solche Sachen? Ich wollte einen schlüpfrigen One-Night-Stand und stattdessen muss ich mich eine Woche mit diesem Typen auseinandersetzen. Außerdem werde ich wohl vermutlich wieder mit ihm schlafen, also hat es sich mit meinem einzigen One-Night-Stand auch erledigt. Angenommen, dass er noch mal mit mir schlafen will. Doch ich denke, das will er. Er schien sich gestern Abend prächtig zu amüsieren und wenn ich ehrlich bin, gibt es die Woche über nicht viel Konkurrenz. Die meisten der Frauen aus der Reisegruppe sind verheiratet oder über sechzig. Zudem wirkte er extrem erheitert, als er mir gestern, während des Willkommensessens, auf den Flur gefolgt ist. Natürlich könnte er sich abends eine Frau aufreißen, die nicht an der Tour teilnimmt. Oder habe ich ihn aufgerissen? Nein, alles, was ich gemacht habe, war, ihn drei Sekunden lang anzulächeln. Er hat mir den Drink spendiert und sich dann zu mir gesetzt, das sollte eindeutig sein. Aber egal, ich denke, dass er wahrscheinlich Interesse an einer Wiederholung hätte.

Wenn ich also noch mal mit ihm schlafe, zählt das dann trotzdem? Wenn ich fünfzig bin und mit meinen Freundinnen in Erinnerungen an unsere vergeudete Jugend schwelge, wäre es dann geschummelt, zu sagen: *Oh, ja, ich hatte mal einen One-Night-Stand. Mit einem heißen Briten. Ich habe ihm sogar einen falschen Namen genannt. Die ganze Sache war ziemlich provokativ.*

Großer Gott, ich bin eine Idiotin. Als ob ich das Wort *provo-*

kativ in einer echten Unterhaltung benutzen würde. Außerdem habe ich ihm nur einen falschen Namen genannt, weil ich mich als meine Schwester ausgegeben habe und ihm nicht ihren Namen geben wollte, denn das wäre seltsam gewesen.

Oh Fuck.

Fuckity Fuck!

Ich setze mich im Bett auf und starre auf den ausgeschalteten Fernseher gegenüber. Jetzt, wo er denkt, mein Name sei Daisy, kann ich nicht noch mal mit ihm schlafen. Mal im Ernst, was wäre, wenn er mich während des Sex Daisy nennt? Nein. Auf keinen Fall.

Ich glaube, ich muss gleich weinen. Ich bin eine Woche mit Mr Magic-Mouth auf dieser Tour gefangen und kann es nicht mal genießen. Warum hasst mich das Universum? Warum?

Mit einem lauten und frustrierten Stöhnen lasse ich mich zurück aufs Bett fallen, ehe ich mir mein Handy vom Nachtschrank schnappe, um zu gucken, wie spät es ist. Sieht so aus, als könne ich auch jetzt schon aufstehen. Denn in einer halben Stunde würde ohnehin mein Wecker klingeln und bis dahin werde ich ganz sicher nicht mehr einschlafen.

Meine Gedanken rasen. Weil ich Angst davor habe, mich diese Woche als Reiseführerin durchzumogeln. Und weil ich daran denken muss, wie es sich angefühlt hat mit Jennings zu vögeln. Allein die Erinnerung daran erregt mich. Die Art und Weise, wie er sich auf mir angefühlt hat, in mir. Wie sein Schwanz mich ausgefüllt hat. Seine Lippen – Scheiße, bei der Erinnerung an seine Lippen fange ich zu zittern an. Mit seinen Lippen hatte er es echt drauf. Überall. An meinem Hals, als er den Punkt hinter meinem Ohr und direkt über meinem Bauchnabel berührte. Und weiter unten. Oh mein Gott, da wusste er wirklich, was er tat.

Egal, vergessen wir ihn. Der Sex wäre beim zweiten Mal mit Sicherheit nicht mehr annähernd so gut. Es wäre wahrscheinlich durchschnittlich, wenn wir es noch mal täten, absolut durchschnittlich. Das erste Mal war vermutlich so verdammt perfekt, weil es etwas leicht Verbotenes an sich hatte: Sex mit einem heißen Fremden, den ich nie wiedersehen würde. Sex ohne den ganzen Druck, ob ich es ihm gut besorge oder mein Körper zwischendurch irgendwelche komischen Sexgeräusche von sich gibt, denn heilige Scheiße, ich war megafeucht wegen ihm. Fast schon beschämend feucht. Ähnlich wie jetzt gerade, wenn ich daran denke.

Es war wahrscheinlich einfach nur deshalb so heiß, weil es sich um einen neuen Schwanz gehandelt hat. Ja, das wird's sein. Das ist der Grund: ein neuer, perfekt gebauter Schwanz. Dick genug, um ihn zu spüren, lang genug, um aufzuwimmern, wenn er sich gänzlich in mir versenkt hatte und sich unsere Becken gegeneinanderpressten. Dazu gehört ein beeindruckend toller Körper mit einem Gesicht, das dafür sorgt, dass ich auf meine Knie gehen und ihn in den Mund nehmen möchte. Auch der britische Akzent hat natürlich seinen Teil beigetragen. Heiliger, dieser Akzent. Ich bin am Arsch.

Ich strample die Decke weg und mache mich mit einem weiteren Stöhnen auf den Weg zur Dusche. Sieht so aus, als wäre eine kalte Dusche fällig, um einen langen und sexuell frustrierenden Tag einzuläuten.

Neunzig Minuten später bin ich unten im Hotelrestaurant. Der Trip beinhaltet jeden Morgen ein Frühstück, in welchem Hotel wir auch gerade sind, daher sehe ich die meisten Gruppenteilnehmer rein- und rausgehen und das Büfett genießen. Ich schnappe mir eine Banane sowie eine Tasse Kaffee und setze mich mit der heutigen Tagesplanung an einen leeren Tisch. Ich muss nur alle in den Bus befördern, zweimal durchzählen, um sicherzugehen, dass ich keinen von ihnen vergessen habe, und dann ein paar Informationen über Washington rezitieren, die Daisy mir aufgeschrieben hat, während wir Richtung Stadt fahren. Sobald wir Downtown erreicht haben, treffen wir uns mit einem hiesigen Experten, der uns auf einen Rundgang durch die *National Mall* mitnehmen wird. Alles, was ich tun muss, ist, hinter der Gruppe herzulaufen und den Teilnehmern anschließend ein paar Stunden zu geben, um die Stadt auf eigene Faust erkunden zu können, sowie ihnen einen Ort zu nennen, an dem wir uns anschließend wieder treffen. Das sollte einfach sein.

Jemand zieht sich den Stuhl mir gegenüber heraus und als ich aufblicke, sehe ich, dass sich George dort hinsetzt. Shit, warum habe ich mich allein an einen Tisch gesetzt? Gestern habe ich es geschafft, ihm die ganze Zeit aus dem Weg zu gehen, aber jetzt ist meine Zeit wohl um. Er ist hier und ich habe Angst, zu reden.

»Daisy«, sagt er mit einem verführerischen Grinsen auf den Lippen. »Ich dachte, ich würde dich gestern Nacht sehen.« Er zieht fragend eine Augenbraue hoch und ich muss zugeben, dass er wirklich sehr attraktiv ist. Er ist definitiv Daisys Typ – dunkle Haare, blaue Augen und ein großes Ego. Doch dann erinnere ich mich daran, dass er denkt, ich sei Daisy, und mir gestern seine Zimmernummer gegeben hat. Das habe ich komplett vergessen, als mein One-Night-Stand-Problem mir praktisch einen Kinnhaken verpasst hat.

»Ähm, George«, beginne ich, aber er legt seine Hand auf meine und überrascht mich damit. Ich blicke von ihm zu unseren Händen und wieder zurück. Als sich jemand zu meiner Rechten räuspert, ziehe ich rasch die Hand zurück und sehe auf.

Es ist Jennings.

Natürlich ist es Jennings.

Er trägt Jeans dazu ein Poloshirt und schafft es, so auszusehen, als wäre er gerade einer *Brooks-Brothers*-Werbung entstiegen – oder was auch immer das britische Äquivalent dazu ist. Ich werde allein bei seinem Anblick rot, bin mir aber sicher, dass er nicht von etwas Ähnlichem betroffen ist. Wenn ich raten müsste, würde ich sagen, dass er verärgert und nicht erregt ist.

»Guten Morgen, Miss Hayden.« Er nickt in meine Richtung, ehe er sich an George wendet. »George.«

George nickt, sein Ton ist abweisend. Nach einer langen Pause, in der Jennings keine Anstalten macht, zu gehen, sieht George zwischen uns hin und her und sagt dann, er werde den Bus vorbereiten, ehe er sich von dannen macht.

Nun, das war ein unangenehmer Wortwechsel mit George, dem ich dadurch entgehen konnte. Stattdessen besteht mir das jetzt wohl mit Jennings bevor.

»Wo ist deine Großmutter?«, frage ich, als sich Jennings auf den Platz setzt, den George gerade freigegeben hat. Dabei hoffe ich vergeblich, dass er nicht daran interessiert ist, mich sofort wieder an seine tollen Sexkünste zu erinnern. Ich vermute, dass das eine sehr spezielle Sorge meinerseits ist und es dafür während eines kostenlosen Frühstückbüfetts wahrscheinlich keinen Grund gibt, aber ja, genau darum kreisen meine Gedanken.

»Hast du was mit dem Fahrer?« Er ignoriert meine Frage und stellt seine eigene, während er mich aus zusammengekniffenen Augen ansieht, die Kiefermuskeln angespannt. Verärgerung bestätigt.

»Was? Nein!«, schnaube ich und beiße mir dann auf die Lippe. Nun, ich nicht, aber Daisy. Oder zumindest hatte sie mal was mit ihm. Scheiße, das hier ist ganz schön kompliziert. »Nicht wirklich, nein.«

»Nicht wirklich?« Er zieht eine Braue in die Höhe und beugt sich über den Tisch näher zu mir. »Du bist dir nicht sicher?«

»Ich meinte: Nein?«, antworte ich und merke sofort, dass es mehr wie eine Frage als eine Antwort herauskommt. »Hab ich nicht«, ergänze ich und deute mit einem leichten Kopfschütteln auf mich selbst. Aber dann ziehe ich die Nase ein wenig kraus und sehe weg, was mich wahrscheinlich schuldbewusst wirken lässt, so, als hätte ich doch was mit George.

»Ich teile nicht«, stellt er in diesem noblen britischen Akzent klar, als ich ihm erneut in die Augen sehe. Sofort denke ich wieder an seinen nackten Körper und mir stockt der Atem, denn wer sagt schon *Ich teile nicht?* Er hätte auch einfach genauso gut *Meins* knurren können und um ehrlich zu sein, hätte ich nie im Leben erwartet, dass ich mal einem Mann begegnen würde, der eine solche Alpha-Nummer abzieht.

Und das Ganze gefällt mir auch noch.

Ich grinse.

Er schaut finster drein.

Ich lache.

Er nicht.

»Ich warte, Miss Hayden«, sagt er und ich könnte schwören, dass sein Kiefermuskel dabei zuckt. Ich habe auch noch nie zuvor einen Mann getroffen, bei dem das möglich war. Eigentlich will ich ihn ja überhaupt nicht weiter anstacheln, aber diese Sache mit dem zuckenden Kiefermuskel ist ziemlich unterhaltsam und ich hätte nichts dagegen, es noch mal zu sehen.

»Bist du angesichts der Vorstellung, ich könnte was mit George haben, verärgert?«, frage ich unnötigerweise und versuche, nicht wieder zu grinsen, da seine Stimmung nicht gerade andeutet, dass er zu Scherzen aufgelegt ist. »Nein, ich selbst habe nichts mit George am Laufen. Macht dich das jetzt glücklich?«

»Das tut es, Daisy.« Er nickt und seine Miene entspannt sich, als er sich etwas auf seinem Stuhl zurücklehnt.

Daisy. Argh. Daisys Namen über seine perfekten Lippen kommen zu hören, ist so, als würde dir jemand ein Glas kaltes Leitungswasser anbieten, nachdem du einen riesigen Berg Schnee vom Bürgersteig geschaufelt und auf einen Becher heißer Schokolade mit Marshmallows darin gehofft hast.

Zeit, das Pflaster abzureißen.

»Das hat nichts mit George zu tun, aber ich kann nicht noch mal mit dir schlafen, Jennings«, sprudle ich hervor, während er mich anstarrt, den Kopf zur Seite geneigt, und sich mit der Hand über das Kinn fährt. Sein Gesichtsausdruck ist teilnahmslos, seine Augen wirken jedoch nachdenklich. Oh Fuck. Vielleicht habe ich das hier falsch verstanden? Vielleicht hat er ja gar kein Interesse an einer Wiederholungsvorstellung mit mir? Ich fühle mich wie eine Idiotin und meine Wangen beginnen vor Scham zu glühen. »Angenommen, du würdest das wollen, meine ich. Angenommen, du würdest es gern noch mal mit mir tun wollen.« Ich halte inne. Noch mal mit mir tun? Ich klinge wie ein Teenager und muss mich sehr zusammenreißen, um mir nicht mit der flachen Hand gegen die Stirn zu schlagen. Ich bin eine totale Idiotin. »Wolltest du denn?« Warum rede ich noch immer? »Egal, die Antwort lautet auf jeden Fall Nein.«

Moment, er hat gesagt, er würde nicht teilen, was bedeutet,

dass er gedacht hat, wir würden noch mal miteinander schlafen. Richtig? Oder meinte er das eher im allgemeinen Sinne. Nach dem Motto: *Hey, ich mag es nicht, Beiwerk zu sein.* Sagen die Leute das heutzutage noch? Seitenstück? Oder denkt er, ich sei eine Fremdgeherin? Nach dem Motto: *Du hättest mir sagen sollen, dass du bereits mit einem Typen names George schläfst, ehe ich dich habe heftiger kommen lassen als jemals zuvor in deinem Leben.* Oder vielleicht meinte er es auch in dem Sinne, dass er nicht auf Gruppensex steht. Nach dem Motto: *Hey, ich werde dich nicht gemeinsam mit George ficken.*

»Ich kann nicht«, wiederhole ich und schüttle leicht den Kopf. »Nein«, füge ich unbeholfen hinzu. Ich muss verdammt noch mal endlich die Klappe halten. Also höre ich auf, zu reden, nehme die Banane, die vor mir auf dem Tisch liegt, und schäle sie, damit ich etwas zu tun habe. Dabei sehe ich überall hin, nur nicht zu ihm. Ah, da ist seine Großmutter. Sie sitzt mit dem kanadischen Trio zusammen. Sie wirken schon jetzt wie alte Freundinnen, unterhalten sich angeregt und lachen über dies und das. Ich schiebe mir die Banane in den Mund und frage mich, ob Jennings wohl noch auf meinen kleinen Ausbruch reagieren wird oder mich einfach nur weiter anstarrt. Kurz wage ich einen Blick in seine Richtung. Er wiederum senkt seinen und lässt ihn langsam zwischen der Banane in meinem Mund und meinen Augen hin- und herwandern. Und dann verschlucke ich mich.

Ich lasse die Banane fallen und huste in meine Hand.

Jetzt lacht er, der dreckige Bastard.

»Warum?«

»Muss ich einen Grund haben?«, schnauze ich, denn jetzt bin ich sauer.

»Argument«, meint er. »Nein, brauchst du nicht.«

»Richtig, brauche ich nicht.« Das klingt ein wenig selbstgefällig, aber ich bin froh, dass ich mich bezüglich seines Interesses nicht geirrt habe. »Ich habe dich erst vor zwei Tagen kennengelernt und ich muss dir keinen Grund nennen, warum ich kein Interesse daran habe, noch mal mit dir zu schlafen.«

»Vor zwei Tagen, als du mich in der Hotelbar angemacht hast.«

Ähm, ich sollte wohl bei der Selbstgefälligkeit etwas weniger auf die Tube drücken.

»Vor zwei Tagen, als du mir gesagt hast«, er macht hier eine Pause, in der ich mich frage, was mir wohl Idiotisches über die Lippen gekommen ist, das er gleich wiederholen wird, »dass du eine sichere Nummer wärst.«

Stimmt. Das. Ich stoße den Atem aus und starre ihn an, während ich überlege. Anscheinend bin ich äußerst schlecht darin, zu verstecken, dass ich darüber nachdenke, was ich sagen soll, denn sein Gesicht ziert ein wirklich amüsiertes Schmunzeln. »Vielleicht habe ich ja eine Marotte, die darin besteht, dass ich nur Sex mit Fremden habe.«

»Wir wissen beide, dass das nicht stimmt«, sagt er leichtfertig und bedeutet mir mit dem Finger, dass ich mit meinem nächsten Einwand weitermachen soll.

»Vielleicht hat es mir einfach nicht so gut gefallen«, biete ich an.

»Versuch's noch mal, *Love*.«

Ja, er hat recht, wir wissen beide, dass ich es genossen habe. Ich frage mich, wie rot ich wohl gerade angesichts der bloßen Erinnerung daran bin.

»Es ist nur so, dass es gegen die Firmenpolitik verstößt«, sage ich. Zwar habe ich keine Ahnung, ob das wahr ist, aber es muss wahr sein, oder? Mit Kunden zu schlafen, kann wohl kaum erlaubt sein.

»Ist das so?«, hakt er nach, die Brauen in die Höhe gezogen und scheinbar aufrichtig daran interessiert.

»Ja.« Ich nicke und bemühe mich, dabei selbstsicher zu wirken. Als er nicht sofort antwortet, ergänze ich ein Schulterzucken.

»Tja, da kann sich *Sutton Travel* ja glücklich schätzen, so eine engagierte Mitarbeiterin zu haben«, sinniert er nach einem Moment.

»Ja«, sage ich wieder, dieses Mal klingt es jedoch ein wenig unsicher. Daisy ist eine schreckliche Angestellte! Sie hat mich an ihrer Stelle auf diesen Trip geschickt und ich habe keinen blassen Schimmer, was ich hier mache! Und es interessiert sie nicht mal, ob ich gefeuert werde oder nicht. Oder ob sie gefeuert wird, wie auch immer.

»Ich fände es natürlich schrecklich, wenn du deinen Job versauen würdest«, erwidert er und ich überlege, ob er mit *versaut* auch etwas Anzügliches meint.

»Ja«, sage ich zum dritten Mal und dieses Mal bin ich traurig. Diese beschissenen Zwillingsprobleme. Und die Lügen. Sie machen alles so kompliziert.

»Natürlich kannten wir uns schon, bevor ich ein Kunde wurde, oder? Eine vorher bestehende Beziehung, wenn du so willst. Das kann unmöglich zählen.«

Warte. Er will mich wirklich noch mal? Dieser atemberaubende, sexuell talentierte Mann möchte *mich* noch mal. »Nun«, beginne ich. »Ich weiß nicht ...«

»Okay, dann ist das ja geklärt«, antwortet er und schiebt seinen Stuhl zurück. »Ich sehe Sie dann im Bus, Miss Hayden.«

10. Kapitel

Jennings

Ich denke noch immer, dass sie wegen irgendetwas lügt, aber solang sie nicht mit dem Fahrer vögelt, ist das vermutlich nicht von Bedeutung. Nur, dass ich es hasse, angelogen zu werden. Ich hasse es wie die Pest, was ziemlich heuchlerisch ist, da ich sie auch anlüge. Nicht von Anfang an. Ich habe kein einziges unwahres Wort gesagt, als ich sie kennenlernte. Doch jetzt lüge ich sie an, nicht wahr? Zwar nur, weil ich ihr nicht alles erzähle, was von Bedeutung wäre, aber dennoch lüge ich. Eine kleine Lüge. Nahezu unbedeutend. Zumindest für mich. Für sie mag das vielleicht anders sein.

Diese Frau, sie ist anders. Bei dem Gedanken an ihre Liste von Gründen, warum sie mich nicht mehr sehen könne, und daran, wie sie sich durch sie hindurchmanövriert hat, muss ich lächeln. Also bitte. Sie ist drei Mal gekommen. Laut. Wenn sie also nichts mit dem Fahrer hat, was ist es dann? Es kann doch nicht irgendein moralisches Dilemma in Bezug auf Sex sein. Wir haben bereits miteinander geschlafen, da fallen ein paar weitere gemeinsame Stunden nicht ins Gewicht. Sie war willig, als sie dachte, ich sei ein Fremder – und daran hat sich im Prinzip auch nichts geändert, nicht wirklich zumindest. Sie kann doch nicht so eine Regelbefolgerin sein, dass sie sich ernsthaft Sorgen wegen einer vermeintlichen *Sutton-Travel*-Unternehmensrichtlinie macht – falls diese denn überhaupt existiert.

Ich überlege, was sie macht, wenn sie nicht als Reiseführerin arbeitet. Wo sie lebt, ob sie eine Mitbewohnerin hat oder möglicherweise eine Katze.

Wie tief sie mich in den Mund nehmen könnte.

Ganz einfache Alltagsgedanken.

»Jennings, Darling, danke, dass du mich mit auf diese Reise genommen hast«, unterbricht Nan meine Gedankengänge, als wir das Hotel verlassen und den Weg zum Reisebus zurücklegen, der direkt davor geparkt ist. »Ich weiß, wie beschäftigt du immer bist, aber ich freue mich so sehr auf meinen jährlichen Trip«, sagt sie und tätschelt mir den Arm. »Außerdem ist alles immer so informativ, oder?«

»Sehr informativ sogar, Nan«, stimme ich zu.

Ich bin nur hier, um Nan glücklich zu machen. Sobald die Reise vorbei ist, werde ich sie für den Rest des Sommers bei meiner Tante Poppy in Connecticut abliefern und den ersten Flug nach London nehmen.

»Sehr gut. Diese Tour wollte ich schon immer mal machen. Dann ist es ja für uns beide gut genutzte Zeit.«

Ich nicke zustimmend, als wir in den Bus steigen. Ihre neuen kanadischen Freunde winken uns sofort zu sich, damit wir uns auf zwei freie Plätze in ihrer Nähe setzen, ehe sich die Türen schließen und Daisy den Gang entlangkommt. Im Kopf zählt sie alle Reisenden durch, ihre Lippen bewegen sich entsprechend dabei, und sie verdreht die Augen, als sie an mir vorbeiläuft. In diesem Fall nicht sonderlich besorgt über die Firmenpolitik, was? Ich würde sagen, dass augenrollende Mitarbeiter verboten werden müssten, aber wer kann das bei den Amerikanern schon sagen. Sie kehrt in den vorderen Teil des Busses zurück und signalisiert George, dass wir abfahren können, ehe sie mit einem enthusiastischen *Guten Morgen* an die Gruppe das Mikrofonsystem anschaltet.

»Also, ähm, willkommen auf der *Sutton-Travel-Highlights-of-History*-Tour. Ich freue mich, dass ihr es heute Morgen alle pünktlich geschafft habt, danke dafür.« Sie lächelt breit, aber das Mikrofon hält sie so fest umklammert, dass ihre Knöchel weiß hervortreten. So, als wäre sie dafür verantwortlich, den Stab während einer Sprintstaffel bei Olympia weiterzureichen, statt ein paar Touristen ein paar langweilige Informationen zu liefern. Sie räuspert sich, ehe sie fortfährt, erinnert uns daran, was auf der Tagesplanung steht, und nimmt schließlich einen kleinen Notizblock, auf den sie einen kurzen Blick wirft. Braucht sie wirklich Notizen, um das hier zu machen?

Sie nickt sich selbst zu und steckt den Notizblock wieder weg, ehe sie die Gruppe darum bittet, die funkgesteuerten kleinen Boxen aus den Taschen an den Sitzen vor ihnen zu nehmen. Nachdem sie jedem Teilnehmer ein Paar billiger Einwegkopfhörer gegeben hat, zeigt sie allen, wie man sie benutzt. Die Boxen werden über einen einfachen An-/Aus-Knopf sowie einen Lautstärkeregler bedient, sodass diese Lehreinheit schnell vorbei ist. Wir benutzen sie, während wir durch die Gegend laufen und uns der ortsansässige Tourguide etwas über die Kopfhörer erzählt.

Sobald das alles geklärt ist, entspannen sich Daisys Schultern. Sie schaltet ein Werbevideo an den Deckenmonitoren ein, dann lässt sie sich in die leere Sitzreihe direkt hinter dem Fahrer fallen. Da ich fünf Reihen hinter ihr sitze, kann ich sie nicht seufzen hören, aber ich stelle mir vor, dass sie genau das tut. Ist sie nervös wegen dieser Tour oder wegen mir? Keins von beidem macht sonderlich viel Sinn. Aber beides macht mich neugierig.

»Jennings, würde es dir etwas ausmachen, wenn ich mich auf den leeren Sitz neben Vilma setze?«, unterbricht Nan meine Gedanken und deutet zu ihrer Freundin. »Dann können wir uns leichter unterhalten.«

»Nein, gar nicht. Ich denke, ich werde nach vorn gehen und mich zur Reiseführerin gesellen. Ich habe ein paar Fragen an sie.«

»Oh, tolle Idee, mach das«, sagt Nan sofort und tätschelt mein Knie, so wie sie es früher immer gemacht hat, als ich noch ein kleiner Junge war. »Es freut mich sehr, dass du dich inzwischen so für die Tour begeistern kannst.«

Mich auch. Aber ich glaube nicht, dass es den Grund hat, den sie annimmt.

Daisy sitzt auf dem Fensterplatz, daher hat sie keine Chance, Einwände zu erheben, als ich mich auf dem Sitzplatz neben ihr niederlasse. Sie reißt den Blick von ihrem Notizblock in ihrer Hand los und ein missmutiger Ausdruck tritt auf ihr Gesicht, als sie mich sieht.

»Du kannst hier nicht sitzen«, sagt sie.

»Ich glaube schon«, antworte ich, unbeeindruckt von ihrer abwehrenden Haltung. Ich lege meinen Arm über die Kopfstütze hinter ihr und beuge mich zu ihrem Ohr. »Bist du zu allen Reiseteilnehmern so unfreundlich oder nur zu denen, mit denen du geschlafen hast?«

Ihr fällt die Kinnlade runter und sie reißt geschockt die Augen auf, ehe sie sich wieder fängt. »Nur zu dir«, erwidert sie, verengt die Augen und konzentriert sich dann wieder auf den Notizblock in ihrer Hand. Schnell schlägt sie ihn zu und hält ihn auf ihrem Schoß fest umklammert.

»Was hast du da?« Ich nicke in Richtung des Notizblocks. In meinem Kopf ist es ein Tagebuch, gefüllt mit schmutzigen Gedanken über mich.

»Nichts. Nur Notizen über die Reise.« Sie zuckt mit den Schultern.

»Ah.« Ich nicke. Die schmutzigen Gedanken waren nur ein Schuss ins Blaue, dennoch bin ich enttäuscht. »Wie lang bist du schon Reiseführerin, Daisy?«

»Äh, ein paar Jahre«, sagt sie, sieht mich dabei aber nicht an.

»Ein paar?«

»Ja, ein paar. Wie sieht es mit dir aus? Wie lang leierst du deiner Großmutter schon Urlaubsreisen aus den Rippen?«

»Aus den Rippen leiern? Was für eine brillante Umschreibung. Ich nehme an, das heißt so viel wie abschwatzen?«

»Das stimmt«, sagt sie geradeheraus.

Ich grinse. »Tja, ich bin Nans Lieblingsjunge, seit ich geboren wurde.«

»Ja, okay«, stimmt sie zu, ihr Ton trieft jedoch nur so vor Sarkasmus.

»Wofür brauchst du dann die Notizen? Wenn du das schon seit Jahren machst, sollte es doch inzwischen ein alter Hut sein, oder?«

»Es ist eine neue Tour«, antwortet sie.

»Tatsächlich?«

Sie sieht rasch zu mir rüber, ehe sie wieder aus dem Fenster schaut. »Neuartig.« Sie zuckt erneut mit den Schultern. »Zumindest für mich.«

Bei den seltsamsten Dingen weicht sie mir aus, was mein

Interesse an ihr nur noch steigert.

Als wir die Ausläufer der *National Mall* erreichen, hält der Bus an und die Gruppe steigt aus, während sich Daisy mit der hiesigen Stadtführerin bespricht. George bleibt beim Bus, was mir nur recht ist, ich kann den Kerl nicht leiden.

Daisy zählt noch mal alle durch und stellt sicher, dass jeder sein Headset aufhat und etwas hören kann. Die Stadtführerin geht los und gibt ihre Erzählung über die Geschichte des *Washington Monuments* zum Besten. Ich sehe den anderen Tourteilnehmern einige Minuten dabei zu, wie sie ihr folgen, während Daisy am Ende der Gruppe verweilt, um sicherzugehen, dass sie niemanden von uns verliert. Nans Truppe hat sich recht weit vorn platziert und lauscht angeregt dem Tourguide, ihre Headset-Boxen fest in den Händen haltend. Weiter drüben befindet sich ein Paar aus Schottland, das mit professionell aussehendem Kameraequipment alle paar Meter Fotos schießt, während die Mehrheit der Gruppe dafür einfach ihre Handys verwendet.

Ich ziehe mir die Kopfhörer ab und schiebe sie zusammen mit der Funkbox in meine Tasche.

»Was machst du da?« Sie bleibt stehen und sieht mich argwöhnisch an.

»Ich bin mehr daran interessiert, dich zu beobachten, als die Sightseeingtour zu verfolgen«, sage ich und zwinkere ihr zu.

Sie stöhnt.

Ich lächle.

»Hast du einen Job, Jennings?« Sie strafft ihre Schultern und sieht mich an, als wäre sie in der Lage, den Wahrheitsgehalt meiner Antwort zu durchschauen.

»Ja, habe ich.« Ich nicke.

»Lebst du bei deiner Mutter?«

»Nein, tue ich nicht.« Ich schüttle den Kopf und verbeiße mir ein Grinsen.

»Okay.« Sie hält inne. »Lebst du mit deiner Großmutter zusammen?«, fragt sie dann langsam, eine Braue misstrauisch nach oben gezogen, als hätte ich ein Schlupfloch gefunden, um eine ehrliche Antwort zu vermeiden.

»Ich lebe nicht mit meiner Großmutter unter einem Dach.«

»Okay.« Sie nickt schließlich.

»Okay«, stimme ich zu, auch wenn ich nicht sicher bin, zu welchem Schluss sie gerade gekommen ist.

»Wir können diese Woche Sex haben«, verkündet sie dann, nur um zu ergänzen: »Weil du gut darin bist.« Sie läuft wieder los. »Und weil mich dieser Akzent von dir wahnsinnig macht und ehrlich gesagt, brauche ich keinen weiteren Grund.«

»Nun gut, ich freue mich, dass das geklärt ist.« Dieses Mal kämpfe ich nicht gegen das Grinsen an. Ich kann mich nicht daran erinnern, dass mir eine Frau zuvor schon mal so ... wenig redegewandt gesagt hätte, ich sei gut im Bett, aber das ist typisch Daisy.

»Lass es mich nicht bereuen, Jennings. Du siehst nach Ärger aus und ich habe derzeit echt genug um die Ohren.«

»Ich werde dich mit so wenig Umständen zum Kommen bringen wie nur möglich«, verspreche ich.

»Und fürs Protokoll: Ich werde das hier immer noch als einen One-Night-Stand betrachten. Es sei denn, ich habe in der Zukunft noch mal einen anderen One-Night-Stand, dann werde ich den benutzen, aber wenn nicht, zählt immer noch dieser.«

»Okay.« Ich nicke langsam, auch wenn ich nicht so recht weiß, was das bedeuten soll.

»Also gut. Dann haben wir einen Deal.«

»Einen Sex-Deal?«, hake ich nach, ein breites Lächeln auf dem Gesicht. »Wie unanständig.«

»Du hast gesagt, du würdest keine Schwierigkeiten machen«, sagt sie trocken, legt den Kopf schief und sieht mich herausfordernd an.

»Wohl wahr, das stimmt.«

»Geh und leiste deiner Großmutter Gesellschaft, Jennings. Ich kümmere mich später um dich.«

Oh, das hoffe ich doch. Grinsend schüttle ich den Kopf und wundere mich darüber, was da gerade passiert ist. Für gewöhnlich sind Frauen nicht so widerwillig, wenn es darum geht, mir ihre Aufmerksamkeit zu schenken. Und reden auch nicht mit mir, als wäre ich ein streunender Hund. Dennoch lächle ich und bin neugierig, was sie mir als Nächstes um die Ohren hauen wird.

11. Kapitel

Jennings

Heute Abend gab es ein gemeinsames Gruppenabendessen – das im Tourpaket mit enthalten war. Angepriesen als ein erstklassiges Dinner-Erlebnis oder so ein Quatsch. Es war eine quälende Angelegenheit, die über drei Stunden Zeit in Anspruch genommen hat. George war da, was wohl üblich ist, mich aber dennoch genervt hat. Er saß an einem Tisch mit Daisy, während ich am gegenüberliegenden Ende des Raums mit Nan und einem Paar aus Japan am Tisch saß. Daisy hat während des ganzen Abendessens überall hingeguckt, außer zu George, was immerhin etwas besänftigend war. George wiederum sah einfach nur verwirrt aus.

Das Restaurant war mittelalterlich angehaucht, mit gedämpftem Licht, auf Holzplatten angerichtetem Essen, die in die Mitte des Tischs gestellt wurden, und Getränken, die in Zinnkrügen serviert wurden. Es war schrecklich. Nan auf der anderen Seite war entzückt von der Atmosphäre und auch alle anderen schienen eine gute Zeit zu haben, das Problem lag also ganz klar bei mir. Mir wäre eine verfluchte amerikanische Restaurantkette, in der das Besteck in eine Papierserviette gewickelt daherkommt, zigmal lieber gewesen, als mit den Fingern zu essen, aber alles, was zählt, ist, dass es jetzt vorbei ist. Gott sei Dank.

Die meiste Zeit während des Abendessens habe ich damit verbracht, mich zu zwingen, nicht daran zu denken, wie Daisy nackt aussieht, denn sonst hätte ich eine Erektion bekommen. Mission erfolgreich abgeschlossen, aber auch nur knapp.

Nun sind wir endlich für die Nacht zurück im Hotel. Morgen wird die Gruppe für zwei Tage nach Williamsburg in Virginia weiterreisen. Für heute Abend ist Daisy mit ihren Verpflichtungen als Reiseführerin fast durch, danach gehört sie mir.

Ich begleite Nan zum Aufzug und wünsche ihr eine gute Nacht, bevor ich zurück in die Lobby gehe, um auf Daisy zu warten.

Ganz besonnen natürlich. Sie ist gerade damit beschäftigt, einem Paar aus unserer Tourgruppe ein paar Fragen zu beantworten, daher gebe ich vor, dass mich ein Aufsteller mit Werbeflyern interessiert, der in der Lobby steht. Ich nehme einen zur Hand, der für eine Duck-Tour wirbt – eine Fahrt mit einem Amphibienfahrzeug, das durch die Straßen von D.C. gondelt, ehe es in den Potomac River hineinfährt und den Rest der Tour auf dem Wasser schwimmt. Ich bedanke mich insgeheim, dass ich nicht zu einer Fahrt auf einem Auto-Boot-Hybriden genötigt werde und stecke den Flyer zurück, während ich Daisy dabei beobachte, wie sie das, worüber das Paar auch immer langatmig erzählt, abnickt.

Sie zu beobachten, lässt mich an meinen allerersten Job nach der Universität denken. Das ist jetzt schon ... vierzehn oder fünfzehn Jahre her? Fuck, war ich jemals zweiundzwanzig? Für einen Moment vielleicht, vor einer Ewigkeit. Die Stimme meines Dads ertönt laut in meinem Kopf und fragt, ob ich jemals die Absicht habe, die Dinge etwas langsamer anzugehen. Ich frage mich, ob er damit nicht vielleicht recht hat, als ich realisiere, wie schnell die letzten Jahre vorübergezogen sind.

Aber das sind sie auf wirklich angenehme Art und Weise, sinniere ich und werfe der bezaubernden Daisy einen Blick zu. Ich erwische mich dabei, wie ich lächle, und muss mir mit der Hand buchstäblich das Lächeln aus dem Gesicht wischen. Warum langsamer machen, wenn ich so viel Spaß habe?

Außerdem hält mich die Arbeit auf Trab.

Meine Leidenschaft war schon immer der Erfolg. Bei der Arbeit und bei Frauen. Im Moment bei einer sehr spezifischen Frau. Sie redet gerade mit einem weiteren Tourteilnehmer und ich frage mich, ob ich den Part, bei dem ich sie auf einen Drink einlade, heute überspringen kann. Ich weiß, es lässt mich ein wenig wie ein mieses Arschloch klingen, aber ich möchte ihr heute keinen Drink anbieten. Ich habe zwei Tage lang gewartet und möchte sie nur noch oben in meinem Zimmer und nackt vor mir haben.

Endlich gehen auch die letzten Tourteilnehmer zum Aufzug und ich sehe, dass Daisy ihnen auf dem Fuße folgt, als stünde ich nicht hier und würde auf sie warten. Als würde sie ohne ein Wort nach oben entschwinden wollen. Aber nicht mit mir.

»Miss Hayden.« Ich lege ihr sanft eine Hand auf den Arm, um sie am Weitergehen zu hindern, und sie schnaubt leise, eine Mischung aus Seufzen und Ausatmen, als sie mir in die Augen sieht. »Ich glaube, wir haben Pläne«, erinnere ich sie.

»Ich habe meine Meinung geändert«, sagt sie und zuckt leicht, aber unverfroren mit den Schultern.

Ihre Meinung geändert? Was zur Hölle? Das kann sie nicht ernst meinen. Ich blicke ihr in die Augen, in dem Versuch, die Situation abzuschätzen, und suche nach einem Fünkchen Verschmitztheit in ihnen, doch da ist nichts. Sie meint es ernst? Warum sind Frauen nur so verwirrend kompliziert? Habe ich nicht noch gerade darüber sinniert, wie sehr ich sie genieße, und jetzt das? Irritierend, das sind sie. Jede Einzelne von ihnen ist auf andere Art und Weise frustrierend und jede von ihnen hat ihre ganz eigene Kombination aus Dingen, die sie wütend macht. Ein Mann muss die Hälfte der Zeit schon ein Gedankenleser sein, um zu entschlüsseln, was in ihnen vorgeht, verdammt noch mal.

Ich starre sie einen Herzschlag lang an und denke, dass es mein Leben viel einfacher machen würde, wenn ich die Sache mit ihr von vornherein sein lassen und mir eine andere Frau suchen würde, mit der ich die heutige Nacht verbringen könnte, aber zum Teufel noch mal, sie fasziniert mich. »Warum solltest du das tun?«, höre ich mich also stattdessen fragen.

»Du bist ein Kunde«, antwortet sie, doch ihr Blick wandert zu meiner Brust und sie schluckt. Sie errötet ganz leicht, ehe sie wieder zu mir hochsieht. »Es ist nicht schicklich.«

»Nicht schicklich?« Ich kann nichts dagegen tun, ich muss lachen. »Lebst du jetzt etwa im alten London?«

»Das Wort *schicklich* benutzen die Leute auch heute noch«, höhnt sie. Im wahrsten Sinne des Wortes. Ich bin es nicht gewohnt, dass Frauen mir gegenüber so unverblümt sind. Sie kümmert sich kein bisschen darum, mich zu beeindrucken, und das ist auf eine seltsame Weise irgendwie liebenswert.

»Klar, wenn man nach einer anständigen Tasse Tee fragt. Aber niemand benutzt dieses Wort, um eine sexuelle Liaison zu beschreiben.«

»Aber auch das Wort *Liaison* benutzt niemand.«

»Ich denke schon. Sollen wir diese Unterhaltung auf meinem Zimmer fortführen?« Ich nicke in Richtung des Fahrstuhls, in der Hoffnung, dass wir mit dieser Unterhaltung jetzt durch sind.

»Nein, Jennings. Ich meine es ernst.« Sie stampft ein wenig mit dem Fuß auf, als sie das sagt, und ich bin mir nicht mehr sicher, wie ich mich davon abhalten soll, sie gleich hier und jetzt zu küssen, zum Teufel mit der Lobby.

»Was ist daraus geworden, dass du eine sichere Nummer bist?«, frage ich stattdessen. »Da hast du mir sehr gefallen. Nicht, dass dieses Geplänkel hier keinen Spaß machen würde.«

»Das war vorher.«

»Vor was genau?«

»Bevor ich realisiert habe, wie kompliziert das hier ist«, schnappt sie, doch sie sieht mich nicht an und scheint nicht sonderlich viel in ihre Verteidigung zu investieren. Ich werde das Gefühl nicht los, dass es da etwas gibt, das ich nicht verstehe.

»Was daran ist kompliziert?« Ich streichle mit der Fingerspitze über die nackte Haut zwischen ihrem Ellenbogen und Handgelenk und sie zieht scharf die Luft ein. »Und was ist mit dem Part passiert, wo dich mein Akzent verrückt gemacht hat?«

»Das tut er«, stimmt sie zu. Aber sie sagt es viel zu zimperlich für eine Frau, die zu multiplen Orgasmen fähig ist und deren Burstwarzen allein dadurch hart geworden sind, dass ich ihr über den Arm gestrichen habe. Außerdem sind mir ihre vermeintlichen Regeln egal.

»Darüber hinaus bist du mein One-Night-Stand und wenn ich wieder mit dir schlafe, bist du technisch gesehen kein One-Night-Stand mehr.«

Wie bitte?

»Technisch gesehen kein One-Night-Stand mehr?«, wiederhole ich.

»Genau.« Sie nickt und zieht die Brauen zusammen. »Und es war perfekt«, sagt sie dann und atmet hörbar aus, ehe sie mit der Hand wedelt und ich lächle, denn ja, ja, das war er. »Wirklich, wirklich super«, fährt sie fort. »Wenn wir es also noch mal tun, ist mein perfekter One-Night-Stand dahin, und was ist, wenn der nächste One-Night-Stand, den ich habe, wirklich schlecht ist? Dann ist mein einziger One-Night-Stand, den ich hatte, schrecklich gewesen und dann muss ich immer weitermachen, bis ich wieder einen guten One-Night-Stand hatte und ...«

»Okay, hör auf zu reden.« Ich halte eine Hand nach oben und hoffe, dass das ausreicht, um sie zum Schweigen zu bringen. Ich habe keine Ahnung, wo ich angesichts dessen, was da gerade aus ihrem Mund kam, überhaupt anfangen soll. Aber da ich mir absolut keine Gedanken über sie mit anderen Männern machen möchte, beginne ich mit dem Offensichtlichen. »Hattest du neulich Nacht Spaß?«

»Ja.« Sie sieht mich an, als wäre ich ein Idiot.

»So viel, dass du es nicht wiederholen willst?«

»Es ist kompliziert, Jennings.« Sie runzelt die Stirn. »Diese Reise«, sie hält inne, »ist einfach kompliziert.«

»Was ist, wenn das zweite Mal noch besser wäre?«, frage ich und ignoriere ihren Unsinn bezüglich der Reise.

»Das ist nicht möglich.« Sie schüttelt den Kopf.

»Was ist, wenn es genauso gut wäre wie das erste Mal?«, hake ich nach und beiße die Zähne zusammen. »Was wäre, wenn du diese Woche jede Nacht so guten Sex haben könntest wie in der ersten Nacht?«

»Ich glaube nicht, dass das möglich ist«, antwortet sie, aber sie sagt es mit einem Hauch Verlangen in der Stimme und sieht dabei auf meine Lippen.

»Genug davon. Ich bin noch nicht fertig mit dir«, sage ich bestimmend, möglicherweise etwas energischer, als ich wollte, doch ihr Blick schießt interessiert zu mir hoch.

»Noch nicht mit mir fertig?«, fragt sie und ihre Zungenspitze lugt zwischen ihren Lippen hervor, um ihre Unterlippe zu befeuchten. Nein, ich bin definitiv noch nicht mit ihr fertig.

»Nein, Daisy, bin ich nicht. Ich brauche dich noch mal.« Ihre Augen werden kugelrund und ich weiß, dass ich ihr Interesse geweckt habe. »Ich muss noch mal deine süße Pussy kosten. Ich muss an diesen atemberaubenden Nippeln saugen, bis du mich um meinen Schwanz anflehst.« Verlangen flammt in ihren Augen auf und ihr stockt der Atem. Sie will es. »Ich werde dich so oft zum Kommen bringen, bis du mehr Höhepunkte hattest, als du je für möglich gehalten hättest. Ich will, dass du mich reitest, bis deine Beine zittern, und dann werde ich dich auf den Rücken drehen und deine Pussy noch mal kosten. Bis du über alle Maßen befriedigt bist. Also nein, Daisy, ich bin noch nicht fertig mit dir.«

»Nenn mich nicht so«, platzt es aus ihr heraus.

»Ich soll dich nicht bei deinem Namen nennen?« Das ist etwas Neues für mich. Ihre Augen weiten sich geschockt, als ich sie anstarre. Ich dachte, ich hätte alles an Verrücktheiten, mit denen mir eine Frau begegnen kann, mittlerweile erlebt, aber das ist wirklich neu.

»Es ist nur, dass ich es wirklich mochte, als du mich Love genannt hast«, sagt sie. Sie ist feuerrot im Gesicht und spricht schneller als gewöhnlich, die Verrücktheiten fliegen ihr förmlich aus dem Mund. »Wie du das gesagt hast, war so britisch, und die Wahrheit ist, dass ich ein bisschen anglophil bin. Jetzt ist mein Geheimnis gelüftet!« Sie zwinkert mir etwas seltsam zu. »Lass uns auf dein Zimmer gehen. Nenn mich einfach nur Love, okay?« Sie dreht sich in Richtung der Aufzüge um, ohne nachzusehen, ob ich ihr folge oder nicht.

Verrückt oder nicht, ich folge ihr.

12. Kapitel

Violet

Das war knapp.

Viel zu knapp. *Nenn mich nicht Daisy.* Was für ein dummes Gerede, aber ich bin einfach nicht für solche Ausreden gemacht. Ich puste mir eine lose Haarsträhne aus der Stirn und drücke etwas kraftvoller als nötig auf den Knopf für den Fahrstuhl, während ich über der Zwickmühle brüte, in der ich stecke.

Die Sache ist die, ich möchte wieder mit Jennings schlafen – natürlich möchte ich das. Ich wäre verrückt, wenn ich keine Wiederholung dieser Nacht haben wollen würde. Schließlich habe ich den ganzen Nachmittag damit verbracht, mich in Tagträumen an diese Nacht zu erinnern, damit, jedes einzelne Detail wieder und wieder abzurufen. Der Geruch seiner Haut und wie sie sich an meiner anfühlte. Wie sein Haar an manchen Stellen abstand, weil ich daran gezogen hatte. Sein magischer Mund und seine talentierten Finger. Die Neigung seines Kopfes, als er in mich stieß, und sein Gesichtsausdruck, als er kam.

Also ja, natürlich war ich dabei.

Aber beim Abendessen habe ich angefangen, nachzudenken. Was, wenn er mich mittendrin Daisy nennen würde? Ich glaube nicht, dass sich meine Psyche jemals davon erholen würde. Unter keinen Umständen. Er hätte mich *Rose* nennen können – das wäre in Ordnung gewesen, sogar ein bisschen unanständig, wenn er den falschen Namen benutzt hätte, den ich ihm an der Hotelbar genannt habe. Aber den Namen meiner Schwester? Nein. Ein absolut striktes, riesengroßes, absolutes Nein. Also habe ich mich entschieden, mich von ihm fernzuhalten – denn Vorsicht ist besser als Nachsicht. Doch dann wartete er in der Lobby auf mich und gab vor, an irgendwelchen Touristenflyern interessiert zu sein, während ich so tat, als würde ich nicht merken, dass er auf mich wartete. Und dann war er so überzeugend und charmant und hat Worte benutzt wie ... nun, einfach Worte eben. Es sollte ihm nicht gestattet sein, zu sprechen. Wenn er nur gegrunzt und mir seinen Zimmerschlüssel gegeben hätte, hätte ich widerstehen können.

Wahrscheinlich.

Aber nein, dann hat er in seinem raffiniert britischen Akzent mit mir gesprochen und ich bin verdammt noch mal nicht aus Stein. Er hat *Pussy* gesagt. In der Hotellobby. In seinem Akzent und es war unanständig, unpassend und verflucht heiß. Und dann kamen noch Wörter wie *Schwanz*, *flehen* und *multiple Orgasmen* aus seinem Mund und damit hatte sich das erledigt. Folglich ist mir rausgerutscht, dass er mich nicht Daisy nennen soll und das hätte meine Schwester fast den Job gekostet – innerhalb von nur einem Tag dieses Trips. Ich bin definitiv sauschlecht, wenn es um verdeckte Operationen geht. Es ist armselig. Mit sechsundzwanzig sollte ich besser im Schwindeln sein. Ich hab's echt nicht drauf.

Ich frage mich, ob ich es ihm nicht einfach erzählen soll. Ich beiße mir auf die Lippe und sehe ihn über meine Schulter hinweg an. Er starrt auf meinen Hintern. Ich drehe mich wieder um und hypnotisiere den Knopf des Fahrstuhls. Wo zur Hölle bleibt nur der Lift? Wir sind hier in einem dreistöckigen Gebäude, wie lang kann er da schon brauchen, um wieder ins Erdgeschoss zu fahren? Und warum nehmen wir nicht die Treppe? Nein, ich kann es ihm nicht erzählen, entscheide ich. Was sollte ich denn auch sagen? *Hey, hör zu, die Sache ist, ich bin eigentlich gar nicht Daisy. Ich bin Violet. Daisys eineiige Zwillingsschwester. Ja, sie hatte diese Woche was zu erledigen, also habe ich ihren Platz als Reiseführerin eingenommen.*

Ich kann mir kein Szenario vorstellen, in dem das gut ausgeht. Oder eins, in dem ich nicht im Gefängnis lande. *Was sagst du da, Jennings? Nein, nein, ich bin keine Betrügerin. Nicht wirklich. Ich habe nur versucht, in einem Job etwas Geld zu verdienen, für den ich nicht qualifiziert bin.*

Keine Betrügerin.

Ist klar.

Heilige Scheiße, warum habe ich nicht vorher darüber nachgedacht? Ich kann mir einen Eintrag in die Polizeiakte nicht leisten, denn dann bekomme ich nie wieder einen anderen Job. Was wir da tun, ist mit Sicherheit illegal. Ich bin so was von am Arsch.

Als wir endlich in den Fahrstuhl steigen, fühlt sich die Stimmung düster an. Zumindest erscheint es mir so. Jennings denkt vielleicht immer noch an meinen Hintern, was weiß ich schon, aber er schweigt, genauso wie ich.

Vor seiner Tür hält er an und wartet, bis ich ihn ansehe. »Du bist nicht verheiratet, oder, Daisy?«, fragt er und korrigiert sich dann augenrollend. »*Love?* Du bist nicht verheiratet, oder, *Love?«*

»Nein.« Ich schüttle den Kopf. »Mir hat noch keiner einen Antrag gemacht.«

Der Hauch eines Lächelns legt sich auf sein Gesicht und er schüttelt ebenfalls den Kopf, als sich das Schloss mit einem Klicken öffnet und er die Tür aufdrückt.

»Nun, das war eine unglaublich ehrliche Antwort.«

»Ich bin normalerweise eine sehr ehrliche Person«, sage ich ihm und ja, ich höre genau, wie das klingt, nachdem die Worte meinen Mund verlassen haben.

»Hm, du bist also normalerweise eine ehrliche Person.« Er betrachtet mich interessiert und wirft die Schlüsselkarte auf die Kommode. Sie gleitet über deren Oberfläche und wird schließlich durch den Fuß einer Lampe aufgehalten.

»Ich bin nicht verheiratet, Jennings. Nicht verlobt, nichts. Es törnt mich an, wenn du mich *Love* nennst, ich habe einen Fetisch für alles Britische, und das war's auch schon.« Ich bin so eine Lügnerin. Immerhin war das meiste davon wahr. Denn ich mag es wirklich, wenn er mich *Love* nennt. Es wäre noch besser, wenn er mich Violet nennen würde, aber ich arbeite nun mal mit den Karten, die mir für den Moment zugeteilt wurden.

»Also hättest du zu jedem Idioten *Ja* gesagt, der dich gefragt hätte?« Wir sind also wieder bei diesem Thema.

»Warum nimmst du an, ich würde Idioten daten?« Unhöfliches Arschloch. Es stimmt, aber es ist immer noch unhöflich. Er zieht eine Braue in die Höhe, um mich herauszufordern, das zu leugnen, und ich starre ihn finster an, ehe ich erneut spreche. »Ich habe nur deine Frage beantwortet, Jennings«, erwidere ich leicht angefressen. »Du hast gefragt, ob ich verheiratet sei, und ich habe deutlich gemacht, wie sehr ich nicht verheiratet bin, indem ich dir erklärt habe, dass mir noch keiner einen Antrag gemacht hat.«

»Nun, ich bin froh, dass es noch keiner getan hat, *Love*.«

»Ähm, danke?« Ich werfe ihm einen Blick zu. »Ich bin mir sicher, dass die Ehe ein großer Witz für dich ist, Playboy, aber sie bedeutet so manch anderem etwas.«

»Ich wollte damit nicht sagen, dass sie mir nichts bedeutet.« Er runzelt die Stirn. »Nur, dass ich froh bin, dass du nicht gebunden bist und wir hier sind.« Er kommt auf mich zu und streicht mein Haar zurück, ehe er seine Lippen meinen Hals entlanggleiten lässt. »Sehr froh«, murmelt er in mein Ohr.

»Ja, ich auch«, stimme ich zu, einen Moment, bevor er meinen Mund mit seinem bedeckt und ich vergesse, worüber wir überhaupt geredet haben. Er und sein verfluchter magischer Mund. Mein ganzer Körper ist warm und entspannt, und ich schmelze förmlich unter seinen Händen, während ich meine unter sein Oberteil und zu seiner Brust wandern lasse. Ich bin glücklich darüber, dass ich entschieden habe, eine zweite Runde mit ihm wäre doch eine gute Idee.

»Aber jetzt«, er unterbricht den Kuss und tippt meine Unterlippe mit dem Finger an, »will ich diese Lippen um meinen Schwanz haben.«

Ich halte einen Augenblick inne, zu betrunken von seinem Kuss, dass ich nicht sofort realisiere, was er da gesagt hat. Ich benetze die Lippen mit der Zunge und streiche mein Haar über die Schulter zurück. »Hast du mir gerade befohlen, deinen Schwanz zu lutschen?« Heilige Scheiße, warum törnt mich das so an? Ich bin hin- und hergerissen, ihm aus Prinzip einen finsteren Blick zuzuwerfen oder ihn anzubetteln, das noch mal zu sagen. Allerdings tendiere ich schwer Richtung Betteln.

»Das habe ich«, lautet seine unverhohlene Antwort.

Ich betrachte sein Shirt, ein alt aussehendes Konzert-T-Shirt von einer Band, von der ich noch nie gehört habe, aber wie es sich um seinen Oberkörper spannt, hat mich schon den ganzen Tag abgelenkt. Ich schiebe den Saum bis zu seiner Brust hoch, bis er übernimmt und es sich über den Kopf zieht. Dann lege ich meine Hände auf seine Haut und beuge mich vor. »Sag es noch mal«, flüstere ich, denn ja, mir haben seine Worte gefallen.

Er grinst, während er mir die Bluse über den Kopf zieht und schließlich meine Brüste oberhalb des BHs streichelt. »Auf die Knie, *Love*. Ich möchte deinen warmen, feuchten Mund um meinen Schwanz spüren. Ich will sehen, wie viel du von mir aufnehmen kannst, und dann werde ich meine Hände in deinem Haar vergraben und dich dazu drängen, noch etwas mehr von ihm zu nehmen, ihn noch etwas tiefer in den Mund zu nehmen und noch ein wenig heftiger an ihm zu saugen.«

Ich habe mich hingekniet, bevor er fertig gesprochen hat, und öffne seinen Gürtel, wobei ich Jennings die ganze Zeit über unter meinen Wimpern hervor ansehe. Ohne seinen Blick loszulassen, knöpfe ich seine Jeans auf und ziehe sie ihm bis zu den Knien nach unten. Dann beuge ich mich vor und küsse seinen flachen Bauch, während ich mich mit den Händen in seine Boxershorts vorarbeite und sie um seine Länge schließe. Den Stoff schiebe ich dabei nach unten. Und dann verabschiedet sich mein Selbstvertrauen.

»Oh«, stoße ich überrascht hervor, meine Hand noch immer um seinen Schwanz geschlossen. Ich gebe ihn frei, lasse mich zurück auf die Fersen sinken und sehe zu ihm auf. »Was mache ich mit ihm?«

»Was du mit ihm machen sollst?« Er guckt mich an, als hätte ich gerade behauptet, noch Jungfrau zu sein.

»Ich habe bisher nur normale Schwänze gesehen«, sage ich schulterzuckend. Kaum zu glauben, dass mir das entgangen ist, aber zu meiner Verteidigung muss ich sagen, dass ich nie wirklich einen guten Blick auf ihn erhaschen konnte.

»Normale Schwänze?«, wiederholt er schmunzelnd in seinem feinen englischen Akzent, eine Braue nach oben gezogen.

»Du weißt schon, die korrigierten? Ähm, beschnittenen eben!«

Endlich habe ich das richtige Wort gefunden und sehe zwischen ihm und seinem besten Stück hin und her.

»Ihr amerikanischen Mädchen.« Er lacht, während er seinen Schwanz streichelt. Ich bin mir nicht sicher, ob ich dankbar dafür sein soll, dass ich offensichtlich nicht die erste Frau bin, die verwirrt ist, oder wütend darüber, dass ihm das oft genug passierte, um von Bedeutung zu sein.

»Ich versichere dir, dass er wunderbar funktioniert«, sagt Jennings, während er sich weiter streichelt und sein Schwanz hart wird.

Okay, steif sieht er genauso aus wie andere Schwänze auch. Ich fühle mich seltsam stolz, dass ich diese Erfahrung meiner sexuellen Erfahrungs-Liste hinzufügen kann, als ich meine Hand wieder um ihn schließe. Ich wette, dass Daisy noch nie einen unbeschnittenen Penis gesehen hat. Genau genommen, bin ich mir dessen sogar sicher, weil sie mir davon erzählt hätte, wenn sie einen gesehen hätte. Jedes Detail, mit wilden Gesten und einem lustigen Spitznamen für den Kerl. Also gewinne ich dieses Mal. *Zwillings-Win!*, denke ich und versuche, nicht zu lachen. Das haben wir früher immer zueinander gesagt, wenn die eine von uns die andere in etwas geschlagen hat oder dergleichen. Diese Runde gewinne ich auf jeden Fall und ich bin ziemlich selbstzufrieden deswegen. Bis Jennings fragt, warum ich lache. Während ich seinen Schwanz in der Hand halte.

»Ich bin nur stolz auf mich selbst.«

»Weil du meinen Schwanz lecken wirst?«

»Na ja, ich hätte es jetzt nicht ganz so ausgedrückt, aber so in etwa.«

»Wie viel von ihm kannst du denn in den Mund nehmen? Wenn du ja stolz bist.«

»Whoa.« Ich halte meine andere Hand in die Höhe. »Ich kann nicht *deepthroaten* oder so was.« Ich zucke mit den Schultern. »Aber ich glaube, ich bin ganz gut hierin. Warte, ich muss mich konzentrieren.« Ich schiebe mir mein Haarband, das ich für Notfälle dabeihabe, vom Handgelenk und binde meine Haare zu einem Pferdeschwanz.

»Meintest du das gerade ernst?«

»Was denn? Es kommt mir in die Quere. So engagiert bin ich, um dir einen tollen Blowjob zu geben«, erwidere ich, als ich mit meinen Haaren fertig bin und ihn wieder mit der Hand umfasse.

Er schüttelt den Kopf und vor Belustigung bilden sich kleine Fältchen neben seinen Augen.

»Ich bin stolz auf meine Arbeit, Jennings. In allen Bereichen.« Ich sehe zu ihm auf, während ich meine Hand langsam an seiner Erektion rauf- und runterwandern lasse, vor und zurück. »Noch irgendwas, was ich über deinen speziellen Schwanz wissen sollte?«, frage ich, kurz bevor ich mit der Zunge die Unterseite seiner Männlichkeit entlanglecke. Langsam, aber bestimmt.

»Fuck«, faucht Jennings und umfasst dann meinen Zopf, um mich so zu manövrieren, wie er es gern hat. »Nein, ich glaube, du weißt alles.«

Ich schließe die Lippen um ihn und umspiele die Spitze mit der Zunge, während ich den Bereich, den ich nicht mit meinem Mund erreichen kann, mit der Hand streichle. Sein Stöhnen verrät mir, dass ich nichts falsch mache. Als ich anfange, meinen Kopf rhythmisch zu bewegen, klopfe ich mir im Stillen wegen meiner Fähigkeiten mit meinem Mund auf die Schulter, ehe ich an nichts anderes mehr denke, als diesen Mann zu befriedigen. Er zieht an meinen Haaren und dreht meinen Kopf leicht zur Seite, sodass er mir besser dabei zusehen kann, wie ich es ihm mit dem Mund besorge. Die Lust in seinen Augen spornt mich an und ich bin versucht, mich selbst anzufassen, aber ihn zu berühren, ist mir noch viel wichtiger. Außerdem fände ich es besser, wenn sich Mr Magic-Mouth um mich kümmert, wenn ich fertig bin, und ich bin mir sicher, dass er das tun wird. Mehrere Male. Das hat er mir in der Lobby versprochen und ich habe keinerlei Zweifel daran, dass er sein Versprechen halten wird.

13. Kapitel

Jennings

So etwas wie einen schlechten Blowjob gibt es nicht – zumindest habe ich in meinem Leben noch keinen bekommen. Sicher, einige bleiben einem mehr in Erinnerung als andere, aber eine Frau mit einem willigen Mund kann nichts falsch machen. Diese Frau hier ist enthusiastisch. Und bevorzugt es sehr wahrscheinlich, durch einen Strohhalm zu trinken. Heiliger Bimbam.

Sie bearbeitet den Teil von mir mit der Hand, den sie mit dem Mund nicht erreicht, lässt geschickt ihr Handgelenk kreisen und sieht mich unverwandt an, bis sie meinen Schwanz mit einem hörbaren Geräusch aus ihrem Mund entlässt. Dann senkt sie den Kopf und fährt mit der Zunge einmal meinen kompletten Schwanz entlang, von ganz unten bis zur Spitze. Ich fühle mich wie ein Teenager, der besorgt darum ist, sein Pulver zu früh zu verschießen.

Diese Frau bezaubert mich mit ihrer Mischung aus Naivität und Enthusiasmus. Mit der Art und Weise, wie sie mir mit aufgesetztem Draufgängertum ihren Vorschlag, an einen ruhigeren Ort zu gehen, nannte, mich dann aber mit vor Lust lodernden Augen geritten hat, während ihr das Haar lose über die Schultern fiel. Wie sie sich heute Abend auf ihre Fersen gesetzt und mich gefragt hat, was sie mit meinem Schwanz machen soll, ehe sie sich die Haare zusammengebunden hat, als wolle sie joggen gehen, nur um sich dann mit dem Eifer einer Professionellen an die Arbeit zu machen. Wie sie mich tagsüber finster ansieht und dann beim Sex ohne jegliche Scheu lacht, ohne dabei zu versuchen, sexy zu wirken. Sie ist sexy. Möglicherweise die heißeste Frau, mit der ich das Vergnügen hatte, zusammen sein zu dürfen. Aber sie versucht nicht, es zu sein. Sie ist es einfach, ihre Kombination aus Vorsicht und Mut ist berauschend.

Genauso wie ihr Mund. Berauschend weich. Verlockend warm. Herrlich feucht. Mit meiner Hand, die ich um ihren Zopf geschlossen habe, dränge ich sie dazu, meinen Schwanz etwas tiefer in den Mund zu nehmen und sie würgt leicht, macht aber weiter. Wie ich schon sagte, Enthusiasmus ist alles. Sie zieht sich etwas zurück, umschließt meinen Schwanz fester und nimmt mich tiefer in sich auf, als ich es erwartet hätte.

Meine Eier ziehen sich zusammen und ich ziehe ihren Kopf zurück, ehe ich in ihrer Kehle komme. Nicht, dass ich das nicht wollen würde, aber eine Warnung vorher ist angebracht.

»Ich will es«, sagt sie, bevor ich auch nur die Chance habe, mehr zu tun, als zu stöhnen, während sie meine Vorhaut zurückzieht. Sie befeuchtet ihre Lippen, als sie das sagt. Sie hält noch immer meinen Schwanz umfasst und streichelt mit dem Daumen gezielt dessen Unterseite entlang, als sie sich nach vorn lehnt, die Augen auf mich gerichtet. »Gib's mir, Jennings.«

Heilige verfluchte Scheiße!

Ich umfasse ihr Kinn und lasse meinen Schwanz über die samtige Oberfläche ihrer Zunge gleiten. Sie saugt an mir und ich ergieße mich stöhnend in ihren Mund. Als ich fertig bin, löst sie sich von mir und schluckt rasch, wobei sie für einen Moment die Augen schließt und sich anschließend mit der Hand über den Mund wischt.

Diese kleine Sequenz sollte nicht sexy sein, aber verdammt, das war sie. *Sexy as hell*, weil sie es für mich gemacht hat, obwohl sie beinah zusammengezuckt wäre, als sie schluckte. Meine Güte, das war heiß. Die Unschuld, die diese Geste an sich hatte. Als hätte ich sie ein bisschen verdorben.

Plötzlich blinzelt sie und nickt bestätigend. »Gut, oder?«, fragt sie, ein klitzekleiner Hauch von einem selbstzufriedenen Lächeln zeichnet sich auf ihrem Gesicht ab, und jetzt bin ich derjenige, der lacht.

»Besser als gut, *Love*.« Ich ziehe sie hoch und streichle ihre Schulterblätter entlang, wobei ich ihre BH-Träger hinunterstreife. »Du warst brillant.«

»Brillant«, wiederholt sie in einem vorgetäuscht britischen Akzent und grinst breit. »Brillant hat mich auf jeden Fall noch keiner genannt.« Die Idee, dass sie das mit einem anderen macht, finde ich verstörender, als ich zugeben will. Ich öffne ihren BH und werfe ihn auf die Kommode, damit sie nicht die Brauen zusammenzieht, weil er auf dem Boden gelandet ist. Dasselbe mache ich mit ihrem Rock, ehe ich sie rücklings aufs Bett drücke, sodass ich ihr das Höschen ausziehen kann. Es landet bei ihren restlichen Klamotten, dann krieche ich aufs Bett und drücke ihre Beine mit einem Knie auseinander. Zeit, sie davon zu überzeugen, dass heute Nacht eine gute Idee war und morgen sogar eine noch bessere Nacht werden wird.

Sie seufzt und spreizt die Beine weiter auseinander, als ich mich mit dem Mund einer ihrer perfekten Brüste widme. Die andere umfasse ich mit der Hand und streichle mit dem Daumen über ihren Nippel, während ich jeden herrlichen Zentimeter ihres Körpers bewundere. Als ich in ihre Brustwarze kneife, ist ihr darauffolgendes Stöhnen wie Musik in meinen Ohren. Sie schließt ihre Beine enger um mich und wölbt sich mir entgegen. Die Art und Weise, wie sich ihr dunkles Haar ergießt, ist ein Anblick, den ich in Zukunft nutzen werde, um es mir selbst zu besorgen, keinen Zweifel. Ich liebe das Gewicht ihrer Brüste in meinen Händen und die Wärme ihrer Haut, wenn ich an ihr sauge. Sie riecht wie ein sonniger Tag – eine Mischung aus Kokosnuss, Zitronen und Himmel.

»Wirst du es noch mal machen?« Sie hat die Hände in meinem Haar vergraben und massiert meine Kopfhaut. Mir gefiele es wirklich gut, wenn sie nie wieder damit aufhören würde.

»Es?« Ich kümmere mich um ihre andere Brust und lasse eine Hand weiter nach unten wandern, zu der Stelle, an der ihre schmale Taille in ihre entzückende Hüfte übergeht. Ich muss sie von hinten ficken, bevor wir hier fertig sind, damit ich ihre Hüften packen und sie meinem Schwanz entgegenziehen und wieder von mir wegdrücken kann, während sie ...

»Das mit deiner Zunge«, sagt sie und unterbricht damit meine Fantasie.

»Ich mache gerade schon etwas mit meiner Zunge«, erwidere ich und knabbere als Beispiel an ihr.

»Das andere«, stößt sie hervor und drückt sich mir entgegen, ihre Fingerspitzen bohren sich als Reaktion auf meine Zähne tiefer in meine Kopfhaut.

»Das andere?«, hake ich nach, als ich ihre Pussy mit zwei Fingern auseinanderspreize. Sie ist klatschnass und ich grinse.

»Jap«, sagt sie keuchend. »Das andere.«

»Hast du das andere genossen, *Love*?« Beinah hätte ich sie Daisy genannt. Warum zur Hölle will sie nicht, dass ich sie Daisy nenne? Welche Frau möchte beim Sex nicht bei ihrem Namen genannt werden? Das ist mehr als seltsam und eigentlich sollte es mir schnurzegal sein, ist es aber nicht.

Doch dazu später. Ich werde später darüber nachdenken. Im Moment werde ich sie nennen, wie auch immer sie möchte, um sie in meinem Bett und unter meiner Zunge zu behalten. Damit sie meinen Schwanz mit ihrer feuchten Pussy umschließt und mit ihrem süßen Mund meinen Namen schreit. Denn anders als sie liebe ich es, meinen Namen zu hören, wenn sie kommt, ihre Stimme belegt und mit Lust erfüllt. Ihre amerikanische Aussprache ist zwar nicht so anders, als ich es gewohnt bin, klingt aber so viel süßer, wenn sie Hör *nicht auf* und *Genau da* haucht.

»Ja.« Sie nickt und ihr Haar breitet sich noch weiter auf dem Kissen aus. »Ich habe es genossen. Du solltest es wieder tun. Wahrscheinlich wird es nicht so gut wie beim ersten Mal, aber es ist einen Versuch wert.«

»Also gut.« Ich schüttle den Kopf und küsse die Unterseite ihrer Brust. »Beim erste Mal hatte ich wahrscheinlich einfach Glück, was?«

»Möglicherweise«, stimmt sie zu. »Ich werde keine zu hohen Erwartungen stellen.«

»Dann werde ich mal loslegen.« Ich schmunzle, als ich mich in die entsprechende Position begebe und dabei ihren Bauchnabel küsse. »Ich werde mein Bestes geben.«

»Uh-huh«, murmelt sie, als ich wieder ihre Pussy spreize und sie mit meinem Mund bedecke. Diese Frau zu befriedigen, ist etwas, das ich nur zu gern mache. Heiliger, allein der Gedanke daran hat dafür gesorgt, dass ich den ganzen Tag gegen eine Latte ankämpfen musste.

Sie windet sich, als ich an ihrer Klit sauge, und zieht an meinen Haaren. Jedes Zucken und jedes Seufzen von ihr zu interpretieren und zu lernen, wie ich sie dazu bringe, noch heftiger zu stöhnen und sich mir noch mehr entgegenzuwölben – darauf liegt in diesem Moment mein einziger Fokus. Auf ihrem Geschmack, ihrem Geruch. Den Berührungen ihrer Finger. Der Neigung ihres Beckens, wenn sie kurz davor ist, zu kommen.

Ich könnte ein ganzes Lexikon mit Beschreibungen anlegen, sie zum Schreien zu bringen, und das wäre absolut keine vergeudete Zeit.

Aber ich habe nur eine Woche, also bin ich besser so aufmerksam wie nur irgend möglich. Sicherlich kann ich zumindest ein Notizbuch voll entsprechender Arten zusammentragen.

Ich entdecke, dass sie ein wenig kitzlig ist, weil ihr ein Kichern entschlüpft, als ich die Innenseite ihres Oberschenkels küsse und ihr Bein über meine Schulter lege. Sie schmeckt heute Nacht sogar noch besser als vor zwei Nächten.

Wie es scheint, ist sie nicht mit Analspielen vertraut, bemerke ich, als ich sie mit einem von ihrer Feuchtigkeit benetzten Finger dort berühre, aber sie kommt ziemlich eindrucksvoll, wenn sie zulässt, dass ich meinen Finger in sie hineinschiebe.

Langsam mache ich mir Sorgen, dass eine Woche nicht genug sein wird, und erwäge, dieses Jahr noch mehr Meetings in den Staaten wahrzunehmen. Sollte ich das tun? Würde sie das wollen? Ich weiß ja nicht mal, in welchem Bundesstaat sie lebt. Bin ich zu vorschnell? Sie verbirgt etwas vor mir und ich mag keine Schwindeleien. Aber das wahre Problem ist Folgendes: Ich bin neugierig, ob es von Bedeutung sein wird. Wird das, was auch immer sie vor mir geheim hält, ausreichen, um den Zauber zu brechen, mit dem sie mich belegt hat?

14. Kapitel

Violet

Im Kopf zähle ich noch mal alle Teilnehmer durch, gehe sicher, dass alle an Bord sind, und gebe George dann das Okay zum Aufbruch. Auch die Koffer wurden zwei Mal gezählt, im Gepäckfach unterhalb des Busses verstaut, und ich habe keinen der Reisegäste verloren. Dieser Tourguide-Kram ist kinderleicht. Zumindest bis auf das Gefühl, dass jemand jederzeit rufen könnte *Du bist nicht Daisy!*

Mit einem erleichterten Seufzen lasse ich mich auf meinen Sitz fallen und werfe einen Blick auf meinen Notizblock. Heute fahren wir einige Stunden von Washington, D.C. nach Williamsburg in Virginia, wo wir zwei Nächte bleiben werden. Aber erst werden wir in Mount Vernon halten, dem Zuhause des ersten amerikanischen Präsidenten, um eine Tour durch sein Anwesen zu machen, danach besuchen wir irgendwo ein Museum über die Revolution – ich muss also wirklich meine Notizen checken. Was schwierig wird, da sich Jennings gerade auf dem Platz neben mir niedergelassen hat.

»Ich dachte, wir hätten geklärt, dass du da nicht sitzen kannst«, erinnere ich ihn, ohne von meinem Block aufzusehen.

»Wir haben festgestellt, dass ich als Reisegast sitzen kann, wo immer ich möchte.«

»Zuerst mal ist das nicht wahr. Und außerdem solltest du mit den anderen Tourteilnehmern regelmäßig die Plätze tauschen, damit jeder mal vorn sitzen und die Aussicht genießen kann.«

»Ich nehme aber niemandem den Platz weg, oder? Ich belege nur diesen leeren Sitz neben dir.«

»Ich arbeite«, weise ich ihn auf das Offensichtliche hin.

»Das sehe ich. Gut gemacht.«

Jetzt drehe ich mich doch zu ihm, damit ihm mein böser Blick nicht entgeht. Er muss gehen, damit ich mich auf diesen Reiseabschnitt konzentrieren kann. Es ist schon schlimm genug, dass ich mir ständig seiner Gegenwart bewusst bin und mein doofes Herz jedes Mal schneller schlägt, wenn er in der Nähe ist. Da kann ich es verdammt noch mal nicht gebrauchen, dass er auch noch direkt neben mir hockt. »Was ist mit deiner Großmutter, Jennings? Solltest du nicht neben ihr sitzen?«

Er zwinkert mir zu und dreht sich nach hinten, wo seine Großmutter sitzt. »Sie hat sich mit den drei kanadischen Ladys angefreundet. Sie können sich leichter unterhalten, wenn sie zusammensitzen.« Er zuckt mit den Schultern. »Daher bin ich wohl der Außenseiter, wie es scheint.«

Ich stoße hörbar den Atem aus. »Wie praktisch für dich.«

»Ja, oder?«, stimmt er zu und hält eine in Zellophanpapier verpackte Süßigkeit hoch. »Ich soll dir das geben. Es ist etwas Süßes aus Ahornsirup und kommt aus Kanada.«

Natürlich ist es das.

»Checkst du wieder deine Notizen?«, fragt er mit einem Blick auf meinen Notizblock nach.

Ich schnappe mir die Süßigkeit aus seiner Hand, wickle das Papier ab und stecke sie mir in den Mund. Am liebsten würde ich sie gar nicht essen, aber ich mache es dennoch, um eine Minute Zeit zu gewinnen. Mhm, ist eigentlich ganz lecker.

Dieser Mann ist eine Ablenkung. Und auch wenn ich diese Ablenkung genieße, kann ich kein Risiko eingehen. Wenn ich diese Woche dafür sorge, dass Daisy gefeuert wird, erhält sie kein Geld für diese Tour. Wenn sie nicht bezahlt wird, werde auch ich nicht bezahlt – was ein Problem wäre. Meine Ersparnisse sind mittlerweile auf fast nichts zusammengeschrumpft und ich kann nicht für immer auf dem Sofa meiner Schwester leben. Oder ins Gefängnis gehen. Wandern Menschen dafür ins Gefängnis, sich als eine andere Person ausgegeben zu haben, auch wenn sie deren Einverständnis hatten? Ich stecke bis zum Hals in dieser Sache drin und werde nie einen neuen Job finden, wenn ich einen Eintrag in meiner polizeilichen Akte habe.

»Also, wie soll ich dich tagsüber nennen?«, fragt Jennings und unterbricht damit meine Gedanken. »Soll ich dich Love nennen oder ist das für die Zeit reserviert, die wir allein verbringen?«

Oh, ja. Das Problem hatte ich ganz vergessen.

»Du kannst mich Daisy nennen«, sage ich so unbekümmert wie möglich. »Das andere ist nur eine sexuelle Vorliebe.«

»Ich dachte, es hätte was mit deinem anglophilen Fetisch zu tun?«, hakt er nach. Er stellt sich heute als echte Nervensäge heraus. Was mich an letzte Nacht erinnert. Möglicherweise hat er einen kleinen Pofetisch, wenn ich an seine umherstreifenden Finger denke. Ich hatte ja keine Ahnung, dass mich ein Finger an dieser Stelle derart zum Kommen bringen könnte. Absolut null Ahnung. Keine, überhaupt nicht. Irgendwie will ich, dass er es noch mal macht.

»Das meinte ich, danke«, sage ich in einem albern britischen Akzent. »Es liegt an meinem sexuelle anglophilen Fetisch«, ergänze ich mit meiner normalen Stimme und nicke. Ich kann nicht glauben, dass dieser Kerl Sex mit mir haben möchte. Na ja, vielleicht jetzt nicht mehr. Das würde zumindest eines meiner aktuellen Probleme lösen, oder? Aber ich mag es, Sex mit ihm zu haben.

Warum ist nichts in meinem Leben einfach?

Die Freunde, mit denen ich meinen Abschluss gemacht habe, sind inzwischen verheiratet und haben ihr erstes Kind – wenn nicht sogar schon ihr zweites. Ich wiederum spiele Zwillingsscharade mit meiner Schwester, gehe mit einem Fremden ins Bett und suche nach Wegen, dass er mich nicht Daisy nennt, während wir Sex haben. Irgendwie denkt er ja, ich wäre sie. Irgendwie. Technisch gesehen, denkt er vielleicht schon, dass ich ich selbst bin und ist nur verwirrt wegen meines Namens. Oder? Nein, das stimmt so auch nicht. Er denkt, ich sei eine Reiseführerin, was ich definitiv nicht bin.

Ich habe echt Probleme.

»Ich mag Barbecue-Kartoffelchips«, sprudelt es plötzlich aus mir heraus. Daisy hasst sie, was praktisch ist, weil ich sie so von meinem Snackvorrat fernhalten konnte, seit ich auf ihrem Sofa lebe. Denn wer möchte schon seine Arbeitslosigkeits-Kartoffelchips teilen? Jetzt habe ich ihm also etwas von mir erzählt. Etwas über Violet, nicht Daisy. Doch dann schlage ich mir innerlich vor die Stirn. Kartoffelchips? Ernsthaft? Es ist fast so, als wolle ich garantieren, dass er mich nie wieder nackt sehen will.

»Geht es dir gut?« Jennings sieht mich an, die Brauen vor Verwirrung zusammengezogen. Er hat tolle Wimpern, bemerke ich. Sehr dicht und dunkel.

»Ja.« Ich nicke und blicke aus dem Fenster. »Ich bin nur müde.«

»Das kann ich mir gut vorstellen«, antwortet er.

Ich muss mich nicht zu ihm umdrehen, um zu wissen, dass er die Lippen zu einem zufriedenen Grinsen verzogen hat. Ich kann es in seiner Stimme hören. Trotzdem drehe ich mich zu ihm, da ich ein Nimmersatt bin, wenn es darum geht, ihn anzusehen. Er ist attraktiv und fühlt sich wohl in seiner Haut. Perfektes Kinn, volle Lippen. Ich mag es, die wenigen kleinen Fältchen zu betrachten, die ich entdecken kann – sie verleihen seinem Gesicht Charakter, und das fasziniert mich. Dann ertönt ein Klingeln aus seiner Hosentasche und ich richte den Blick stattdessen auf seinen Schritt. Er ist ein Linksträger, wie sich herausgestellt hat. Und jetzt muss ich schon wieder an Sex denken.

Er zieht das Handy aus der Tasche, wirft einen Blick auf das Display und drückt den Button zum Ignorieren des Anrufs.

»Wie weit sind wir von unserem ersten Halt entfernt?«, fragt er, während er eine Nachricht verfasst.

Ich frage mich, ob ihn eine Frau angerufen hat. Ich wette, sie isst nicht mal Kartoffelchips. Wahrscheinlich nichts anderes als gegrilltes Hühnchen und Kohl. Gibt es Kohl in London? Dann frage ich mich, warum ich darüber nachdenke. Natürlich gibt es dort Kohl – es ist ja nicht so, dass sich London in einem anderen Universum befindet.

»Woher soll ich das wissen?«, murmle ich.

»Weil du die Reiseführerin bist, Daisy. Daher solltest du es wissen«, sagt er langsam und betrachtet mich. »Bist du sicher, dass es dir gut geht?«

»Ja.« Ich reibe meine Handflächen an meinem Rock und versuche, mich zu erinnern, was meine Notizen besagen. »Wir sollten in weniger als zwanzig Minuten da sein«, verkünde ich. Ich glaube, das ist richtig. Ein Halt kam nach zwanzig Minuten und der andere nach zwei Stunden, aber wer kann sich schon merken, in welcher Reihenfolge? Eine echte Reiseführerin wahrscheinlich.

Die Frau, die ihn möglicherweise angerufen hat – vielleicht ist sie eine dieser Frauen, die essen können, was sie wollen, ohne fett zu werden. Wie auch immer. Ich kann essen, was immer ich will ... zwei Mal im Jahr, ohne auch nur ein Kilo zuzunehmen. »Sind zwanzig Minuten angemessen für dich?«, frage ich, während er weiter auf seinem Handy rumtippt.

»Angemessen?«, wiederholt er, ohne sein Tippen zu unterbrechen oder mich anzusehen. »Ich denke, das wird passen.«

Ich denke, das wird passen, wiederhole ich genervt in meinem Kopf. Bis mein eigenes Handy klingelt. Es liegt mit dem Bildschirm nach oben auf dem Tischchen vor meinem Sitz – und es ist Daisy, ihr Name flimmert gefühlt in meterhohen Buchstaben über das Display. So schnell wie möglich verdecke ich mein Handy mit der Hand und schicke den Anruf an die Mailbox. Warum ist es mir nicht in den Sinn gekommen, ihren Namen in meinem Telefonbuch zu ändern? Ich schiele zu Jennings rüber, um zu ermitteln, ob er bemerkt hat, dass die Person, die mich angerufen hat ... nun ja, ich selbst war. Wie unangenehm.

Er scheint völlig vertieft in das Schreiben einer E-Mail auf seinem eigenen Handy zu sein, daher stoße ich einen Seufzer der Erleichterung aus und öffne die Liste meiner Kontakte, um Daisys Namen zu ändern. Soll ich sie in Violet umbenennen? Ich korrigiere, was ich getippt habe, ehe ich mich dann doch entscheide, dass es mich nur noch mehr verwirren wird, wenn mir mein Display sagt, ich würde mich selbst anrufen. *Argh*, was für ein Durcheinander. Das alles wird sehr wahrscheinlich in einer Katastrophe enden. Sollte es das wider Erwarten nicht tun, schwöre ich im Geiste, dass ich mich nie wieder von Daisy zu einer ihrer Schnapsideen überreden lassen werde. Egal, wie arbeitslos ich auch sein mag oder wie überzeugend sie sein mag. Also lösche ich wieder, was ich getippt habe, und benenne ihren

Kontakt in *Schwester* um, ehe ich das bestätige und die Liste meiner Kontakte schließe.

Dann klingelt mein Handy ein zweites Mal. Ich erkenne die Nummer sofort, auch wenn ich sie nicht eingespeichert habe. Es ist eine der Jobvermittlerinnen, mit denen ich zusammengearbeitet habe. Ja! Aber ich kann jetzt nicht rangehen. Nicht in einem Bus ohne jegliche Privatsphäre und mit ganz vielen Hintergrundgeräuschen. Verdammt. Sehnsüchtig starre ich für einen Moment auf das Display, ehe ich den Anruf auf die Mailbox weiterleite, während ich im Stillen dafür bete, dass sie gute Neuigkeiten für mich hat.

Sie wird ja wohl nicht ihre Meinung ändern, nur weil ich nicht ans Handy gehen konnte, oder? Das ist lächerlich. Ich werde sie innerhalb der nächsten Stunde zurückrufen, sobald wir Mount Vernon erreicht haben. Wir haben eine geführte Tour durch das Anwesen von George Washington geplant und ich denke, dass ich mich ein wenig zurückfallen lassen und die Vermittlerin sowie Daisy zurückrufen kann, wenn die Führung begonnen hat. Wahrscheinlich muss ich der Gruppe währenddessen nicht mal folgen, oder? Als ich das eine Mal mit Daisy mit war, hat sie den Reiseteilnehmern Zeit zur freien Verwendung gegeben, um Fotos zu machen, den Souvenirshop zu besuchen und all den Kram zu erledigen, ehe die Gruppe wieder in den Bus gestiegen ist. Folglich werde ich die Gruppe einfach beim Startpunkt der Führung abliefern und ihnen einen Treffpunkt nennen, an dem wir uns im Anschluss einfinden. Das sollte mir ein paar Stunden Zeit für mich geben, in denen ich zurückrufen und meine E-Mails checken kann. Perfekt.

»Gehst du jemandem aus dem Weg, *Love?«*

Wie es aussieht, habe ich wieder Jennings' Aufmerksamkeit, sein Blick ruht auf dem Handy in meiner Hand, auf dem ich nervös herumtippe.

»Nein«, antworte ich kühl. »Und du?«, frage ich und nicke in Richtung seines Handys.

»Nicht im Geringsten.« Er lacht.

»Okay«, gebe ich zurück, weil ich nichts anderes zu erwidern weiß. Dann lasse ich den Kopf geräuschvoll gegen die Kopfstütze fallen und stöhne.

»Ist alles in Ordnung?«

»Es ist gerade einfach viel los bei mir.« Ich zucke mit den Schultern.

»Erzähl mir davon«, sagt er und wirkt dabei ehrlich interessiert. Ich wünschte, ich hätte ihn als Violet kennengelernt.

»Hast du dir jemals gewünscht, du könntest noch mal von vorn anfangen?«, frage ich.

»Du bist ziemlich jung, um dir zu wünschen, noch mal von vorn anzufangen, oder?«, sagt er leise und runzelt dann die Stirn, während er mein Gesicht mustert. »Du hast noch dein ganzes Leben vor dir.«

»Ich bin fast dreißig.« Ich seufze.

»Du bist erst sechsundzwanzig, nichts anderes.«

»Ich stehe auf der falschen Seite der Fünfundzwanzig, das ist es, was ich bin«, grummle ich und reibe mir über die Stirn. »Wenn du unter fünfundzwanzig bist und dein Leben den Bach runtergeht, kannst du das einfach abtun und sagen *Ich bin ja erst dreiundzwanzig*, wenn du jedoch die Fünfundzwanzig überschritten hast ...« Ich verstumme allmählich und schüttle den Kopf. »Krieg dein Leben auf die Reihe, nicht wahr? Ab einem gewissen Alter heißt es einfach, dass das jetzt dein Leben ist. Das bist du.« Ich werfe die Hände in die Luft, um meinen Punkt zu unterstreichen, einen Moment, bevor mir wieder einfällt, dass er fast vierzig und seiner Großmutter zuliebe auf dieser Reise ist. Peinlich. »Sorry«, sage ich. »Ich fühle mich nur gerade, als renne mir die Zeit davon.«

»Daisy, du bist sechsundzwanzig und liegst nicht im Sterben.«

»Vermutlich«, stimme ich zu, lächle jedoch dabei, da er ebenfalls lächelt und das ansteckend ist.

»Was willst du dann Hals über Kopf erreichen? Was genau ist es, wofür dir die Zeit davonläuft?«

Ich sehe ihn an und frage mich, ob ich fortfahren sollte. Noch immer wirkt er ehrlich daran interessiert, was ich zu sagen habe, also was soll's. Ich werde ihn nie wiedersehen, wenn diese

Woche vorbei ist, und wir sind nicht in einer Beziehung, also gibt es auch keinen Grund für politische Korrektheit.

»Ich werde ehrlich zu dir sein, Jennings.«

»Ich bitte darum«, erwidert er und der Hauch eines Schmunzelns zeichnet sich auf seinen Wangen ab.

Da ich ihn ansonsten wegen der meisten Sachen belüge, kann ich jetzt offen sein. »Oh, ich liebe übrigens Karottenkuchen«, ergänze ich noch schnell. Daisy wiederum hasst Karotten und sagt, dass man sie nur essen solle, wenn man sie vorher in Ranchdressing getunkt habe.

»Karottenkuchen.« Er nickt. »Ist notiert. Danke, dass du diesbezüglich ehrlich zu mir warst. Das muss sehr schwer für dich gewesen sein. Von wegen heikles Thema und so.«

»Sei ruhig, das war nur eine Randnotiz«, sage ich und wedle mit der Hand in der Luft herum. »Ich werde dir etwas anderes erzählen.«

»Bitte, ich bin fasziniert.«

»Ich möchte Karriere machen und eine Familie haben und manchmal habe ich Angst, dass ich eines Tages mit vierzig aufwache und nichts davon habe.« Ich sehe in seine Richtung. »Nichts für ungut.«

»Also gut.« Er nickt, noch immer schmunzelnd. »Kein Problem.«

»Du bist ein Mann, deshalb hast du mehr Zeit«, präzisiere ich. »Ich bin mir sicher, dass sich das alles für dich ergeben wird, angenommen, du möchtest diese Dinge.«

»Die Komplimente reißen bei dir nicht ab, oder, *Love*?«

»Ich meinte damit nur, dass jeder seinen eigenen Lebensweg geht, weißt du? Es ist in Ordnung, ein Freigeist zu sein. Meine Schwester ist einer. Für manche Leute funktioniert das, ich bin nur keiner von ihnen.«

»Ganz gewiss«, bestätigt er. »Also denkst du, dass du in Zeitnot bist? Tickt deine biologische Uhr?«

»Oh.« Ich lache. »Nein, noch nicht. Da tickt nichts. Erst will ich meine Karriere wiederaufbauen. Aber ich sehe die Uhr vor mir. Ich kann sie zwar noch nicht ticken hören, aber ich weiß, dass sie da ist und vielleicht eines Tages eine Batterie benötigt.« Ich zucke mit den Schultern, ehe ich fortfahre. »Es hat sich herausgestellt, dass ich die letzten Jahre vergeudet habe, und jetzt fange ich wieder von vorn an. Was in Ordnung ist, aber es fühlt sich halt so an, als sei die Startlinie zurückgesetzt worden, das ist alles.«

»Nun gut«, sagt er leise. Er sieht nachdenklich aus und ich frage mich, ob ich mit meinen Worten gerade sichergestellt habe, dass ich diese Woche nicht mehr zum Höhepunkt kommen werde. Das war selbstverständlich nicht mein Ziel.

»Nein, ich wünsche mir nicht, noch mal von vorn anzufangen«, sagt er nach einem Moment. Er legt seinen Arm um meine Kopfstütze und beugt sich zu mir. »Mir geht es gut. Ich bin genau da, wo ich sein soll. Und du ebenfalls.«

15. Kapitel

Jennings

Tatsächlich bin ich genau da, wo ich sein soll. Wenn ich früher sesshaft geworden wäre, würde ich nicht wissen, wie Daisy klingt, wenn sie kommt. Wie sie sich um meinen Schwanz herum anfühlt. Wie sie auf meiner Zunge schmeckt. Diese Dinge nicht zu wissen? So würde sich Bedauern anfühlen.

Wünschte ich, ich wäre Mitte zwanzig sesshaft geworden und hätte eine Schar Kinder bekommen? Scheiße, nein. Für all das habe ich noch Zeit. In vielen Dingen bin ich jung geblieben. Was also ist daran schlimm, dass ich hart gearbeitet und das Gründen einer Familie aufgeschoben habe? Bisher habe ich das noch nie infrage gestellt, doch diese Frau bringt mich auf einmal ins Grübeln. Diese Frau, die denkt, ich sei ein freiheitsliebender Playboy mit einer unsteten Karriere. Für eins von beidem kann man mich vielleicht schuldig sprechen. Denn es ist nicht so, als hätte ich jemals Probleme gehabt, eine Frau zu finden, mit der ich Zeit verbringen kann. Aber meine Karriere ist solide – Zehntausende Arbeitnehmer sind davon abhängig, dass sie es ist – und ich bin weit davon entfernt, ein Freigeist zu sein. Ein strukturierter Workaholic trifft es eher. Oft gehe ich zu sehr darin auf.

Meine Eltern hatten gerade ihren Universitätsabschluss gemacht, als sie mich bekamen, noch bevor mein Dad mit seiner juristischen Ausbildung fertig war. Zu jung für meinen Geschmack. Ich war ein Kleinkind, als er schließlich als Rechtsanwalt zu arbeiten begann. Seit ich denken kann, steht ein Bild auf seinem Schreibtisch, auf dem er mich in seinem Arm und seine Zulassung in seiner freien Hand hält. Ich erinnere mich daran, wie ich es immer angesehen und gedacht habe, wie anstrengend es gewesen sein muss, ein Kleinkind in dieser Lebensphase zu haben.

Meine Mum muss das genauso gesehen haben, denn es war

zu viel für sie. Sie war diejenige, die mich auf die Welt gebracht hat, aber nicht diejenige, die mich großgezogen hat. Meine leibliche Mutter war über alle Berge, ehe ich auch nur aus den Windeln raus war. »Sie war zu jung, um sesshaft zu werden«, sagte mein Dad immer, wenn ich ihn nach ihr fragte, und ließ dabei die Tatsache unter den Tisch fallen, dass er genauso alt war wie sie. »Sie brauchte Zeit, um sich selbst zu finden.« Das hat sie in Schottland geschafft, und wie sich herausstellte, hat sie einen Schotten geheiratet und mit ihm ein paar Kinder bekommen. Vielleicht war sie dann bereit dazu, denn meine Halbschwestern sind alle mehr als ein Jahrzehnt jünger als ich.

Dennoch ging es uns in jeder Hinsicht nie schlecht. Dad und ich waren auf uns allein gestellt. Dann hat er Elouise getroffen und sie wurde zu meiner Mum. Ich bin mir nicht sicher, ob ich mich an eine Zeit vor ihr erinnern kann. Sie ist es, die ich breit grinsend auf Kinderbildern von mir sehe, während wir vor einer Touristenattraktion oder dergleichen posierten. Ihre tröstenden Worte sind es, an die ich mich erinnere, wenn ich mir mein Knie aufschlug, einen Knochen brach oder ein Spiel verlor. Sie ist die wahre Mum, die ich kennengelernt habe, und damit komme ich klar. Sie liebt meinen Dad wirklich. Muss sie, wenn sie bereit war, mich zusätzlich zu ihm zu akzeptieren.

Möchte ich also eine eigene Familie? Natürlich möchte ich die. Wer nicht? Außerdem braucht es ja irgendwie eine Familie, um ein Familienunternehmen weitergeben zu können, nicht wahr? Nicht, dass ich nicht ein paar Cousins und Cousinen hätte, die sich darum kümmern könnten. Aber ich habe noch viel Zeit. Verdammt viel.

Kein Grund zur Eile.

Daisy hat Pläne. Einen Zeitplan. Ziele. Auch ich bin ein Planer – insbesondere im geschäftlichen, aber eigentlich auch im persönlichen Bereich. Jetzt fällt mir auf, dass ich in vier Jahren vierzig sein werde, und gerade ist es das erste Mal, dass ich intensiver darüber nachdenke. Warum schafft es diese Frau, die eigentlich ein One-Night-Stand sein sollte, dass ich plötzlich all meine Ziele in Frage stelle? Gern würde ich den Anblick, wie sie vor mir kniet und meinen Schwanz im Mund hat, für meinen temporären Irrsinn verantwortlich machen, aber die Wahrheit ist, dass sie mich bereits in dem Moment hypnotisiert hat, als sie mir an der Hotelbar dieses schüchterne Lächeln zuwarf und drei Sekunden später wegsah. Sie hat meine Aufmerksamkeit mehr gefesselt, als ich zugeben mag.

»Ich besitze ein Haus«, erzähle ich ihr, und verdammt, selbst in meinen Ohren klinge ich ein wenig missmutig.

»Ja?« Sie sieht überrascht aus. Wahrscheinlich, weil sie denkt, ich sei so eine Art arbeitslose Arschgeige, die auf Kosten seiner Nan lebt. Dabei besitze ich ein eigenes Zuhause – ein riesiges Haus in einer der teuersten Gegenden Londons, das ich aus Investmentgründen und aufgrund seiner Lage gekauft habe, nicht weil ich es wirklich brauche. Ich benutze je eins der sechs Schlaf- und Badezimmer. Ich habe noch nie im offiziellen Esszimmer gegessen, sondern mich stattdessen immer dazu entschieden, es auf einem Stuhl an der Kücheninsel zu tun. Das ganze Haus könnte eine Renovierung gebrauchen, aber bisher war ich abgeneigt, damit loszulegen. Abgeneigt, weil der ganze Platz zu viel für mich ist und ich mir keine Gedanken darum machen wollte, das alles auf mich anzupassen. Ich sah keinen Nutzen darin, solang ich keine Familie habe, die das Haus ausfüllt – eine Familie, für deren Gründung ich noch viel Zeit hätte. Später.

»Ja.« Ich winke ab. »Es ist ein renovierungsbedürftiges Haus.« Ein renovierungsbedürftiges Haus mit einem aktuellen Marktwert von zwölf Millionen Pfund. Als ich es vor weniger als drei Jahren gekauft habe, habe ich unter zehn Millionen dafür bezahlt, aber so ist das in London. »Historisches Anwesen, du weißt, wie das ist«, füge ich hinzu, damit es nicht so klingt, als würde ich in einer Bruchbude leben. Doch stattdessen klinge ich wie ein echter Wichser.

»Oh, ich liebe alte Gebäude!« Ihr ganzes Gesicht fängt bei diesen Worten zu leuchten an. »Ich hatte Stadtplanung im Hauptfach, aber mein Fokus lag darauf, Historisches zu bewahren und es mit modernem Design zu verbinden. Ich hätte alles dafür gegeben, ein Berufspraktikum in Europa zu machen, aber ich konnte mir ein Semester in Übersee nicht leisten.« Sie seufzt, ehe sie fortfährt. »Wann immer ich ein altes Gebäude im Verfall sehe, stelle ich mir vor, wie es ausgesehen haben muss, als es erbaut wurde, und dann male ich mir aus, welches Potenzial es in der heutigen Zeit hätte.« Während sie redet, gestikuliert sie passend dazu und hält dann inne, eine Hand vor dem Gesicht erhoben, als würde sie sich gerade einen besonders verlockenden Backsteinhaufen vorstellen. »Wie es restauriert aussähe und wie wir den Platz darin heute nutzen würden. Du kannst dich echt glücklich schätzen, in einem Land mit einer solch stattlichen architektonischen Geschichte zu leben«, sprudelt es aus ihr heraus. »Wenn ich Bilder von alten europäischen Schlössern sehe, läuft mein Kopf Sturm, was die Möglichkeiten angeht, wie man dort ein Heizungs-, Lüftungs- und Kühlsystem einbauen und ausgefallene Badezimmer ins Design mit aufnehmen könnte. Wie ich dort eine moderne Küche einbauen würde, die dennoch die Vergangenheit ehrt.« Sie seufzt wieder, als sie fertig ist, und hat ein kleines Lächeln aufgesetzt, wahrscheinlich, weil sie sich vorstellt, wie sie ein Verlies in einen Weinkeller verwandelt oder so einen Unsinn.

»Du bist also eine Designerin? Wenn du nicht als Reiseführerin arbeitest?«, frage ich, denn nein, ich habe keine Visionen für Haufen voll altem Schutt. Wenn ich ein altes Gebäude sehe, dann kommen mir nur Grundrisse und eine Menge an Instandhaltungskosten in den Sinn. Probleme mit Bauvorschriften und Verzögerungen bezüglich der Baugenehmigung.

Sie klappt den Mund zu und errötet, woraufhin mir klar wird, dass ich vielleicht wie ein Arsch rüberkomme. Was mich normalerweise überhaupt nicht stören würde, aber bei Daisy schon. Ihre Meinung bedeutet mir mehr, als sie sollte. Ich werde aus ihr nicht schlau – sie strahlt förmlich, wenn sie über das Thema Design redet, wirkt aber immer unbehaglich, wenn es darum geht, die Reisegruppe zu leiten. Konnte sie in ihrem Berufsbereich bisher keinen Job finden? Sie muss doch schon einige Jahre mit der Universität fertig sein. Es ergibt keinen Sinn. Sie ergibt keinen Sinn, und trotzdem möchte ich mit jedem Wort, das aus ihrem Mund kommt, mehr wissen. Unendlich mehr. Alles.

Sie beißt sich auf die Lippe und schließt kurz die Augen, nur um sofort wegzugucken, als sie sie wieder öffnet. »Ich hatte einen Job im Designbereich, aber die Firma wurde verkauft und mein Job gestrichen. Es war vor allem *CAD*-Arbeit, ich habe die Designs und Schaubilder für die Projektmanager skizziert. Ich konnte nicht viel Kreatives machen.«

»Also arbeitest du als Reiseführerin, bis sich etwas anderes ergibt?«, frage ich. Aber das kann nicht richtig sein. Sie hat gesagt, dass sie schon seit Jahren bei *Sutton Travel* arbeitet. Wie hat sie das gemacht, wenn sie gleichzeitig in der Designfirma angestellt war, die verkauft wurde? Zwar sind die Jobs als Reiseführerin auf Honorarbasis, was bedeutet, dass die Tourguides dann arbeiten, wenn sie möchten, und sich dabei entsprechend an den Reisedaten orientieren. Trotzdem macht es keinen Sinn.

»Ähm, ich bin nicht sicher«, murmelt sie, betrachtet dabei aber ihre Fingernägel, anstatt mich anzusehen. »Also schon irgendwie. Möglicherweise.«

»Vielleicht hast du ja in diesem Unternehmen eine Chance, befördert zu werden?«, schlage ich vor und ignoriere ihre wenig sinnvolle Antwort. »Das Reiseunternehmen gehört einem übergeordneten Unternehmen, oder? Mit Hotels und dergleichen wahrscheinlich. Sie müssen also auch Leute im Designbereich beschäftigen, dic sich um die Organisation und Umgestaltungen kümmern.«

Sie sieht mich an und Interesse flackert kurz in ihren Augen auf, ehe es genauso rasch wieder verschwindet. Ich frage mich, ob ich eine Grenze überschritten habe. Dann runzelt sie die Stirn und kleine Fältchen erscheinen darauf, ehe sie sich erhebt und an mir vorbeischiebt. »Ich muss die Gruppe auf Mount Vernon vorbereiten«, sagt sie, ohne mich anzusehen. Ich habe keine Ahnung, ob das wahr ist oder sie nur nach einer Möglichkeit sucht, diese Unterhaltung zu beenden. Eine Unterhaltung, die mich mit mehr Fragen als Antworten zurücklässt.

Daisy macht das Mikrofon an und bittet die Gruppe um Aufmerksamkeit. Dann sagt sie allen, dass wir auf dem Weg nach Mount Vernon sind – die gleiche Information, die sie allen bereits gegeben hat, als wir das Hotel vor weniger als zwanzig Minuten hinter uns gelassen haben. Ich tippe auf meinem Handy herum, während ich versuche, mich daran zu erinnern, wie groß der Zeitunterschied zwischen der Ostküste und Las Vegas ist.

Ich denke, es ist an der Zeit, Nachforschungen anzustellen.

16. Kapitel

Violett

Ich bin so schlecht. So verdammt schlecht. Mein Puls rast wie verrückt. Warum habe ich ihm das gerade alles erzählt? Gut, dass nicht jemandes Leben von meiner Fähigkeit, zu lügen, abhängt, denn ich bin grottenschlecht darin. *I suck at it!* Okay, das klingt irgendwie pervers, oder? Na toll, jetzt muss ich daran denken, seinen Schwanz zu lutschen.

Er hat einen tollen Schwanz. Einen wirklich tollen, um genau zu sein. Ich lächle, als ich daran denke, wie naiv ich in Bezug auf unbeschnittene Schwänze war. Ich kann immer noch nicht glauben, dass ich ihm wirklich erzählt habe, dass ich nicht weiß, was ich damit machen soll. Das war so lächerlich. Es war praktisch genau das Gleiche, nur dass es einfacher war, ihm einen Handjob zu geben. Und dass er empfindlicher ist. Zum Beispiel, als ich mit der Zunge seine Eichel umspielt habe und er dieses leise Stöhngeräusch von sich gegeben hat, das mich beinah zum Höhepunkt gebracht hätte. Ich schwöre euch, dass britisches Stöhnen anders als amerikanisches klingt. Nicht nur anders, sondern auch besser, was verrückt klingt, aber ich verspreche, dass es wahr ist.

Ich nehme einen tiefen Atemzug und versuche, mich zu beruhigen, als ich nach dem Mikrofon greife, um der Gruppe dieselbe Information zu geben, die ich den Teilnehmern schon vor zwanzig Minuten gegeben habe. Eine Information, die nicht wiederholt werden muss, aber ich muss weg von Jennings. Sicher, ich habe es nur ein paar Schritte von ihm weg geschafft, aber immerhin.

Ich kann nicht glauben, dass ich gerade all diese Informationen über mich ausgespuckt habe, aber er wird das wohl nicht überprüfen, oder? Immerhin weiß er ja nicht, was Daisys Hauptfach war oder was sie macht, wenn sie nicht als Reiseführerin arbeitet. Es ist ja nicht so, als hätte er Zugang zu ihren Arbeitnehmerdaten, um irgendwas von dem, was ich ihm gerade erzählt habe, zu verifizieren. Fast muss ich angesichts dieser Vorstellung laut loslachen. Kann ich noch paranoider sein?

Er weiß nichts.

Absolut nichts.

Null.

Ich mag ihn.

Moment. Woher kam dieser Gedanke? Über meine Schulter hinweg werfe ich einen Blick in seine Richtung. Er sitzt noch immer neben dem Platz, von dem ich gerade geflohen bin. Er hat seinen Kopf über sein Handy gebeugt und scheint eine SMS oder E-Mail zu schreiben. Von hier kann ich sehen, wie seine Kiefermuskulatur vor Konzentration zuckt, während er tippt.

Natürlich mag ich ihn. Ich schlafe mit ihm und es ist ja nun nicht so, dass ich durch die Gegend laufe und mit Typen ins Bett gehe, die ich nicht mag. Ich mochte sein Aussehen, als ich ihn am ersten Abend in der Bar angelächelt habe. Seine Augen haben mir gefallen. Und sein Kinn. Seine dunklen Haare und die Art und Weise, wie sein Hemd seine Schultern umspannte. Ich mochte es, dass er mir einen Drink zukommen ließ, obwohl dieses blöde dreisekündige Lächeln alles war, was ich ihm angeboten habe. Noch nie zuvor hat mir jemand einen Drink zukommen lassen. In Filmen machen Männer das ständig, aber in der Realität passiert das nicht so oft. Zumindest nicht in meiner Realität. Auf dem College haben mir die Jungs Bier in diesen roten Plastikbechern angeboten, das direkt aus dem Fass kam, aber das ist nicht das Gleiche.

Ich mag den Ton seiner Stimme und seinen britischen Akzent. Mir gefällt die Art und Weise, wie er riecht und sich sein Körper an meinem anfühlt.

Es ist nur der Sex, oder?

Mit der Ausnahme, dass ich es mag, wie aufmerksam er ist, wenn ich rede. Die Art und Weise, wie er stets mehr wissen möchte, auch wenn ich ihm nicht mehr sagen kann, weil ich eine riesengroße Lügnerin bin. Dennoch gefällt mir eben sehr, wie aufmerksam er ist. Sein Vorschlag, ich solle nach offenen Stellen innerhalb des Unternehmens Ausschau halten, war süß. Tatsächlich für die Firma zu arbeiten, wäre keine schlimme Vorstellung. Daisy ist nicht für die Art von Job qualifiziert, die ich suche, außerdem wäre es problematisch, mich bei der Bewerbung als sie auszugeben und diese Scharade noch länger aufrechtzuerhalten. Noch immer bin ich nicht überzeugt, dass ich es bis zum Ende dieser Reise durchziehen kann, ohne aufzufliegen.

Aber ich könnte Daisy bitten, ein Auge für passende Jobs aufzuhalten, und mich dann als ich selbst dafür bewerben. Daisy würde wahrscheinlich sogar einen Bonus kriegen, weil sie mich empfohlen hätte. Wäre das nicht was? Sie nötigt mich, ihren Job zu machen, und geht am Ende noch mit einem Bonus aus der ganzen Sache raus.

Typisch Daisy.

Was Jennings betrifft, mag ich darüber hinaus, wie er auf seine Nan achtet und sichergeht, dass sie alles hat, was sie braucht. Wie er immer vor ihr aus dem Bus steigt, sodass er ihren Arm halten kann, wenn sie den letzten Schritt auf den Bürgersteig macht. Und ich mag die Art und Weise, wie er mich ansieht, während ich mich durch die Arbeit als Reiseführerin taste, einen neugierigen Ausdruck auf dem Gesicht, als wäre ich interessanter, als ich es in Wirklichkeit bin.

Ebenfalls mag ich, wie er mich ansieht, wenn wir Sex haben. Wie er mich unverwandt ansieht, während er mich fickt. Wie er mein Kinn umfasst und dafür sorgt, dass ich ihn wieder anblicke, wenn ich meinen Kopf wegdrehe. Wie er mich anfasst und – das reicht. Es ist der beste Sex, den ich jemals hatte. Ich weiß, das klingt klischeehaft und recht theatralisch, aber der Sex ist wirklich so gut. Zwei Mal reichen vielleicht nicht aus, um einer Fallstudie gleichzukommen, sind aber Beispiel genug, um für ihn zu sprechen. Verdammt, warum muss es so gut sein? Das sorgt dafür, dass ich Dinge fühle, die ich nicht fühlen sollte.

Und wenn schon. Das ist keine große Sache. Es ist nur eine Woche. Mein perfekter One-Night-Stand hat sich zu einer Affärenwoche gewandelt. Es ist, was es ist, nicht wahr? Eine unverbindliche Liaison, um wieder aufs Pferd zu kommen, sozusagen. Eine Rebound-Beziehung, wenn man so will. Eine, die ich vor sechs Monaten hätte haben sollen, um über meinen Ex hinwegzukommen. Denn es hat absolut funktioniert. Ich weiß nicht, ob es an der Zeit, die vergangen ist, oder an Jennings liegt, aber ich kann ehrlich sagen, dass ich über ihn hinweg bin. Ich fühle mich hoffnungsvoll und ich bin froh – zumindest fast –, dass die Firma, für die ich gearbeitet habe, unter den Hammer kam, denn so war ich gezwungen, der Tatsache ins Auge zu blicken, dass weder mein Job noch meine Beziehung gut zu mir gepasst haben. Ich selbst habe es nicht erkannt, also hat sich das Schicksal eingeschaltet und mich dazu gezwungen.

Genauso wird das Schicksal dafür sorgen, dass die Sache zwischen mir und Jennings am Ende dieser Reise vorbei ist. Dann mag ich ihn halt. Was soll's? Es ist ja kein Verbrechen, seinen derzeitigen Liebhaber zu mögen. Wenn ich an diese Woche zurückdenke, dann wird sie voll schöner Erinnerungen sein. Voll heißen, skandalösen Erinnerungen. Sündhaften, dreckigen Erinnerungen an braune Augen, perfekte Bauchmuskeln und sein durchtriebenes Lächeln, das mein Höschen feucht werden ließ und mir mein Selbstbewusstsein zurückgab.

Keine große Sache.

Als der Bus an unserem ersten Ziel, Mount Vernon, hält, reiße ich mich selbst aus meinen anzüglichen Gedanken und konzentriere mich darauf, diesen Part der Reise so zu bewältigen, wie Daisy es damals gemacht hat. Die Gruppe erhält die *Premium-Mansion*-Führung, die nicht von mir, sondern von jemand anderem durchgeführt wird. Gott sei Dank. Ich muss nur zum Tourbüro laufen und den Start der Führung koordinieren.

Zwanzig Minuten später habe ich der Gruppe erklärt, wo wir uns im Anschluss an die Führung treffen werden. Vorher haben sie jedoch noch etwas Zeit zur freien Verfügung, um das Gelände zu erkunden. Dann seufze ich erleichtert auf, als ich die Gruppe ohne mich davongehen sehe, Jennings ist ebenfalls dabei. Jetzt habe ich für drei Stunden meine Freiheit zurück. Drei Stunden, in denen ich Jennings nicht aus Versehen zu viel erzählen kann. Drei Stunden, in denen ich nicht von seinem Akzent beeinflusst werde oder seinen braunen Augen. Im Übrigen ist er derjenige, der mich dazu verführt, ihm zu viel zu erzählen.

Er ist eine amüsante Ablenkung – das ist alles. Aber in einer Woche wird er nicht mehr da sein, also muss ich mich zusammenreißen. Ich darf mich nicht in ihn verlieben und ich darf nicht den Job meiner Schwester gefährden und den Lohn für diese Woche aufgrund meiner großen Klappe verlieren.

Stattdessen muss ich mich auf die Zukunft konzentrieren. Darauf, einen neuen Job sowie eine neue Wohnung zu finden. Darauf, mein Leben wieder auf Spur zu bringen. Nicht darauf, mich in jemanden zu verlieben, mit dem ich nicht zusammen sein kann. Im Übrigen ist er nicht mal mein Typ. Ich stehe normalerweise auf zielorientierte Kerle. Anzüge. Mr Casual-Konzert-T-Shirt ist so was von nicht mein Typ.

17. Kapitel

Jennings

»Was genau willst du wissen und warum kannst du sie nicht selbst fragen?«

Ich habe meinen Cousin Rhys angerufen. Meinen amerikanischen Cousin, der zwei Jahre jünger ist als ich. Seine Mutter ist die Schwester meines Vaters. Sie ist in England aufgewachsen, aber ausgewandert, als sie sich an der Universität in einen ausländischen Austauschstudenten verliebte – und ihm in seine Heimat folgte. Den ganzen Weg bis nach Connecticut. Irgendwie standen Rhys und ich uns immer nah, obwohl wir auf unterschiedlichen Kontinenten aufgewachsen sind. Besonders geholfen hat es, als wir alt genug waren, um die Sommerferien miteinander zu verbringen – abwechselnd in den USA und in England. Wenn ich zurückblicke, habe ich den Verdacht, dass unsere Eltern diesen Deal machten, um alle zwei Jahre einen kinderfreien Sommer verbringen zu können, aber das Endresultat ist, dass Rhys und ich wie Pech und Schwefel zusammenhalten.

»Es ist kompliziert«, antworte ich und muss lächeln, da ich wie Daisy mit ihren ausweichenden Entschuldigungen klinge.

»Was soll das bedeuten? Hast du dich nicht vorgestellt? Wir machen bei den Mitarbeitern keinen auf Undercover Boss, Jennings. Das ist eine Unternehmensrichtlinie. Höherrangige Mitarbeiter stellen sich vor, unabhängig davon, ob sie aus geschäftlichen oder privaten Gründen mitreisen. Wir hintergehen unsere Angestellten nicht.«

»Hintergehen? Ernsthaft, Rhys?«

»Es ist, wie es ist, Arschloch. Hör auf, der Frage auszuweichen.

»Hätte ich ja gemacht«, erzähle ich ihm. »Aber da hatte ich sie schon kennengelernt. Die Nacht zuvor. Und dann wurden die Dinge ... kompliziert.« Da haben wir das Wort wieder.

Es entsteht eine kurze Pause, während er das Gesagte verdaut. Ich höre, dass er nicht länger auf der Tastatur tippt, und stelle mir vor, wie er sich auf seinem Stuhl zurücklehnt, damit er sich darauf konzentrieren kann, mich zusammenzuscheißen.

»Du britischer Bastard. Du hast das komplette verschissene Glück gepachtet, oder? Als ich Nan letztes Jahr auf eine Tour durch die Rocky Mountains mitgenommen habe, war mein Reiseführer ein fünfzigjähriger alter Mann namens Marvin.«

»Sorry, Rhys.« Ich grinse, auch wenn er das natürlich nicht sehen kann. »Ich kann mich tatsächlich nicht beschweren.«

»Arschloch.«

»Außerdem bin ich älter, sehe besser aus und bin besser beim Sport als du.«

»Besser beim Sport?«, spottet er. »Du bist so ein britischer Wichser. Vielleicht besser beim Cricket, das war's aber auch schon. Und du siehst nicht mal annähernd so gut aus wie ich. Jeder weiß, dass ich der Bestaussehendste unter den Cousins bin.«

»Jeder weiß das? Hast du eine Umfrage gemacht, oder was?«

»Ich habe gehört, wie an Weihnachten darüber geredet wurde. Onkel Davids neue Frau hat es erwähnt.«

»Hat sie nicht«, schnaube ich.

»Sie hat es aber gedacht«, sagt er unbeirrt. »Wie auch immer, nächstes Jahr nimmst du Nan wieder mit. Diese Reise zählt nicht, wenn du die Reiseführerin knallst.«

»Deal. Aber drück das nicht so aus, Rhys, Daisy ist kein Showgirl.«

»Da ist kein Showgirl in Sicht«, erwidert er leichtfertig.

»Natürlich nicht.«

»Im Übrigen haben sie es lieber, wenn man sie Entertainerinnen nennt.«

»Da hast du es. Du hast schon ein wirklich hartes Leben da drüben in der Wüste, Rhys«, witzle ich. Er ist momentan in Las Vegas, wo er die neueste Errungenschaft für das Familienunternehmen *Sutton International* – die Eröffnung eines zwei Milliarden Dollar teuren Hotels und Casinos am Strip von Las Vegas–

beaufsichtigt.

»Ich habe keinen Zugang zu den Arbeitnehmerdateien aus dem Tourbereich«, sagt er schließlich. »Ist das nicht scheiße? Wen muss ich hier ficken, damit ich dafür eine Freigabe bekomme?«

»Sehr wahrscheinlich jemand Verwandtes, du solltest das also vielleicht noch mal überdenken.«

»Scheiße. Warum musstest du diese Fantasie zerstören, Arschloch.« Ich höre, wie er wieder auf die Tastatur einhackt, ehe er mich darüber informiert, dass er eine Anfrage an die Direktorin der Personalabteilung des Casinos geschickt hat. »Sie hat entweder Zugang zu den Daten aller amerikanischen Angestellten oder weiß, wer ihn hat. Ich lasse dir die Akte zuschicken, sobald ich sie habe.«

»Danke dir, Rhys.«

»Keine Sorge, es ist ja nicht so, als wären wir mitten in der Einstellungs- und Einarbeitungsphase für viertausend Angestellte, damit bis zur Eröffnung alles rundläuft.«

»Ich weiß es zu schätzen«, sage ich affektiert, während ich durch den Garten des George-Washington-Anwesens laufe. Von der Gruppe habe ich mich entfernt, nachdem wir aus dem Orientierungsbereich raus waren. Nan hat mich fröhlich davongewunken, als ich ihr sagte, dass ich noch ein paar Anrufe tätigen müsste. Rhys und ich arbeiten beide für das Familienunternehmen – das, welches Nans Vater vor ungefähr sechzig Jahren gegründet hat. Damit sind wir die vierte Generation an Familienmitgliedern, die in die Leitung von *Sutton International* involviert sind – das Hauptunternehmen hinter einer Hotelgruppe, einer Flusskreuzfahrtlinie und drei verschiedenen Reiseunternehmen. Inklusive dem, auf dessen Tour ich mich gerade befinde. Wir haben Büros auf sechs Kontinenten und bieten Reisen zu über zweihundert Zielen weltweit an. Rhys zieht das Vegas-Projekt auf, während sich ein anderer Cousin um die Geschäfte in Kanada kümmert. Ein Onkel leitet die Flussfahrtlinie von einem Büro in der Schweiz aus. Und ich? Ich bin verantwortlich, alles davon zu überwachen und zu managen.

»Was brauchst du denn überhaupt?«, unterbricht Rhys meine Gedankengänge. »Willst du ihre Telefonnummer? Ihr Geburtsdatum? Ihre Adresse? Denn du könntest uns allen jede Menge Aufwand ersparen und sie einfach selbst danach fragen.«

»Ich bin neugierig und brauche mehr Informationen.«

»Die du nicht von ihr kriegen kannst.«

»Das ist richtig.« Der Kies unter meinen Füßen knirscht, als ich weitergehe und angesichts dieses Mini-Verhörs von Rhys lächle.

»Bist du dir sicher, dass diese Frau überhaupt Interesse an dir hat?«

»Hat sie.«

»Was stimmt mit ihr nicht?«

»Mit ihr ist alles in Ordnung. Sie ist ganz reizend. Möglicherweise eine pathologische Lügnerin, aber süß.« Ich sehe auf und entdecke besagte Frau keine drei Meter von mir entfernt. Sie ist ebenfalls an ihrem Handy und erblickt mich zur gleichen Zeit wie ich sie. Sie macht einen halben Schritt zurück und sieht mich weiterhin an, während sie telefoniert. Ich selbst mache einen kleinen Schritt nach links, um einem Kind auszuweichen, das mit voller Geschwindigkeit durch den Garten rennt, und bringe dann noch etwas mehr Abstand zwischen Daisy und mich.

»Sie klingt interessant«, sagt Rhys in mein Ohr und man kann deutlich hören, dass er amüsiert ist.

»Oh, das ist sie«, bestätige ich, während Daisy und ich uns über den Garten hinweg nicht aus den Augen lassen. Ganz offensichtlich ist keiner von uns daran interessiert, dass der andere seine Unterhaltung mitbekommt. Sie dreht sich um und geht einen breiten Kiesweg entlang, bis uns ein großes Beet mit einer kunstvollen Anordnung von Büschen trennt. Wir beide führen unsere Unterhaltung weiter, den anderen noch immer in Sichtweite. »Das ist sie ganz sicher.«

»Du magst sie«, sagt Rhys langsam und zieht dabei die einzelnen Worte in die Länge, als sei dieses Konzept neu für ihn.

»Ich amüsiere mich einfach gut. Das ist alles.« Eine Brise weht durch den Garten und lässt den Rock von Daisys Sommerkleid hochwehen. Es ist hellgelb und endet ein paar Zentimeter über ihrem Knie. Mein Blick wandert weiter nach unten, über ihre gebräunten Waden, bis hin zu ihren in Sandalen steckenden Füßen und wieder nach oben. Sie streicht sich eine Haarsträhne zurück und ignoriert mich.

»Gut. Wird auch mal Zeit.«

»Was soll das bedeuten?« Ich halte an und inspiziere ein blühendes Gebüsch, ohne mich von Daisy abzuwenden.

»Die Mobilität der Spermien nimmt im Alter ab. Vielleicht ist es auch schon zu spät für dich, was das angeht.«

»Jesus Christus«, murmle ich.

»Der Familienzweig ist von dir abhängig.«

»Hör auf, mich zu verarschen, Cousin. Du bist nur zwei Jahre jünger als ich und ich sehe dich auch nicht deine Kinderstube planen.«

»Meine Kinderstube planen?« Er lacht. »Diese britische Scheiße wird echt niemals alt und dabei kenne ich dich schon mein ganzes Leben.«

»Ja, deine amerikanischen Ausdrücke erheitern mich ebenfalls immer wieder, Rhys.«

»Da bin ich mir ganz sicher. Fliegst du direkt wieder nach London nach der Reise oder kannst du noch einen Besuch in Las Vegas dazwischenquetschen?«

»Erst liefere ich Nan bei deiner Mutter in Bethany ab und dann geht's zurück nach London. Durch all das, was gerade im Büro los ist, habe ich wenig Zeit.«

»Du hast immer wenig Zeit«, stellt Rhys klar. Das stimmt. Ich habe das Gefühl, ständig unter Strom zu stehen. Aber das mag ich ja an all dem, nicht wahr?

Die Firma hält mich auf Trab. Vetternwirtschaft öffnet dir die Türen und ja, sie beschleunigt auch deine Beförderungsmöglichkeiten, aber trotzdem kommst du nicht umhin, die notwendige Arbeit dafür zu investieren. Dir deinen Platz zu verdienen. Ansonsten wird es das Unternehmen in der nächste Generation nicht mehr geben und unsere weltweit zehntausend Angestellten werden ohne Job dastehen.

Auch wenn ich vermutlich keine Kinder haben werde, angesichts der Tatsache, wie es um mein persönliches Leben steht – und Rhys bezüglich meiner abnehmenden Potenz recht hat.

Also keinen Druck. Kein bisschen. Der Flur zu meinem Büro ist gesäumt mit Beweismaterial in Bildform von über fünfzig Jahren im Geschäft. Über fünfzig Jahre des Wachstums und der Errungenschaften. Des Erfolgs und des Kreierens neuer Jobs. Von Boni, die bezahlt wurden, und besseren Zusatzleistungen. Von Vorfahren, die mich von diesen Bildern aus anstarren und wortlos darum flehen, jetzt nicht alles zugrunde zu richten.

Alles ganz easy.

Mein Vater hat sich aus dem Familiengeschäft herausgehalten – zumindest am Anfang. Seine Leidenschaft galt dem Recht. Er hatte eine sehr erfolgreiche Karriere im Strafrecht, ehe er sich dem Gesellschaftsrecht zuwandte, bis er dann doch ins Familiengeschäft einstieg. Er ist heute der Leiter der Rechtsabteilung, möchte aber in den nächsten Jahren in Rente gehen. Meine Cousine Mila ist bereit, das Team zu übernehmen, wenn es so weit ist.

»Wir haben jede Menge Fortschritte gemacht, seit du das letzte Mal hier warst. Wir haben die Wohntrakte in Besitz genommen und die Arbeitnehmer der Direktionsebene sind bereits hier. Ich lasse dir eine Suite auf dem Gelände vorbereiten, dann kannst du dich selbst von den Fortschritten überzeugen. Wir können uns dann sogar die Showgirl-Proben für die Eröffnung ansehen«, lockt Rhys.

»Wir werden sehen«, erwidere ich. Mein Fokus liegt wieder auf der Schönheit, die sich noch auf der anderen Seite des Gartens aufhält.

»Ich muss auflegen. Ich habe in zehn Minuten ein Meeting mit den Leuten der Stadt. Aber überleg's dir. Du kannst deine neue Freundin mitbringen. Ich würde sie sehr gern kennenlernen.«

»Darauf wette ich. Ich vermute, du und Daisy, ihr würdet gut miteinander auskommen.« Ihnen scheint es beiden zu gefallen, mich zu verarschen.

»Du solltest ihr jedoch vorher vielleicht besser erzählen, wer du bist«, ergänzt er.

»Möglicherweise«, stimme ich zu. »Aber ich muss erst dahinterkommen, wer sie ist.«

»Na sicher, lüg sie weiter an. Das funktioniert normalerweise ja super bei Frauen.«

Fuck. Ich halte kurz inne und denke über seine Worte nach. Da ist was dran. »Ich stecke schon zu tief drin, schätze ich.«

»Mit Sicherheit«, bestätigt er lachend. »Halt mich auf dem Laufenden. Ich sende dir ihre Akte zu, sobald ich sie habe.«

»Danke, Rhys.«

Ich lege auf und verstaue mein Handy in der Hosentasche. Daisy steht noch immer an der gleichen Stelle.

Als ich ins Unternehmen eingestiegen bin, habe ich selbst ein paar dieser Touren als Reiseführer begleitet, kurz nachdem ich meinen Abschluss an der Universität gemacht hatte. Nicht in den USA versteht sich, da die Tourguides regionale Experten und Einwohner des entsprechenden Landes sein sollen. Fast alle aus meiner Familie haben so begonnen – entweder als Tourguide oder in Anfängerpositionen in einem der Hotels. Ich selbst habe ein halbes Jahr die *Glorious-Britain*-Tour und dann ein weiteres halbes Jahr die *Highlights-of-the-United-Kingdom*-Rundreisen begleitet, ehe ich meine erste Anstellung im Londoner Büro erhalten habe. Das ist mehr Jahre her, als ich mich zurückerinnern mag. Rhys' Worte bezüglich meines Terminplans wandern mir durch den Kopf. Von meinem Vater habe ich bereits Ähnliches zu hören bekommen. Aber ich hatte bisher keinen Grund, es langsamer angehen zu lassen. Zumindest keinen überzeugenden.

Ein weiterer Windhauch weht durch den Garten und sorgt dafür, dass sich Daisys Kleid auf eine Art und Weise aufbauscht, die sie schwanger aussehen lässt.

Mein Schwanz wird hart.

Heiliger, bin ich gestört oder habe ich eine normale prähistorische Reaktion auf die Vorstellung von ihr mit einem Kind im

Bauch? Das hier ist abgefuckt. Ich habe noch nie in meinem Leben so auf die Vorstellung einer schwangeren Frau reagiert. Oder geht es hierbei um die Vorstellung, Daisy zu schwängern? Verfluchte Scheiße.

Rhys hat mir nur komische Gedanken eingepflanzt, das ist alles. Verdammte Spermienmobilität; ich schüttle den Kopf und lächle. Was für ein Arschloch. Ich hole mein Handy wieder hervor, scrolle durch die Kontakte, bis ich gefunden habe, wonach ich suchte, und klicke auf den Anrufbutton. Auf der gegenüberliegenden Seite des Gartens kämpft Daisy mit einer weiteren Haarsträhne. Sie bleibt vor einer Bank stehen und lässt ihren treuen Notizblock drauf fallen, ehe sie selbst daneben Platz nimmt. Sie gestikuliert für eine Weile mit ihrer freien Hand, bevor sie das Handy mit dem Display nach oben neben sich ablegt. Dann nimmt sie das Haarband von ihrem Handgelenk und bindet sich ihr langes dunkles Haar zusammen. Das erinnert mich daran, als sie vor mir kniete und ihre Mähne zusammennahm, um mir einen zu blasen. Die Erinnerung daran hilft nicht sonderlich, was die Beule in meiner Hose angeht. Ich frage mich, ob ich jetzt darauf konditioniert bin, jedes Mal eine Erektion zu bekommen, wenn sie sich einen Pferdeschwanz macht, und bin unsicher, ob das ein Segen oder ein Fluch wäre. Ein bisschen von beidem vermutlich.

»Hey, Jennings, wie ist die Reise?« Mein Anruf wurde angenommen. Priscilla aus dem Büro in London ist am Telefon.

»Sehr schön. Hör zu, du musst etwas für mich tun.« Während ich spreche und Priscilla erkläre, was ich von ihr möchte, drehe ich mich von Daisy weg und betrachte das stattliche Haus vor mir. Ich frage mich, was Daisy sieht, wenn sie vor diesem Gebäude steht. Ob ihr die Backsteine gefallen und sie die Raffinesse des Designs bestaunt. Ob sie darüber nachdenkt, wie sie es in Eigentumswohnungen oder einen Minimarkt ummodeln könnte?

»Du gibst das Leo-Projekt ab? Komplett?«, fragt Priscilla, als ich fertig bin. Zu recht. Denn Sachen zu delegieren, ist nicht meine Stärke. War es noch nie.

»Ja, du bist mehr als nur bereit, ein Projekt dieser Größenordnung ohne mich zu leiten. Du hast mein komplettes Vertrauen.« Das stimmt. Ich kann mich an keine Empfehlung erinnern, die sie gemacht hat, der ich nicht zugestimmt hätte. Sie ist mehr als fit für diese Aufgabe und es ist an der Zeit, mit dem Delegieren zu beginnen, weil das der springende Punkt ist. Die besten Talente anzustellen und zu fördern, damit sie den Job machen können, für den man sie angestellt hat. Das gehört zu unserer Firmenphilosophie und ich könnte mich nicht mehr daran halten. Daran, existierenden Talenten Entwicklungschancen zu geben, damit aus guten Angestellten großartige Angestellte werden und damit die großartigen Angestellten weiter aufsteigen. Zufrieden beende ich das Gespräch und überlege, wie mein nächster Schritt aussieht.

Anschließend überbrücke ich die Distanz zwischen mir und Daisy. Sie neigt den Kopf zur Seite, als ich auf sie zugehe. Sie ist noch immer am Telefonieren und hat den mir mittlerweile bekannten skeptischen Gesichtsausdruck aufgesetzt. Ich glaube, dass sie den nur für mich reserviert hat, und merke, dass mir der Gedanke gefällt. Ich mag es, dass sie nicht einfach höflich zu mir ist, sondern so wie sie ist. Was du siehst, ist das, was du bekommst. Abzüglich all der Lügen, die aus ihrem Mund purzeln, versteht sich. Aber die werde ich schon noch durchschauen. Ich bleibe vor ihr stehen und grinse. Mein Plan steht.

Sie sieht zu mir auf, sagt aber nichts. Ich nehme an, dass die Person, mit der sie spricht, noch immer in der Leitung ist, da sie das Handy bisher nicht vom Ohr genommen hat, sondern mich nur schweigend abschätzt, während sie zuhört.

»Ich muss auflegen«, sagt sie ins Telefon, während sie mich immer noch unverwandt ansieht. Sie wartet kurz ab, was die Person am anderen Ende der Leitung sagt, ehe sie mit den Worten *Du bist der Knaller* auflegt, wenn ich das richtig verstanden habe. »Du solltest auf der Führung mit den anderen Gruppenteilnehmern sein.« Sie scheint gerade nicht sonderlich glücklich mit mir zu sein und betrachtet mich misstrauisch, während sie die Kappe auf ihren Stift steckt und ihn zusammen mit ihrem

Notizblock in ihrer Handtasche verschwinden lässt.

»Ist das verpflichtend, oder wie?«

»Nun, zumindest bevorzugt.« Sie überschlägt die Beine und ich bin für einen Moment von der Bewegung abgelenkt – eine schlanke Wade liegt über der anderen und ihr Knie wird sichtbar, als sich ihr Sommerkleid ein Stück hochschiebt. Sie lehnt sich gegen die Rückenlehne der Bank und wippt mit dem Fuß. »Damit ich dich im Auge behalten kann. Du bist wie eine Katze. Tauchst immer dann auf, wenn ich dich am wenigsten erwarte.«

Ich lache. So hat mich bisher noch niemand beschrieben, da bin ich mir sicher.

»Ehrlich gesagt, ist das nicht fair.« Sie runzelt die Stirn. »Ich mag Katzen und sie sind wirklich selten hinterhältig. Dafür sind sie die meiste Zeit über zu lethargisch.«

»Also magst du mich nicht?«

»Ich mag dich. Es war insgesamt ein schlechter Vergleich.« Sie schüttelt den Kopf und hält kurz inne. »Moment.« Sie grinst und schnippt mit den Fingern. »Ich hab's. Du bist ein Spion!« Sie lacht, offensichtlich amüsiert über sich selbst. »Du bist mehr wie ein Spion. Du wärst großartig Undercover. Sehr ausdauernd. Das solltest du dir mal überlegen.«

»Ich werde es ernsthaft in Betracht ziehen.«

Sie beugt sich nach vorn und hält ihre Hände in einem universellen Stopp-Zeichen nach oben, so als wäre es wichtig, dass sie diese Unterscheidung vornimmt. »Versteh mich nicht falsch. Du wärst ein heißer Spion. Mehr James Bond als Austin Powers. Es wäre sexy, wenn ich darauf stehen würde, ausspioniert zu werden.«

Oh ja. Rhys' Kommentar bezüglich des Vergleichs mit *Undercover Boss* klingelt mir in den Ohren und ich schäme mich dafür, dass ich sie anlüge. Aber mal ehrlich, was hat sie zu verbergen? Ist das nicht die wahre Frage, um die es geht? Ich weiß, dass sie wegen irgendwas lügt. Sie ist eine heiße Mischung aus Widersprüchen und Dingen, die nicht zusammenpassen. Wenn ich vernünftig wäre, würde ich genau das Gegenteil von dem machen, was ich im Begriff bin, zu tun, aber meine verdammten

Gefühle sind das Gegenteil von vernünftig.

Mein Handy klingelt. Ein Anruf aus London. Ich werfe kurz einen Blick aufs Display, ehe ich den Anruf auf die Mailbox weiterleite, damit ich mich auf mein aktuelles Vorhaben konzentrieren kann.

»Normalerweise würde ich dich fragen, ob du heute Abend Zeit hast, aber wir wissen bereits beide, dass es so ist, also komme ich direkt zum Punkt. Ich würde dich heute Abend gern auf ein Date ausführen.«

»Ein Date?« Die Skepsis, die ich inzwischen mit ihr verbinde, ist sofort zurück und ein Ausdruck der Verwirrung huscht über ihr Gesicht.

»Abendessen«, stelle ich klar, als es so aussieht, als würde sie nicht verstehen, was ich meine. »Ein richtiges Date.«

»Oh.« Sie zieht die Brauen nach oben und die Skepsis in ihrem Gesicht verwandelt sich in Neugier.

Ich warte, da ich erwarte, dass sie etwas dazu sagen wird. So etwas wie Ja, aber sie schweigt. Ich habe keine Ahnung, worüber zur Hölle sie sich Gedanken macht, während sie den Kopf zur Seite geneigt hat, mich anstarrt und nachdenkt. Fuck, sie ist süß. Atemberaubend, um ehrlich zu sein. Aber es sind diese kleinen Momente, in denen sie mich um den Finger wickelt. Wenn sie alle Täuschungen fallen lässt und sich keinerlei Sorgen darüber macht, ob sie mich beeindruckt oder nicht. Wenn sie ihre Nase krauszieht, ihre Augen verdreht oder mich zu lang auf eine Antwort warten lässt.

»Um zwanzig Uhr dann?«, sage ich, denn es spielt keine Rolle, sie wird mit mir essen gehen. Ich akzeptiere kein Nein als Antwort.

»Warum?«, fragt sie, ohne auch nur die Andeutung zu zeigen, dass sie einen auf schüchtern macht.

»Warum?« Ich lache und schüttle den Kopf. Was meint sie damit? Ich erinnere mich daran, dass sie ein wenig jünger ist als ich, und frage mich, ob das Thema Dating in den zehn Jahren, die uns trennen, komplett den Bach runtergegangen oder diese Antwort einfach typisch Daisy ist. Mein Handy meldet sich wieder. Ich schaue nicht einmal drauf, als ich es auf lautlos stelle und mich gleichzeitig darüber wundere, wie ich es bis hier hergeschafft habe, ohne die Freude an einer Frau zu verlieren, die von mir möchte, dass ich mich für ein Date mit ihr rechtfertige. »Weil wir uns mögen und es Spaß machen wird. Weil wir kein richtiges erstes Date hatten und du eins verdienst. Weil ich es genieße, Zeit mit dir zu verbringen.«

»Okay.« Sie nickt zustimmend und ich denke mir, dass die Sache damit geritzt ist. Doch dann macht sie wieder ihren Mund auf und versorgt mich mit einer Liste von Gründen, warum ich sie nicht an der Tür abholen solle.

Ich mag sie wirklich, wirklich sehr.

18. Kapitel

Violett

Ein Date.

Er hat mich um ein Date gebeten. Nachdem er mich über den Garten hinweg förmlich mit den Augen ausgezogen und mich von meinem Anruf abgehalten hat – der wiederum ein totaler Reinfall war –, hat er mich gefragt, ob ich mit ihm ausgehe. Ich habe ihn angestarrt, weil ich misstrauisch war. Wer bittet eine sichere Nummer wie mich schon um ein Date? Was macht das für einen Sinn? Eine sichere Nummer bedeutet, dass man irgendwo auf die Schnelle für sich ein Sandwich isst, sich die Zähne putzt und sich dann zum Vögeln trifft. Zumindest denke ich, dass es das bedeutet. Zwar habe ich so was noch nie gemacht, aber ein Abendessen scheint unnötig zu sein. Daher versuchte ich, herauszufinden, ob er damit tatsächlich ein gemeinsames Abendessen meinte oder ob *Date* in diesem Fall ein britischer Ausdruck für Sex ist. Doch dann hat er gelächelt und gesagt, dass er ein richtiges Date möchte.

Heiliger Bimbam, warum hat mich das angetörnt? Weil es sexy ist, wenn Mr Sexy-Voice es ausspricht. Dann habe ich begonnen, darüber zu fantasieren, wie ich eine Sprachaufnahme davon bekommen kann. Eine, die ich immer wieder abspielen könnte, wenn er nicht mehr da ist. Was mich wiederum auf die geniale Idee von Vibratoren brachte, die mit britischem Akzent schmutzige Dinge zu dir sagen, doch Jennings riss mich mit einem *Erde an Daisy* aus meinen Überlegungen. Wie viel es wohl kosten würde, so etwas entwickeln zu lassen?

Sobald er meine Aufmerksamkeit hatte, hat er noch mal darauf bestanden, mich zum Essen auszuführen. »Ein richtiges Date, *Love*. Ich lade dich zum Essen ein und bringe dich bis zu deiner Tür. Heute Abend«, hat er noch hinzugefügt, während er mich weiterhin förmlich mit den Augen auszog.

Daher nehme ich an, dass er sowohl Abendessen als auch Sex

meinte.

Ich habe heute Abend Zeit. Eine Tatsache, auf die Jennings hinwies, weil er sich die Mühe gemacht hat, die Reiseplanung zu studieren, um sich zu vergewissern, dass für heute Abend kein gemeinsames Abendessen mit der Reisegruppe geplant ist.

Wisst ihr, wofür Lückenfüller da sind? Genau, um Lücken zu füllen. Nicht, um dafür zu sorgen, dass man sich in sie verliebt, ehe sie wieder nach Hause fliegen. An einen Ort, zu dem du nicht mal fahren könntest, solltest du sie rein hypothetisch wiedersehen wollen, da euch ein ganzer Ozean trennt. Internationale Flüge für eine schnelle heiße Nummer scheinen mir leider eine sehr unpraktische Möglichkeit zu sein.

Stöhnend ziehe ich die Überdecke meines Betts weg, damit ich mich drauf fallen lassen kann. Wir sind bereits vor über einer Stunde in Williamsburg angekommen, aber erst jetzt habe ich mein Zimmer betreten. Der Check-in-Prozess verlief ziemlich reibungslos, da uns das Reiseunternehmen in jedem Hotel bereits vorab eingecheckt hat, aber ich bin dafür verantwortlich, alle Schlüssel von der Rezeption zu holen und an die Tourteilnehmer zu verteilen, während diese unruhig um mich herumstehen, weil sie auf ihre Zimmer möchten. Und dann sind da die Fragen. *Hat dieses Hotel einen Pool? Wann ist das Frühstück? Wann fährt der Bus morgens ab? Wo kann man einen Magneten mit der Aufschrift* Williamsburg, Virginia *kaufen? Wo soll man am besten heute Abend essen gehen? Ist es sicher, zu Fuß herumzulaufen? Gibt es WLAN in diesem Hotel? Gibt es in der Nähe einen* Walmart?

Wer bitte sehr kommt nach Amerika, um einen *Walmart* zu sehen? Wie auch immer, für heute bin ich endlich damit fertig, Daisys Job zu machen, und gerade herrlich allein. Wodurch ich Zeit zum Nachdenken habe. Ein Abendessen wirkt so, als gehören Gefühle dazu. Meine Gefühle. Ich starre eine weitere Minute an die Decke, ehe ich mein Handy zum Leben erwecke und einen Anruf tätige.

»Bitte sag mir, dass du mich anrufst, um über deinen neuen britischen Lover zu reden, denn noch mehr Gejammer wegen der Tour kann ich nicht ertragen«, sagt Daisy statt einem Hallo.

»Ebenfalls Hallo«, sage ich ausdruckslos.

»Hey, Mädchen, hey«, antwortet sie. »Ist das besser?« Am anderen Ende der Leitung ist ein Brummen oder so was zu hören, das ich nicht identifizieren kann.

»Was ist das für ein Geräusch? Ist das ein Vibrator?«

»Was? Nein, du verrückte Nuss«, erwidert sie. »Das ist die Mikrowelle.«

»Sorry, das klang wie ein Vibrator.«

»Freut mich, zu wissen, dass du denkst, ich sei nicht in der Lage, mit dem Vibing aufzuhören, während ich am Telefon bin.«

»Vibing? Ist das überhaupt ein Wort?«

»Jetzt ist es eins. Also, was ist los?«

»Ich, ähm, ich rufe dich an, um über meinen neuen britischen Lover zu reden.«

»Haben wir gerade wirklich dieses ganze Hin und Her hinter uns gebracht, obwohl ich von Anfang an recht hatte?«

»Ja«, gebe ich zu. »Auf der Tour heute lief übrigens alles gut, danke der Nachfrage.«

»Freut mich, das zu hören«, antwortet sie leichtfertig, als die Mikrowelle zu piepen beginnt.

»Trotzdem werde ich das nie wieder machen. Nie wieder. Niemals«, wiederhole ich, weil ich nicht sicher bin, dass sie mich ernst nimmt. »Du bist also besser rechtzeitig wieder zurück, was auch immer du gerade tust, bevor die nächste Reise startet. Das meine ich ernst.«

»Ja, verstanden. Keine Touren mehr. Aber jetzt erzähl mir von deinem Typen.«

»Sag mir, wo du bist, denn das war nicht deine Mikrowelle. Deine piept anders«, füge ich noch hinzu und strecke triumphierend einen Finger in die Luft. Mir ist klar, dass sie das nicht sehen kann, aber es fühlt sich dennoch gut an, das herausgefunden zu haben.

»Wow, heiße Detektivarbeit«, scherzt sie. »Ich besuche einen Freund.«

»Einen Freund? Was für einen Freund?« Das ist so was von

keine Antwort. Jeder ist Daisys Freund. Ein Freund kann bei ihr ein Typ sein, den sie vor siebenundzwanzig Minuten kennengelernt hat, oder aber jemand, den sie seit der ersten Klasse kennt.

»Also schön. Mehr einen Frenemy, gleichzeitig Freund und Feind«, gesteht sie, während sie sich irgendwas in den Mund schaufelt.

»Einen mit gewissen Vorzügen?«

»Es ist kompliziert«, murmelt sie, den Mund voller Essen, woraufhin ich lächeln muss. Wir sind definitiv Zwillinge. »Ich erzähle dir später davon, wenn es mehr Sinn ergibt«, ergänzt sie.

»Also hast du die ganze Woche über eine Fickbeziehung mit irgendeinem Arschloch, während ich deinen Job mache? Ist es das, was hier gerade läuft?«

»Du leidest ja nun nicht gerade, Vi. Also, warum erzählst du mir jetzt nicht von Mr Groß-düster-und-britisch, statt mich zu nerven?«

»Also schön.« Ich seufze laut und dramatisch ins Handy. »Er ist nett«, sage ich schließlich nach einer langen Pause.

»Er ist nett?«, wiederholt Daisy, ihr Ton macht klar, was sie von dieser Zusammenfassung hält. »Deswegen rufst du mich an? Weil er nett ist?«

»Irgendwie schon«, gebe ich zu. Jetzt, wo ich es laut ausspreche, klingt es ziemlich dumm.

»Hast du nicht vorhin noch große Töne gespuckt, wie toll der Sex ist? Nämlich vor etwa sechs Stunden, als ich das letzte Mal mit dir telefoniert habe? Was zur Hölle ist in den letzten sechs Stunden vorgefallen?«

»Ich habe keine großen Töne gespuckt!«

»Aber so was von«, erwidert sie unbeeindruckt. »Ehrlich, ich war stolz auf dich.«

»Oh, okay. Danke. Nehme ich an.«

»Gern geschehen. Was ist nun das Problem? Ist er langweilig?«

»Ähm ...« Ich verstehe, warum das hier verwirrend ist. »Nein, er ist nicht langweilig. Überhaupt nicht. Er bringt mich zum Lachen.«

»Bist du bipolar oder so was? Ist das erblich? Ich kann damit gerade nicht umgehen«, murmelt sie und ich höre das Klirren von Geschirr, als sie ihr Essen abstellt, was auch immer das sein mag. »Er ist also heiß, er ist nett und er bringt dich zum Lachen. Ist er dumm? Ist das das Problem? Manchmal sind die Gutaussehenden nicht die Hellsten. Ich weiß, dass es politisch nicht korrekt ist, das zu sagen, doch so ist es nun mal. Aber es ist doch nur für eine Woche, es ist ja nicht so, dass du die Mutter seiner Kinder werden sollst. Also lass es gut sein und hab Spaß.«

»Ich mag ihn«, platzt es plötzlich aus mir heraus. »Okay? Das ist das Problem.«

»Oh.« Daisy ist einen Moment lang schweigsam, während sie diese Info verdaut. »Also hast du Angst, dass du dich in ihn verliebst und am Ende dumme Kinder mit ihm bekommst? Ich hab erst neulich dieses Monster von einem Kind bei Target gesehen, das sich die Seele aus dem Leib schrie, weil es Kleber haben wollte. Kleber! Was für ein Kind will Kleber haben? Ich vermute ...«

»Daisy.« Ich unterbreche sie mitten im Satz. »Er ist nicht dumm. Kannst du dich bitte konzentrieren? Er ist nicht dumm und wir werden keine Kinder zusammen bekommen.«

»Man weiß nie«, schnaubt sie. »Shit happens.«

»Konzentrier dich«, wiederhole ich.

»Okay, okay. Also, was genau ist das Problem? Er ist heiß. Er ist gut im Bett. Schlau. Nett. Er bringt dich zum Lachen und du magst ihn. Klingt doch super.«

»Er hat mich gefragt, ob ich heute Abend mit ihm essen gehe.«

»Ja, das klingt nach einem riesengroßen Problem. Zieh mein Navy-Kleid an. Das mit dem Spitzensaum. Ich weiß, dass ich es dir eingepackt habe.«

»Es ist nur ...«, beginne ich und halte dann inne, in dem Versuch, das in Worte zu packen, was ich empfinde. »Er sollte eigentlich nur ein One-Night-Stand sein und mich nicht dazu bringen, mich in ihn zu verlieben.«

»Lass es dir von mir gesagt sein, viele Dinge passieren, die nicht passieren sollen.«

»Soll das beruhigend sein?

»Hör mir zu, Vi. Ich habe viele Typen gedatet. Die meisten von ihnen waren Arschlöcher.«

Das ist wahr.

»Wenn dir das Leben also einen Guten zuspielt, schnapp ihn dir.«

Da ist was dran.

»Und dann lass ihm einen Mikrochip verpassen, damit du immer weißt, wo er ist.«

»Daisy«, stöhne ich.

»Violet.« Ihre Stimme wird sanfter. »Nichts davon ist ein Problem, vertrau mir. Das ist ja das Lustige daran. Geh mit ihm essen. Hab Spaß. Vögle ihm das Hirn raus. Über den Rest wirst du dir später klar werden. Oder er wird dir so dermaßen auf den Geist gehen, bevor die Woche vorbei ist, dass der Rest ohnehin unbedeutend ist.«

»Weiser Rat«, sage ich, lächle aber. Bei ihr kann ich immer darauf zählen, dass sie die Sache so benennt, wie sie ist.

»Ich weiß«, stimmt sie zu. »Jemand sollte mich dafür anheuern, Grußkarten zu verfassen.«

»Das stimmt.«

»Denk dran, manchmal sind die besten Dinge im Leben die ungeplanten.«

»Genau wie Zwillinge. Ich hab dich lieb. Du bist mein Cupcake.«

»Hab dich auch lieb, Sprinkles. So, jetzt geh und hab Spaß. Und zieh das Navy-Kleid an!«

19. Kapitel

Violet

Nachdem ich aufgelegt habe, springe ich unter die Dusche. Wenn ich schon ein Date habe, sollte ich mich auch entsprechend zurechtmachen. Während ich mich abtrockne, denke ich darüber nach, was Daisy gesagt hat. Sie hatte nicht unrecht. Ich hatte mein gesamtes Leben durchgeplant und was hat es mir gebracht? Ein gebrochenes Herz und meine Wohnungslosigkeit.

Währenddessen lebt Daisy ihr Leben ohne Netz und doppelten Boden und schafft es dennoch immer, auf beiden Füßen zu landen. Mehr als das, um genau zu sein. Sie hat alles im Griff. Abgesehen davon, dass sie mir ihren Job aufgehalst hat, während sie sich mit irgendeinem Typen trifft, den sie nicht mal besonders mag, um mit ihm Sex zu haben.

Der Anruf der Jobvermittlerin heute war jedenfalls ein totaler Reinfall. Ich habe gehofft, dass sie mich wegen einer Jobmöglichkeit anrufen würde. Wie sich jedoch herausstellte, wollte sie nur wissen, ob ich mich mit der Planungssoftware *Revit* auskennen würde. Was ich nicht tue. Meine Erfahrungen habe ich ausschließlich mit *AutoCAD Design* gesammelt, was absolut in Ordnung ist, da *Revit* für Trottel ist, die nichts anderes machen, als Leute anzuschreien, wenn sie den falschen Briefkopf verwenden. Aber es war scheiße, dass meine Hoffnungen wieder einen Dämpfer bekamen. In der Stunde, die ich brauchte, um die Jobvermittlerin zurückrufen zu können, machte sich Hoffnung in meinem Inneren breit – Hoffnung, dass das der entscheidende Wendepunkt sein könnte. Ich habe mich sogar ein wenig der Fantasie hingegeben, dass für den Job Überseereisen nach London nötig wären und mich Jennings in sein Haus einladen würde, wo wir uns was zu essen kommen lassen und dann Sex haben würden. Offensichtlich war das eine sehr detaillierte und unwahrscheinliche Fantasie, aber Fantasien sind ja per Definition äußerst unwahrscheinlich.

Ich ziehe das Navy-Kleid aus meinem Koffer an, weil Daisy auch diesbezüglich recht hat. Es ist ein tolles Kleid und es sieht fantastisch an Daisy aus, was im Umkehrschluss bedeutet, dass es auch an mir fantastisch aussehen wird. Einer der größten Vorteile daran, einen Zwilling zu haben, ist, dass man praktisch über ein eingebautes und passgenaues Modell verfügt.

Allerdings bin ich etwas überrascht, dass sie es mir geliehen hat, da es eins ihrer Lieblingskleider ist. Sie hat mir für diese Woche eine Menge toller Outfits eingepackt, was sehr süß von ihr war. Es ist zwar nicht so, als hätte ich keine eigenen Klamotten, aber meine Garderobe tendiert mehr zum Business-Look, ihre hingegen eher in Richtung der Klamotten, die man sich auf Pinterest merkt, weil sie so toll aussehen.

Aber es war wirklich sehr nett von ihr, weil zwischen Schwestern nichts mehr *Ich liebe dich* ausdrückt, als der anderen das eigene Lieblingskleid zu leihen. Ich föhne mir die Haare und drehe mir mit einem Lockenstab ein paar lose Wellen ins Haar, die zwar lässig aussehen, aber einen sehr viel Mühe kosten. Während ich mich fertig mache, lasse ich die Uhr nicht aus den Augen, da mich Jennings abholen wird. Ich habe ihm gesagt, ich würde ihn in der Lobby treffen, aber er hat darauf bestanden, dass er mich für ein richtiges Date an der Tür abholen müsse.

Darauf meinte ich zu ihm, dass ich mich bei einem richtigen ersten Date niemals von ihm an der Tür abholen lassen würde, da er ein Serienkiller sein könnte. Oder vielleicht auch einfach nur ein nerviges Arschloch, von dem ich nicht will, dass es meine Adresse hat. Oder möglicherweise könnte das Date so schlecht laufen, dass ich heimlich einer Freundin schreiben und sie bitten würde, mich mit einem gefakten Notruf zu kontaktieren, und dann bräuchte ich mein eigenes Auto, um mich so schnell wie möglich zu verdrücken.

Für einen Moment hat er mich einfach nur angesehen, ohne etwas zu sagen, den Kopf zur Seite geneigt, während er sich mit den Fingern über das Kinn fuhr. Dann haben wir uns darauf geeinigt, dass ich dieses Mal meine Regeln fürs erste Date außer Acht lassen würde, was umso besser ist, da ich nach ersten

Dates normalerweise auch keinen Sex mit der Person habe und ich heute Abend so was von keine Absicht habe, mich an diese Regel zu halten.

Ich schlüpfe in mein Lieblingspaar Sandalen und stecke mir gerade meine Ohrringe an, als Jennings an der Tür klopft. Ich grinse, da ich plötzlich lächerlich aufgeregt bin. Es ist schon eine Ewigkeit her, dass ich mit jemandem auf einem Date war und mein Bauch füllt sich mit unerwarteten Schmetterlingen, als ich die Tür aufreiße. Schmetterlingen, die auch keine Ruhe geben, als ich ihn sehe. Er hat ganz offensichtlich ebenfalls geduscht, da sein Haar noch ein klitzekleines bisschen feucht ist. Er trägt wieder ein Hemd, was ich seit dem ersten Abend nicht mehr an ihm gesehen habe. Dieses hier ist weiß, die Ärmel hat er bis zu den Ellenbogen hochgekrempelt, was ich sofort bemerke, da er einen Arm gegen den Türrahmen gelehnt hat und in der Hand des anderen einen Blumenstrauß hält.

»Rosen«, sagt er und hält sie mir hin. »Eigentlich wollte ich dir Gänseblümchen alias Daisys mitbringen, aber dann dachte ich mir, dass das wohl jeder Typ macht. Doch wie vielen Kerlen kannst du schon den Alias-Namen *Rose* genannt haben?« Er zwinkert mir zu, als er das sagt, sicher, dass das mit *Rose* unser Ding ist und ich nicht umherlaufe und anderen Männern irgendwelche Fake-Namen nenne. Er hat recht.

»Ich bin froh, dass es keine Gänseblümchen sind«, erwidere ich und nehme ihm die Blumen aus der Hand. Über seinen Glauben, dass mir jeder Typ Blumen mitbringt, muss ich beinah lachen. Mein Highschool-Freund hat mir immer eine einzelne Rose gekauft, wenn es eine Spendenveranstaltung in der Schule gab. Der Schülerrat hat die Blumen immer in der zweiten Unterrichtsstunde in den Klassenräumen verteilt und die Mädchen haben sie dann für den Rest des Tages von Unterricht zu Unterricht getragen. Ich bin mir sicher, dass ich, wenn ich ein altes Jahrbuch öffnen würde, eine von ihnen noch immer zwischen den Seiten finden würde. Außerdem habe ich mal eine Blumenlieferung von meinem Ex bei der Arbeit erhalten. Es war mein Geburtstag und ich bin mir ziemlich sicher, dass er sie an diesem

Morgen bei einem ansässigen Floristen zur Auslieferung am selben Tag bestellt hat, weil er meinen Geburtstag vergessen hatte, aber es war dennoch nett von ihm. Aber Unmengen an Blumen?

Nein.

Auch in Bezug auf die Gänseblümchen alias Daisys hat er recht – Daisy hat sie schon unendlich oft geschenkt bekommen und sie liebt sie, aber sie passen zu ihr, nicht zu mir. Natürlich kann Jennings das nicht wissen, aber ich freue mich, dass er stattdessen an die Rosen gedacht hat. Dass er etwas gewählt hat, das speziell für uns beide von Bedeutung ist. Das Letzte, was ich gewollt hätte, wäre ein Blumenstrauß aus Gänseblümchen gewesen, um mich an meine große fette Lüge zu erinnern.

»Sie sind perfekt, danke«, sage ich, während ich nach dem vom Hotel bereitgestellten Eiskübel greife und ihn im Badezimmer mit etwas Wasser befülle. Ich setze ihn neben dem Fernseher ab und stelle die Blumen hinein. Er ist nicht das richtige Behältnis für die Rosen und deshalb fallen sie etwas zur Seite weg, aber dennoch sind sie perfekt. Perfekt unperfekt.

»Bereit?«, fragt er, doch er ist direkt hinter mir und lässt einen Finger meinen entblößten Nacken hinabwandern.

Ich erzittere und drehe mich zu ihm um. »Ich bin bereit.«

»Du siehst hammermäßig aus, *Love*.« Er sagt das fast zärtlich, sein Blick tanzt über mein Gesicht und ich denke, dass er mich küssen wird – er steht so nah bei mir, dass ich die Hitze, die von seinem Körper ausgeht, spüren kann –, aber stattdessen nimmt er einfach meine Hand und führt mich zur Tür. Auf dem gesamten Weg zum Fahrstuhl halten wir uns an den Händen, die Finger miteinander verschränkt, und mein Puls rast. Ich bin mir nicht ganz sicher, warum. Er ist mir nicht mehr wirklich fremd und das hier ist kein richtiges erstes Date. Es ist das dritte oder vierte, mindestens, oder? Gott, wie viele Tage ist die erste Nacht schon her? Wie kann es sein, dass ich bereits jetzt das Gefühl habe, ihn schon ewig zu kennen? Wie habe ich in weniger als einer Woche eine Welt ohne Jennings vergessen? Ich falle, Hals über Kopf, wie ein alberner kleiner Welpe, der über seine eigenen Pfoten stolpert. Oder wie eine Idiotin, die sich verliebt, obwohl diese Beziehung ein kürzeres Haltbarkeitsdatum als eine Milchtüte hat. Ist das hier real? Oder nur eine Illusion, hervorgebracht durch unsere unmittelbare Nähe auf der Tour und die explosive Chemie zwischen uns? Es fühlt sich so leicht an mit ihm, aber ist es das, weil die Sache zwischen uns zeitlich begrenzt ist? Ein Ausflug in einen Freizeitpark ist für ein bis zwei Tage aufregend, aber es wäre ein Albtraum, wenn du für ein ganzes Jahr jeden Tag hingehen würdest, nicht wahr? Ich beiße mir auf die Lippe und sehe ihn unter meinen gesenkten Wimpern hindurch an. Die Fahrstuhltüren gleiten auf und wir lassen einander los, als wir den Aufzug betreten und er den Knopf für die Lobby drückt.

»Was geht dir durch den Kopf, *Love*?« Wachsam sieht er mich an und ich wundere mich, wie er auf diese Frage allein aufgrund eines schweigsamen Gangs über den Flur zum Fahrstuhl kommt.

»Ich habe mich nur gerade gefragt, ob du Freizeitparks magst.« Nah genug an der Wahrheit.

»Ist das ein Ausschlusskriterium für dich, ob ein Date eine Fahrt in der Achterbahn genießt oder nicht?« Seine Antwort ist locker, aber ich habe sein kurzes Blinzeln gesehen, das mir verraten hat, dass er mir meine Antwort auf seine Frage nicht glaubt.

»Ich mag sie, aber ich tendiere dazu, dass mir nach ein paar Runden irgendwann schlecht wird«, gestehe ich schulterzuckend. Ist das auch eine Metapher für mein Liebesleben? Rein und raus, bevor jemandem schwindlig wird? »Allerdings bekomme ich nie genug von den Spielautomaten und der Zuckerwatte.«

»Wenn es kein K.-o.-Kriterium ist, dann gebe ich zu, dass Freizeitparks nicht meine erste Wahl sind, was Urlaub angeht. Allerdings hätte ich normalerweise auch nie eine Reise zu den historischen Stätten Amerikas gewählt, aber sie hat sich als viel«, er hält inne und betrachtet mich langsam von oben bis unten, »lebendiger als erwartet herausgestellt.«

Ich werde rot. Er schafft es oft, die einfachste Antwort unanständig klingen zu lassen. Ich räuspere mich, ehe ich spreche. »Was hättest du lieber gemacht?«

»Wenn ich die Zeit dazu habe? Skifahren.«

»Das habe ich noch nie gemacht.«

»Nein?« Er sieht mich an und beginnt, etwas zu sagen, stoppt dann aber, und ich frage mich, ob er sich selbst davon abgehalten hat, einen wegwerfenden Kommentar über die Zukunft à la *Wir sollten mal gemeinsam Ski fahren* zu machen.

Wir haben die Lobby des Hotels inzwischen verlassen und ich vermute, dass wir gleich in ein Taxi steigen werden, aber er führt mich zu einem wartenden schwarzen SUV. Daher nehme ich an, dass er ein Uber bestellt hat. Das bedeutet wohl, dass wir nicht zum *Pancake House* auf der anderen Straßenseite gehen werden, was mich zum Kichern bringt.

Jennings rutscht nach mir auf den Rücksitz des SUV und nimmt meine Hand, ehe er meinen Handrücken küsst. »Amüsiert dich etwas?«

Ich tippe mit dem Finger gegen die Scheibe des Wagens und zeige in Richtung des *International House of Pancake* auf der anderen Straßenseite. »*IHOP*«, antworte ich. »Es ist eine Restaurantkette. Als wir klein waren, hat meine Schwester es immer *I Jump* genannt, bis wir so ...« Ich halte inne, da ich ihm nicht sagen kann, dass wir im selben Alter sind. Das wäre viel zu viel Information. »Bis sie so ungefähr sieben war«, beende ich meinen Satz. »Es ist eine dumme Geschichte, ich weiß nicht mal, warum ich sie dir erzählt habe.«

»Es ist keine dumme Geschichte. Ich habe es genossen, sie zu hören. Hast du eine enge Verbindung zu deiner Schwester?«

Angesichts der Tatsache, dass wir eineiige Zwillinge sind, ich ihre Klamotten trage und in ihrem Apartment wohne, könnte man das wohl so sagen. »Sie ist meine andere Hälfte. Hast du Geschwister?«

»Zwei Halbschwestern. Aber ich kenne sie nicht wirklich. Wir sind in unterschiedlichen Haushalten groß geworden und sie sind um einiges jünger als ich. Sie sind in Schottland aufgewachsen. Ich habe sie nur wenige Male getroffen.«

»Das tut mir leid.«

»Warum? Schottland ist toll. Das Ganze ist nicht annähernd eine tragische Situation.«

»Nein.« Ich lache. »Nichts gegen Schottland. Ich meinte, dass es mir leidtut, dass du deinen Schwestern nicht näher stehst, da ich mir ein Leben ohne meine Schwester nicht vorstellen kann.«

»Tja, nun, es ist, wie es ist.« Er fährt sich mit der Hand über das Kinn, gibt aber sonst auf keinerlei Weise preis, ob das etwas ist, was ihn beschäftigt. »Ich habe einen Cousin, dem ich sehr nahestehe. Er ist wir ein Bruder für mich. Du würdest ihn mögen, denke ich. Er hat deinen amerikanischen Sinn für Humor.«

»Dein Cousin ist Amerikaner?« Ich drehe mich auf meinem Sitz um, um ihn anzusehen. »Wie ist das passiert?«

Er lacht, als wir auf die Richmond abbiegen und das Auto an einer grünen Ampel beschleunigt. »Muss ich dir das wirklich erklären? Du scheinst ein cleveres Mädchen zu sein.«

»Nein.« Ich schlage ihm mit der flachen Hand gegen die Brust. »Ich meinte damit nur, dass meine gesamte Familie in Illinois lebt. Meine Eltern. Meine Schwester. Tanten, Onkel, Großeltern. Ein Cousin ist nach Pittsburgh gezogen und ein anderer nach Orlando, aber alle sind nicht weit weg. Es ist nicht so, als hätte ich irgendeinen deutschen Cousin oder so.«

»Wow. Du hast mich dich an der Tür abholen lassen und mir verraten, in welchem Staat du lebst. Ich bin hocherfreut.«

»Werd nicht zu selbstgefällig. Ich kann noch immer einen Notfall erfinden und ein Taxi zurück zum Hotel nehmen.«

»Zur Kenntnis genommen. Ich werde mein Bestes geben, dich gut genug zu unterhalten, dass du keine Flucht planen musst.«

»Naperville, Illinois«, verrate ich ihm, denn ihm das zu verraten, sollte keinen großen Schaden anrichten. »Ich bin aus einer Stadt names Naperville. Es ist ein Vorort von Chicago und sehr ... vorstädtisch«, sage ich, weil ich es nicht besser beschreiben kann. Ich versuche, mir vorzustellen, in Naperville auf einen

Typen wie Jennings zu treffen, und merke, dass ich das nicht kann. Wenn ich einen Mann wie Jennings in Naperville finden könnte, hätte er bereits eine Ehefrau und zwei Kinder. Sie hätten einen *Bugaboo*-Kinderwagen für das Kleinkind, das Baby würde sich in einer Babytragetasche vor seiner Brust befinden und sie hätten ein Haus in der Nähe der Uferpromenade, wofür ich sie ein klein wenig hassen würde.

»Meine Tante Poppy hat einen Amerikaner geheiratet. Ihre Kinder wurden in den USA geboren und sind hier groß geworden«, erklärt er. »Ich habe aber wirklich überall Verwandte. Das ist ganz normal in unserer Familie, nehme ich an.«

»Aber zu deinem Cousin hast du eine enge Verbindung?«, frage ich. »Obwohl ihr so weit voneinander entfernt aufgewachsen seid?«

»Wir haben immer die Sommerferien zusammen verbracht. Abwechselnd in England und Amerika.«

»Hm«, antworte ich, ohne zu versuchen, subtil zu sein. Das Auto biegt erneut ab und ich frage mich, wohin wir fahren. Ich schaue aus dem Fenster und versuche einzuordnen, wo wir sind. Ich glaube, der Reisebus war hier vorhin schon mal auf dieser Straße.

»Wage ich, zu fragen?« Er klingt amüsiert und ich sehe ihn wieder an.

»Ich habe mir nur gerade vorgestellt, wie du in deiner Teenagerzeit hier zu Besuch warst ...« Ich lasse den Satz in der Luft hängen und lege ihm meine Hand aufs Knie.

»Und?«

»Und ich denke an all die amerikanischen Mädchen, die nicht wussten, was sie mit dir – oder besser gesagt, ihm – machen sollten.« Meine Stimme ist leise und neutral, angesichts der Tatsache, dass wir nicht allein im Wagen sind, aber ich lasse meine Hand weiter nach oben gleiten, während ich spreche.

Im Nachhinein wäre es wohl effektiver, wäre ich mutiger gewesen, als nur bis zur Mitte des Oberschenkels zu wandern, denn statt von mir verführt worden zu sein, lacht Jennings.

»Denkst du noch immer darüber nach?« Er legt seine Hand

auf meine und streichelt mit dem Daumen sanft über meinen Handrücken. Ich glaube, dass er mich mit dieser einen unbewussten Geste mehr verführt hat als ich mit meinem gezielten Hochgleiten meiner Hand auf seinem Bein.

»Nein ...« Ich ziehe das Wort in die Länge. Vielleicht. Ein bisschen. Ja. Die Antwort lautet Ja.

»Bist du eifersüchtig, *Love*?«

»Nein!«, schnaube ich. »Natürlich nicht.« Ich schüttle leicht den Kopf. »Aber wie groß ist die Anzahl genau? Die Anzahl der Frauen, die nichts mit ihm anzufangen wussten? Denn ich nehme an, dass die Anzahl der Frauen, die wussten, was sie mit ihm anstellen sollten, viel größer ist als die der Frauen, die es nicht wussten. Letztere kann ja wohl nicht so groß sein. Rein statistisch gesehen, versteht sich.«

»Wow.« Sein Gesichtsausdruck ist für einen Moment undurchschaubar, während er mich anstarrt. »So eifersüchtig«, sagt er langsam und beginnt dann wieder, zu lachen.

»Wo lebt dein Cousin?«, frage ich, um von meinem seltsam besitzergreifenden Verhalten abzulenken. Außerdem bin ich neugierig, wie oft er wohl seinen Cousin besucht und ob er vielleicht auch mich erneut besuchen würde. Was denn? Ich bin halt ein Kopfmensch. Und *O'Hare* ist ein großer Knotenpunkt. Ich könnte mich mit ihm am Flughafen auf einen kleinen Zwischenstopp treffen. Im *Hilton*.

»Er ist in Connecticut aufgewachsen«, fängt er an und ich stöhne beinah laut auf. Das kann doch nicht wahr sein. Es kann nicht wirklich eine Flugroute von London nach Connecticut geben, die über *O'Hare* verläuft. Nicht mal eine dieser beschissenen Billigflieger mit noch beschisseneren Zwischenlandungen. »Aber jetzt ist er in Las Vegas und lebt dort, wegen der Arbeit.«

Jesus sei Dank.

»Besuchst du ihn oft?« In meinem Kopf stelle ich diese Frage ganz locker und entspannt, aber Jennings schmunzelt, eine Braue nach oben gezogen, und ich bin mir ziemlich sicher, dass er meinen Bluff durchschaut hat.

»Bist du ein großer Vegas-Fan? Eine große Spielerin? Blackjack? Poker? Roulette vielleicht?«

»Ehrlich gesagt, war ich noch nie da.« Ich ziehe meine Hand unter seiner hervor und zupfe mir lässig einen Fussel vom Kleid. »Aber ich stelle mir vor, dass ich fantastisch an den Spielautomaten wäre.«

»Im Knöpfedrücken bist du gut, das ist mal sicher.«

Ich sehe ihn wieder an und lege meine Hand zurück auf sein Bein. Dieses Mal weiter oben. Ich sitze nahezu seitlich auf dem Sitz, sodass ich ihm in die Augen schauen kann, während wir reden, und es gibt mir die Möglichkeit, mit meiner Wade über seine zu streichen. Ganz leicht. Ich lasse meine Hand noch weiter nach oben gleiten, während ich seinem Blick für drei Sekunden standhalte und lächle. Das hat schon in der Bar funktioniert und auf dem Rücksitz eines Wagens sollte es das erst recht. Ich bin mir zwar nicht ganz sicher, was ich damit erreichen will, da ich sowieso echtes Vegas-Geld darauf verwetten würde, dass ich heute Abend nicht allein ins Bett gehen werde. Außerdem bin ich viel zu alt, um es auf dem Rücksitz zu treiben, während jemand anderes das Auto fährt. Nicht mal während ich so tue, als wäre ich jemand anderes. Ein Mädchen hat auch seine Grenzen.

Jennings neigt seinen Kopf näher zu mir und bedeckt meine Lippen mit seinen, eine Hand in meinem Nacken, um mich in Position zu halten, während er mich küsst. Sanft. Aber mit der anderen Hand zieht er meine von seinem Oberschenkel zu seiner Männlichkeit hin. Er drückt meine Hand dagegen und zwingt mich so, ihn durch die dünne Jeansbarriere, die uns voneinander trennt, zu spüren.

Ich wimmere auf, ein dummes kleines Murmeln, das sich aus meiner Kehle löst, und er lächelt in den Kuss hinein, seine Lippen biegen sich an meinen nach oben, ehe er sich von mir löst und seine Stirn gegen meine lehnt.

»Später«, verspricht er leise und mit einem verruchten Grinsen.

Ich atme einmal tief durch, um mich zu beruhigen, da er mich innerhalb einer Nanosekunde so erregt hat, obwohl ich diejenige war, die versucht hat, ihn zu verführen. Aber den Spieß hat er umgedreht, im wahrsten Sinne des Wortes.

Die Wagentür auf meiner Seite wird geöffnet und Jennings wartet davor, eine Hand ausgestreckt, um mir beim Aussteigen behilflich zu sein. So ein Gentleman. Ein versauter und dreckiger Gentleman.

20. Kapitel

Jennings

»Wo sind wir?« Sie ist aus dem Auto gestiegen und hat ihre Hand in meine geschoben, während sie ihren Blick zu dem Gebäude vor uns schweifen lässt. Den Weinberg hat sie auf der Fahrt hierher komplett übersehen, weil sie so damit beschäftigt war, mich verführen zu wollen.

Sie ist ein Rätsel, diese Frau. So voller Leidenschaft, aber so unschuldig naiv, wenn es darum geht, sie zu bekommen. Eine Mischung aus süß und frech, die mich sofort steinhart werden lässt. Die Art und Weise, wie sich ihre Gedanken ständig auf ihrem Gesicht widerspiegeln, macht es leicht, sie zu lesen, aber irgendwie auch umso spannender. Ich kann nicht genug von ihr bekommen. Davon, wie sie mich finster ansieht und die Augen verdreht, wenn ich sie verärgert habe. Wie sie sich auf die Unterlippe beißt und immer wieder wegsieht, während sie überlegt, wie viel sie mir erzählen soll. Wie sie die Nase kräuselt und die Augen verengt, wenn ich eine Grenze überschritten habe, und wie sich ihre Pupillen weiten, wenn ich ihr etwas unerwartet Unanständiges ins Ohr flüstere.

Heiliger, ihr Geruch allein reicht aus, um mich anzutörnen. Die Weichheit ihrer Haut und Seidigkeit ihrer Haare. Ihr kurviger Hintern und die Form ihrer Brüste.

Ich bin am Arsch.

»Auf einem hiesigen Weingut«, antworte ich ihr. »Sie haben hier ein französisches Restaurant, das den Gerüchten zufolge ganz wundervoll sein soll.«

Sie sieht sich um und dreht sich ein wenig im Kreis, um alles in sich aufzunehmen. Wir wurden am Eingang des Anwesens abgesetzt, ein hübsches Gebäude, das wie ein Haus aussieht, das in die ländliche Idylle eingebettet wurde. Das Weingut erstreckt sich vor uns. Reihe um Reihe ranken sich die Trauben an Rankhilfen hinauf. Hier und da stehen ein paar Bäume und darüber ist der freie Himmel auszumachen.

»Wow, du legst dich ja bei ersten Dates richtig ins Zeug«, sagt Daisy, nachdem sie alles in Augenschein genommen und sich wieder mir zugewandt hat. »Ich bin beeindruckt«, ergänzt sie und ich frage mich, wie ihr Gesichtsausdruck wohl aussehen würde, wenn ich sie auf ein Weingut in Frankreich mitnehmen würde. Oder ein spanisches. Oder noch besser ein abgelegenes Weingut in Italien auf dem Land, mit Pool und Angestellten, die tagsüber nicht da sind. Wir würden nichts anderes tun, als zu essen, Sex zu haben und nackt in der Sonne zu liegen. Ich würde die feinsten Weine, die man für Geld kaufen kann, über ihre Haut träufeln und sie Tropfen für Tropfen mit der Zunge auflecken.

»Werde nicht anmaßend in Bezug darauf, wie gut dieses Date ist. Ich könnte dich am Ende immer noch bitten, dass wir uns die Rechnung teilen«, sage ich todernst.

Als Antwort darauf wirft sie den Kopf in den Nacken und lacht, während ich darüber nachdenke, dass ich mich nicht erinnern kann, wann ich mich das letzte Mal mit jemandem so amüsiert habe.

»Ich habe noch nie französisches Essen gegessen«, gesteht sie, sobald wir drinnen an einem Tisch sitzen. Mit den Fingerspitzen klopft sie leicht gegen die Einfassung der Speisekarte und auf ihrer Stirn hat sich eine kleine Furche gebildet, während sie die Auswahl studiert.

»Nein? Wenn du es nicht magst, halten wir auf dem Rückweg bei *I Jump*.«

Ruckartig sieht sie von der Speisekarte auf und grinst. »Du bist ein fantastischer Zuhörer, Jennings.«

»Ich lerne auch schnell. Ich kenne bereits drei Wege, um dich innerhalb von zehn Minuten zum Kommen zu bringen.«

»Oh mein Gott.« Ihre Augen weiten sich schockiert und sie errötet, während ich mich frage, ob ich nicht auch ein internationales Reiseunternehmen von Naperville in Illinois leiten könnte. Oder, fuck, ob ich vielleicht einfach mit sechsunddreißig in Rente gehen und den Rest meines Lebens damit verbringen kann, Wege zu finden, wie ich Daisy zum Höhepunkt bringe.

Wie zur Hölle sah mein Leben vor dieser Frau aus? Das ist nur noch schwer vorstellbar.

Der Kellner nimmt unsere Getränkebestellung auf. Ich nehme einen Manhatten, während Daisy einen der Rieslinge wählt, die hier auf dem Weingut hergestellt werden. Sie nimmt das Interieur des Restaurants in Augenschein, ihr Blick bleibt kurz an der mit Holzbalken durchzogenen Decke hängen, ehe sie ihn auf die mit einem franzözischen blauen Stoff bespannten Stühle und die Kronleuchter richtet.

Sie schweigt, bis unsere Drinks gebracht werden. Nachdem sie einen Schluck von ihrem Wein genommen hat, reißt sie überwältigt die Augen auf. »Wow, das schmeckt, als könnte ich stundenlang davon kosten.«

Heilige Scheiße.

Das hat sie nicht wirklich gerade gesagt. Ich ächze und schüttle den Kopf, um die Erinnerung daran, wie sie auf den Knien von *mir* kostete, zu verbannen.

»Isst du öfter in solchen Restaurants?«, fragt sie beiläufig, aber ihre Miene hat sie bereits verraten. Die Frage dahinter ist in ihren Augen abzulesen, als sie einen weiteren Schluck Wein trinkt.

»Gelegentlich«, antworte ich. *Sehr ausgeklügelt, Jennings.* Sie mustert die Tischdecke vor ihr, während ich warte. Sie ist royalblau und passt zum blauen Polster der Stühle.

»Was genau machst du eigentlich beruflich?«

Da ist sie. Die Frage, von der ich weiß, dass sie sie eigentlich stellen wollte. Ich sollte es ihr einfach erzählen. Genau jetzt. Aber ... etwas hält mich zurück. Ich stecke mittlerweile zu tief in dieser Lüge drin und habe nicht das Gefühl, dass das hier der richtige Moment ist, um sie richtigzustellen. Außerdem muss ich sie erst gänzlich einschätzen können, ehe ich all meine Karten auf den Tisch lege. Es gibt da etwas, das sie mir verheimlicht, und ich denke nicht, dass die Offenbarung, dass ich ihr Ober-Boss bin, dazu führen würde, dass sie sich mir öffnet. Ganz im Gegenteil. Genauer gesagt, bin ich der Ansicht, dass sie daraufhin die Beine in die Hand nehmen und davonlaufen würde.

»Ich arbeite im Vertrieb eines in London ansässigen Unternehmens.«

»Was bedeutet das genau?« Sie starrt mich über den Tisch hinweg an, ihr Gesichtsausdruck ist neugierig und entspannt.

Verdammt, ihre verfluchte Neugier.

»Meine Arbeit besteht zum größten Teil aus der Analyse von Strategien und Abläufen. Aus der Sicherstellung von Effizienz. Dem Reduzieren von Ressourcenverschwendung. Der Prognose von Trends und solchen Sachen«, spucke ich eine Welle an Unsinn aus und hoffe, dass es langweilig genug war, um ihr als Antwort zu reichen und jegliche weitere Frage im Keim zu ersticken.

»Warte mal kurz.« Sie sagt das ganz langsam und verengt dabei die Augen. »Ich glaube, ich habe dich durchschaut.«

Scheiße. »Tatsächlich?« Ich nehme einen Schluck von meinem Drink und täusche Lässigkeit vor.

»Jap. Du kannst mir nichts vormachen.« Sie klopft mit ihrem Wasserglas auf den Tisch, während sie spricht, und ich frage mich, ob sie mir das Wasser gleich ins Gesicht schütten wird.

Immerhin hat sie ihre Hand nicht am Buttermesser. Noch nicht. Fuck, ich hätte früher etwas sagen sollen. Aber es ist ja nicht so, dass ich wirklich gelogen habe. Etwas auszulassen, ist keine Lüge, zumindest nicht wirklich. Gedanklich mache ich mir eine Notiz, das nicht laut auszusprechen. Ich bezweifle, dass das vorteilhaft für mich wäre.

»Du«, sagt sie und deutet mit ernster Miene auf mich, »hast einen Job.«

»Stimmt, und ich lebe auch nicht bei meiner Mum. Das haben wir bereits geklärt, als du zugestimmt hast, weiterhin mit mir ins Bett zu gehen.« Ich zwinkere ihr zu und hoffe, dass wir jetzt mit diesem Teil der Unterhaltung durch sind.

»Ich meine damit, dass du einen guten Job hast.« Sie neigt den Kopf zur Seite und sieht mich an, als würde ihr erst jetzt etwas klar werden. »Und du besitzt ein Haus. Selbst Häuser in der zwielichtigen Region von London sind unglaublich teuer.«

»Zwielichtig?« Ich lache. Ihr Gesichtsausdruck ist dermaßen ernst, als würde sie gleich eine Partie *Cluedo* gewinnen. »Amerikaner benutzen das Wort *zwielichtig* nicht, um Anwesen zu beschreiben.«

»Ich habe dir ja gesagt, dass ich einen anglophilen Fetisch habe. Hör auf, zu versuchen, mich abzulenken.« Sie rückt ihr Silberbesteck zurecht und ich behalte das Messer im Auge. »Ich glaube nicht, dass deine Großmutter für deine Reise bezahlt hat.«

»Nicht?«

»Nein. Ich glaube, dass du für ihre Reise bezahlt hast. Habe ich recht?« Sie lehnt sich auf ihrem Stuhl zurück und wirkt zuversichtlich, dass sie das Rätsel um mich geknackt hat. »Du hast mich denken lassen, du seist Mr Ich-lebe-in-den-Tag-hinein, dabei bist du ziemlich seriös, oder?«

Allzu seriös mit Sicherheit nicht. Aber ich grinse und erzähle ihr, dass es eine Familientradition ist, Nan abwechselnd mit in den Urlaub zu nehmen. Dann erscheint der Kellner mit unseren Vorspeisen und ich danke dem Himmel für diese Unterbrechung.

Diese Lüge kann ich möglicherweise nicht ewig aufrechterhalten. Zwar bleibe ich in der Regel relativ anonym, weil es niemanden sonderlich interessiert, wer ein Reise-Imperium leitet, und ich einen anderen Nachnamen als Sutton trage, aber es ist nicht unmöglich, sich alles zusammenzureimen.

Die Unternehmenswebseite ist kaum mehr als ein schicker Landeplatz, um die Kunden zu den individuellen Segmenten weiterzuleiten. In der Rubrik *Über uns* gibt es nur eine kurze Notiz dazu, dass das Unternehmen im Familienbesitz ist, aber nicht mal da ist irgendein Name aufgelistet, sondern nur beschrieben, dass das seit vier Generationen so ist. Das weiß sie als Angestellte mit Sicherheit, aber mein Name steht nicht auf ihrer Gehaltsabrechnung. Um mich zu finden, muss man viel tiefer graben, als es einen normalen Angestellten interessiert, der in einem Bereich auf Honorarbasis arbeitet.

Ich muss ihr reinen Wein einschenken.

»Ich glaube, ich habe dich ebenfalls durchschaut.« Wir haben eine Käseplatte als Vorspeise gewählt und Daisy hält darin inne, Himbeerkonfitüre auf einem kleinen knusprigen Stückchen Toast zu verstreichen, und blinzelt zwei Mal.

»Tatsächlich?«

»Ich glaube ...«, sage ich, halte inne und lasse die Spannung einen Moment in der Luft hängen, »dass du mich magst.«

Sie legt das Toaststückchen auf ihrem Brett ab und lehnt sich etwas nach vorn, ehe sie spricht. »Ich glaube, ich bin süchtig danach, Sex mit dir zu haben«, wispert sie, ohne auch nur ein Fünkchen von Verführung in der Stimme. Sie präsentiert das Ganze so, als sei es eine einfache Tatsache, die sie ein wenig aus dem Konzept bringt. »Der Sex ist wirklich gut. Ich bin mir sicher, dass ich weniger Erfahrung habe, darum bin ich vielleicht auch nur naiv. Oder möglicherweise brauche ich einen größeren Vergleichspool? Vielleicht liegt es auch an dir und du bist verdammt gut im Bett, sodass es mit jeder anderen genauso für dich ist? Ist es immer gleich für dich? Vielleicht bist du der gemeinsame Nenner.«

Diese Frau, sie ist so dermaßen unschuldig. Sie hat nichts davon gesagt, um zu verurteilen, sondern weil sie neugierig ist, und das ist sowohl liebenswert als auch erotisch und so typisch Daisy.

»Wie soll ich das hier essen?«, fragt sie und deutet auf die Käseplatte. »Ich habe keine Ahnung, was ich hier mache.«

»Streich den Weichkäse auf den Toast und iss ihn mit der Hand.«

Sie folgt meiner Anweisung und steckt sich das Essen in den Mund, ehe sie ein wenig zu summen beginnt, als sich der Geschmack auf ihrer Zunge entfaltet. Mein Schwanz reagiert, als hätte sie ihn stattdessen im Mund.

»Das macht Spaß«, sagt sie und rutscht ein wenig auf ihrem Stuhl hin und her. »Du bist lustig, Jennings.«

Lustig? Wann hat das letzte Mal jemand über mich gesagt, ich sei lustig?

»Also ist er immer gut für dich? Den Sex meine ich. Nicht

den Käse. Käse ist immer gut, habe ich recht? Es gibt nichts, was man an Käse nicht genießen kann. Also in seinem Mund«, brabbelt sie zusammenhanglos vor sich hin, greift nach ihrem Weinglas und ergänzt: »Ein Hoch auf Käse.« Dann nimmt sie einen großen Schluck aus ihrem Glas und vermeidet es, mich anzusehen.

Heiliger, sie ist echt unschuldig.

Ich reibe mir mit der Hand übers Kinn und überlege, was ich antworten soll. Ich muss vorsichtig sein, denn das ist ein Thema, was dazu führen könnte, dass ich heute Abend allein auf mein Zimmer gehe, ehe ich auch nur einen weiteren Mucks machen kann. Das Letzte, was ich brauche, ist, dass sie über irgendwelche anderen Frauen nachdenkt, die nicht sie sind.

»Daisy«, sage ich sanft und warte, bis sie mich wieder ansieht. »Du bist diejenige, mit der es am meisten Spaß macht.«

Sie senkt den Kopf und lächelt. Wieder steigt ihr die Röte ins Gesicht. »Ich bin nicht sonderlich erfahren, was diese Art von Spaß angeht.«

»Warum das?«, frage ich, obwohl ich eigentlich *Gut* sagen möchte. Sie zuckt mit den Schultern und arbeitet daran, ein weiteres Stück Toast zu bestreichen.

»Ich habe mich immer auf meine Karriere konzentriert. Zeit mit den falschen Typen vergeudet. Du weißt schon, die üblichen Gründe.«

»Erzähl mir von dem Typen.«

»Welchem?«

»Derjenige, der dich dazu gebracht hat, einen Fremden in einer Hotelbar aufzulesen.« *Von dem Idioten, der dich direkt zu mir geführt hat.*

Sie kräuselt die Nase, während sie darüber nachdenkt, was – wenn überhaupt – sie mit mir teilen möchte, während ich mich darauf besinne, nicht um die Rechnung zu bitten, sie wie ein Neandertaler hier rauszutragen und die Antworten aus ihr herauszuficken.

»Die Sache hängt irgendwie mit meinem alten Job zusammen.«

Verfluchte Scheiße. Ich glaube nicht, dass mir gefällt, in welche Richtung das läuft. »Der Designjob? Den du vor deiner Arbeit bei *Sutton Travel* gemacht hast?«

»Richtig.« Sie rutscht unruhig auf ihrem Platz hin und her. »Vor langer Zeit.«

Ich frage mich, was eine lange Zeit im Leben einer Sechsundzwanzigjährigen bedeutet.

»Also, was ist passiert?«, hake ich nach.

»Es ist peinlich«, erwidert sie, während sie die Krumen auf ihrem Brett studiert.

»Inwiefern? Wart ihr Kollegen? Hast du dich mit dem Chef getroffen?« Fuck, keine dieser Optionen ist toll. Kein Wunder, dass sie so auf die Unternehmensrichtlinie gepocht hat.

»Wir waren Kollegen, ja.« Sie hält inne. »Und seinem Dad gehörte die Firma.«

Fuck.

»Ich klinge wie ein Flittchen, wenn ich das sage, oder? Ich verspreche dir, dass ich keinerlei Sonderbehandlung erhalten habe. Absolut keine!« In ihren Augen blitzt ein alter Schmerz auf und ich wünschte, ich könnte ihn auslöschen. »So war es überhaupt nicht. Kein bisschen.«

»Natürlich.«

»Es war das Gegenteil von einem Vorteil. Ich habe nicht hart genug darum gekämpft, die Projekte zu bekommen, die ich wollte, weil ich nicht wollte, dass irgendjemand denkt, ich hätte sie auf unfaire Weise bekommen.«

»Ich verstehe das«, sage ich und es stimmt. Ich verstehe den Konflikt, wenn nicht sogar ihre Zurückhaltung. Wenn man in einem Familienunternehmen arbeitet, weiß man, dass man mehr als jeder andere unter Beobachtung steht. Du weißt, dass du doppelt so hart arbeiten musst, um zu beweisen, dass du die Beförderungen verdient hast. Beförderungen, die du dir selbst erarbeitet hast, von denen aber immer jeder dachte, dass du sie sowieso bekommst.

»Dann wurde das Unternehmen verkauft und die meisten der Angestellten wurden entlassen, ich eingeschlossen. Mark zog aufgrund eines neuen Jobs innerhalb der Firma um und so habe ich meinen Job, meinen Freund und mein Zuhause innerhalb derselben Woche verloren.«

»Ihr habt zusammengelebt?« Ich hasse diese Vorstellung.

»Nein.« Sie schüttelt den Kopf. »Ich war gerade dabei, ein Haus zu kaufen, und das ist gescheitert, als ich meinen Job verlor. Banken verziehen aufgrund von Arbeitslosigkeit nur das Gesicht.«

Verdammtes Arschloch.

»Nie wieder, verstehst du? Ich hätte nie mit ihm ausgehen sollen. Wie heißt es doch gleich? *Vermische niemals die Arbeit mit dem Vergnügen.* Ja, mach es nicht.«

»Ich bevorzuge das Sprichwort Sag niemals nie.«

»Ja? Warum?«

Weil du gerade in diesem Moment mit einem Kollegen intim bist, du es aber nur noch nicht weißt. Weil ich mir nicht vorstellen kann, dich nach dieser Woche gehen zu lassen, und du mir verzeihen musst, weil ich es dir nicht früher gesagt habe.

Der Kellner kommt mit unserem Essen an den Tisch und ich nutze die Gelegenheit, um der Frage aus dem Weg zu gehen. Als er wieder weg ist, fährt Daisy fort.

»Wenn mein persönliches und mein berufliches Leben nicht miteinander kombiniert gewesen wären, wäre nicht alles auf einmal in die Brüche gegangen.«

»Manchmal ist so eine radikale Veränderung das, was du brauchst«, halte ich dagegen.

Sie runzelt die Stirn, als ich das sage, und mir wird klar, dass ich vielleicht gerade den Bogen überspannt habe.

»Hast du überlegt, mit ihm zu gehen?« Zur Hölle, jetzt mache ich es schon wieder. Denn was ich eigentlich fragen will, ist: *Willst du definitiv und ausschließlich in Naperville, Illinois bleiben?*

Sie blinzelt ein paarmal und stochert in ihrem Essen herum. »Ich weiß es nicht«, sagt sie schließlich. »Er hat nicht gefragt. Wenn ich zurückblicke, würde ich gern sagen, dass ich es nicht getan hätte. Angesichts dessen, was ich jetzt alles weiß, würde ich gern sagen, dass ich es niemals getan hätte. Aber ich weiß es wirklich nicht. Er hat mit mir über keinen seiner Pläne gesprochen. Ich habe nicht erwartet, dass er den Verkauf der Firma offenlegt, das habe ich wirklich nicht, aber er hätte einen Weg finden können, um mich ein wenig darauf vorzubereiten. Er hätte mir sagen können, dass er über einen Umzug nachdenkt. Dass er von einer anderen Firma rekrutiert wurde. So viel hätte er mir erzählen können, aber das hat er nicht. An dem Wochenende, an dem ich dachte, er sei mit Freunden auf einem Golftrip, war er in Kalifornien, um den Mietvertrag für ein neues Apartment zu unterzeichnen. Er war voller Lügen und Halbwahrheiten.«

»Er ist offensichtlich ein Idiot. Außerdem auch mies im Bett, vermute ich.«

Sie grinst. Das Lächeln erhellt ihr ganzes Gesicht und vertreibt auch den Anflug von Traurigkeit aus ihren Augen. »Nicht mal annähernd so gut wie du«, sagt sie. Dann lacht sie und ich füge ihren jetzigen Gesichtsausdruck zu all den anderen hinzu, von denen ich nicht genug bekommen kann.

21. Kapitel

Jennings

»Was ist mit dir?«, fragt Daisy. »Ich habe mich dir offenbart, jetzt bist du dran. Erzähl mit etwas Peinliches.«

»Ich glaube nicht, dass das Spiel so gespielt wird, *Love*, aber wenn du das Ganze *kinky* angehen willst, bin ich dabei.« Im wahrsten Sinne des Wortes. »Du hast mir nichts Peinliches erzählt, sondern nur von einem Wichser, mit dem du mal zusammen warst. Eine peinliche Geschichte wäre eher etwas wie: Du wurdest mal als Teenager beim Nacktbaden erwischt oder bist in der Grundschule versehentlich mal in die Jungstoilette geplatzt.«

»Hast du solche Sachen gemacht?« Sie schaut mich aus großen Augen an und hat sich auf ihrem Stuhl nach vorn gelehnt. Offenbar brennt sie darauf, Geschichten über meine jugendlichen Demütigungen zu hören.

»Schon möglich.«

»Erzähl mir davon«, sagt sie und lehnt sich wieder zurück. Sie hat sich das Risotto bestellt und als sie sich eine Gabel davon in den Mund schiebt, lässt sie entspannt die Schultern sinken und schließt genießerisch die Augen. Als sie sie wieder aufmacht, zieht sie eine Braue in die Höhe, um mich zu weiteren Geständnissen zu bewegen.

»Also gut, ich zuerst, auch wenn du noch gar nicht losgelegt hast.« Ich werfe ihr einen gespielt ernsthaften Blick zu. »Und weil ich ein Gentleman bin.« Ich spieße mit meiner Gabel etwas von meinem Gemüse auf und überlege, was ich Passendes mit ihr teilen könnte, das ähnlich peinlich ist. »Einmal, in der Grundschule, habe ich aus Versehen eine Lehrerin Mum genannt. Für den Rest des Schuljahrs wurde ich dafür unerbittlich aufgezogen.«

»In der dritten Klasse habe ich mich im Bus übergeben. Direkt auf den Jungen, der mein erster Schwarm war. Er hat nie wieder mit mir gesprochen.«

»Auf der Highschool habe ich mal bei einer Präsentation vor der ganzen Klasse das Wort *Orgasmus* statt *Organismus* gesagt.«

»Ich habe mal versehentlich meinem Zeltlagerleiter anstatt meiner Mum *Ich liebe dich* geschrieben.«

»Ich wurde beim Nacktbaden mit Melissa Peterson erwischt. Im Schulpool. Von ihrem Vater, dem Direktor.«

Sie starrt mich an, die Lippen gespitzt, und klopft mit ihren Fingern auf der Tischdecke herum. Ich vermute, dass sie überlegt, was sie noch Peinlicheres erzählen kann, daher warte ich geduldig. »Als ich ein Kind war, bin ich öfter aus der Badewanne gestiegen und dann nackt durchs Haus gerannt, während ich *Kaltes, nacktes Kind* rief und mich meine Mum mit einem Handtuch zu erwischen versuchte.«

»Nein, das hast du nicht getan.«

»Doch, versprochen.«

»Das zählt wohl kaum, du warst ein Kleinkind.«

»Das habe ich bis zur zweiten Klasse gemacht.«

Wir starren einander schweigend an, ehe wir beide in Gelächter ausbrechen.

»Ich habe keine Ahnung, was ich mir dabei gedacht habe«, sagt sie, noch immer kichernd. »Aber damals erschien mir das als wichtiger Bestandteil des Badens.«

»Ich nehme dich mit zu einem Oben-ohne-Strand, wenn du da begierig drauf bist.«

»Nein! Unter keinen Umständen! Niemals!«

»Also bist du deiner Exhibitionismusphase entwachsen?«

»Ja, definitiv.«

»Erzähl mir etwas Aktuelleres. Vielleicht eine peinliche Story von der Universität.«

»Im ersten Studienjahr«, sagt sie sofort, schnappt sich ihr Weinglas und trinkt einen Schluck daraus, als benötige sie den Alkohol für diese Geschichte, während ich bereits versuche, mir ein Lächeln zu verkneifen. »Ich habe deswegen beinah das College geschmissen, so peinlich war mir das.«

»Erzähl.« Eine äußerst liebliche Röte hat von ihren Wangen

Besitz ergriffen und ich bin fasziniert von ihr.

»Ich hatte einen Nachmittagskurs auf dem Campus. Ich war nicht sonderlich in Eile, da ich ohnehin einer dieser Nerds war, die zehn Minuten vor Vorlesungsbeginn da sind und in der ersten Reihe sitzen.« Sie schüttelt den Kopf und verdreht wegen ihres eigenen Verhaltens die Augen. Sofort taucht in meinem Kopf das Bild einer vorbildlichen Daisy im Collegealter auf, die eine Brille und einen aufreizenden Pferdeschwanz trägt. Diese Vorstellung gefällt mir sehr. »Außerdem hatte es gefroren, sodass ich sogar noch etwas Extrazeit auf meine Extrazeit draufgepackt habe und wirklich früh dran war.«

»Du hast das Nerdsein ernst genommen.«

»Sehr.« Sie nickt zustimmend. »Ich verlasse also mein Studentenwohnheim mitten am Tag. Überall sind irgendwelche Studenten.« Sie macht eine ausschweifende Handbewegung, um die Absolutheit zu unterstreichen. »Nachdem ich einige Meter gegangen war, beschloss ich, eine Abkürzung über die Grünfläche zu nehmen, weil ich das knirschende Geräusch von gefrorenem Gras so sehr mag.« Sie schließt die Augen und seufzt, ehe sie leicht den Kopf schüttelt, um sich Mut zu machen, und fortfährt: »Dann bin ich ausgerutscht. Bäm. Vor einer Million Kommilitonen.« Sie schüttelt wieder den Kopf. »Ich weiß, ich weiß. Bevor du irgendwas sagst: Mir ist klar, dass sich Leute ständig irgendwo auf die Nase legen, bla, bla, bla.« Sie atmet aus und trinkt einen weiteren Schluck Wein. »Aber da ist noch mehr.«

»Okay.« Ich grinse, weil ich es liebe, wie sie mir gerade nicht mal in die Augen sehen kann.

»Als ich falle, höre ich, dass etwas reißt.«

Ich lache, woraufhin sie mich doch ansieht. »Es wird noch schlimmer. Dieser supersüße Typ aus meinem Studentenwohnheim hält an, um mir zu helfen, aber ich will seine Hilfe nicht, da ich befürchte, dass mir mein Arsch aus der Hose hängt, verstehst du? Also versuche ich, ihn wegzuwinken, er dachte allerdings, ich würde ihm die Hand reichen, damit er mich auf die Füße ziehen kann. Sobald ich wieder stehe, greife ich mir an den

Hintern, um zu ergründen, wie schlimm es ist, und tue so, als würde ich mir nur den Hosenboden abputzen. Doch er glaubt, ich sei verletzt, also fragt er mich, ob es mir gut geht, und das Ganze endet schließlich damit, dass er mir auf den nackten Arsch guckt. Im wahrsten Sinne des Wortes, da ich im ersten Studienjahr beschlossen hatte, meine neue Unabhängigkeit mit dem Tragen von Tangas zu untermauern.«

»Das ist ziemlich schlimm«, bestätige ich und nicke mitfühlend.

»Ich konnte dem Typen für den Rest des Semesters nicht mehr in die Augen schauen.«

»Aber hast du es pünktlich zur Vorlesung geschafft?« Ich versuche, diese Frage mit ernsthafter Miene zu stellen, scheitere aber kläglich.

»Ha, ha«, sagt sie eingeschnappt und sieht schnell weg, aber einen Moment später murmelt sie: »Ja.«

»Du bist anschließend echt noch zur Vorlesung gegangen? Du warst ja wirklich ein richtiger Nerd.«

»Ja, das Schlimmste daran war, dass ich sogar Winterstiefel getragen habe, die mich aber nicht vor dem Fallen bewahrt haben.«

»Du warst eine kleine Katastrophenqueen, kann das sein?«

»Jap.«

»Hat dich an der Uni überhaupt mal jemand flachgelegt?«

»Nicht bis zum dritten Studienjahr.«

Ich muss laut loslachen. Diese Frau.

»Ich bin noch immer traumatisiert, wenn ich das Geräusch von reißendem Jeansstoff höre.«

»Das kann ich mir vorstellen, *Love*. Das kann ich mir nur allzu gut vorstellen.«

22. Kapitel

Violet

Die sexuelle Spannung im Auto ist auf dem Rückweg zum Hotel riesengroß. Zumindest für mich, aber unter keinen Umständen spürt Jennings es nicht ebenfalls. Sie ist zwischen uns förmlich greifbar. Er hat den Arm um meine Schultern gelegt und streichelt mit der Fingerspitze ganz leicht über die Außenseite meiner Brust. Meine Hand liegt auf seinem Oberschenkel und ich lasse sie langsam auf und ab wandern. Leichte Küsse lassen keinen Zweifel daran aufkommen, wie der heutige Abend enden wird.

Der Fahrer des Autos – eines Fahrservices, nicht eines Ubers, wie ich vorhin gelernt habe, als derselbe SUV nach dem Abendessen auf uns wartete – setzt uns vor unserem Hotel ab. Jennings nimmt meine Hand und wir gehen nach drinnen, ehe sich die bewegungsgesteuerten Eingangstüren hinter uns wieder schließen. Wir schweigen, als wir, einander noch immer an den Händen haltend, zum Fahrstuhl gehen, und ich stelle mir vor, dass wir mehr wie ein Paar aussehen, das schon sehr vertraut miteinander ist, als eines, das sich gerade erst kennengelernt hat.

Ich fühle mich wohl bei ihm.

Als wir die Tür zu meinem Zimmer erreichen, hält er an, dreht sich zu mir, beugt sich vor und küsst mich. Sanft presst er seine Lippen auf meine, eine Hand hat er dabei in meinem Nacken, die andere liegt an meiner Hüfte. Er knabbert an meiner Unterlippe, ehe er sich von mir löst und einen halben Schritt zurücktritt. Mit der Hand reibt er sich über das Kinn und seine Unterlippe. Dann sagt er *Gute Nacht,* während Verlangen in seinen Augen auflodert. Doch anschließend dreht er sich einfach um und macht Anstalten, zurück zu den Fahrstühlen zu gehen.

Was. Zur. Hölle?

»Was machst du da?«, flüstere ich laut an seinen Rücken

gewandt, da es bereits spät und das hier ein familienfreundliches Hotel ist.

Er bleibt stehen, dreht sich um, kommt aber nicht wieder auf mich zu. Uns trennen mittlerweile einige Meter, obwohl wir doch eigentlich nackt im Bett liegen sollten – mit nichts zwischen uns als einer dünnen Schicht Latex, die seinen Schwanz bedeckt.

»In mein Zimmer gehen.« Er deutet mit dem Daumen über seine Schulter in Richtung der Aufzüge. »Erstes Date. Ich habe dich zu deiner Tür gebracht und dir dementsprechend Gute Nacht gesagt.«

»Verarschst du mich gerade?« Ich bin mir ziemlich sicher, dass mir die Kinnlade bis auf den Boden gerutscht ist.

»Nein?« Er zieht herausfordernd eine Braue nach oben. »Ich habe angenommen, dass es bei einem ersten Date nicht zur Debatte steht, dass ich noch mit reinkomme. Wenn ich mich recht entsinne, hast du das in deinem Vortrag über deine Regeln fürs erste Date erwähnt.«

»Für normale Typen. Du bist nicht normal.«

»Also bin ich besonders? Oder seltsam?« Er zieht seine Unterlippe zwischen die Zähne und legt den Kopf schief. Mir entgeht auch nicht das Grinsen, das sich auf sein Gesicht schleicht.

»Versuchst du, mich zum Betteln zu bringen? Im Übrigen waren das Richtlinien, keine Regeln«, füge ich hinzu, als ich mich ein wenig größer mache und trotzig mein Kinn vorrecke, die Arme vor der Brust verschränkt.

»Oh, Richtlinien. Dann sind sie also optional?«

»Es sind eben Richtlinien. Um sich nach ihnen richten zu können. So eine Art Hinweis, kein Gesetz.«

»Ahh. Ich verstehe.« Er nickt, bewegt sich aber immer noch nicht. »Die Vorstellung, dass du bettelst, gefällt mir überaus, *Love*. Jetzt, wo du es erwähnt hast.« Er macht einen Schritt auf mich zu, bleibt dann aber wieder stehen. »Dann lade mich nach drinnen ein.«

Er lässt mich wirklich dafür arbeiten.

»Möchtest du gern noch reinkommen?« Die Worte rutschen

sanfter über meine Lippen, als ich es wollte, verführerischer, und ich erröte angesichts ihrer doppelten Bedeutung. Mit einem leisen Stöhnen tippe ich mir mit der Schlüsselkarte gegen die Stirn.

Jennings grinst und betrachtet mich mit einem heiteren Ausdruck in den Augen, ehe er auf mich zutritt und mir die Schüsselkarte aus der Hand nimmt.

»Zieh dich aus«, befiehlt er, sobald die Tür hinter uns ins Schloss gefallen ist.

»Einfach so?«

»Ich kann das für dich übernehmen, wenn dir das lieber ist.«

»Okay.« Ich zucke mit den Schultern. »Das kannst du machen.«

Er hält inne und wirkt für einen Moment überrascht. Dann umspielt ein träges Lächeln seine Mundwinkel. Er hört auf, sein Hemd aufzuknöpfen und sieht mich an. Ich habe das Gefühl, dass er mir meinen Trick mit den drei Sekunden Blickkontakt klaut – und glaubt mir, nachdem ich diesen Blick erhalten habe, kann ich sagen, dass er sehr, sehr effektiv ist. Mir bleibt nahezu die Luft weg und ich bin kurz davor, zu zittern, als er die kurze Distanz zwischen uns überbrückt und vor mir stehen bleibt. Er streicht mit einem einzigen Finger über mein Schlüsselbein und ich fühle es – überall. Mein Puls rast, meine Nippel werden hart und ich bin so feucht, dass er mich ohne Probleme sofort nehmen könnte.

»Du überraschst mich immer wieder, *Love*.«

»Tue ich das?«

»In der Tat.« Er ersetzt seinen Finger durch seine Lippen und ich erzittere. Dann wandert er mit dem Mund zu meinem Ohrläppchen und knabbert daran, ehe er meine Ohrringe entfernt, erst einen, dann den anderen. Warum das erotisch ist, kann ich nicht sagen, aber die sanfte Berührung seiner Fingerspitzen, als er die Creolen aus meinen Ohrlöchern zieht, löst etwas in mir aus.

»Ich mag es.« Ich halte kurz inne, unsicher, ob ich das Folgende laut aussprechen soll. »Ich mag es, wenn du die Zügel in die Hand nimmst. Wenn du ein bisschen dominant bist.« Hitze sammelt sich in meiner Mitte, allein bei diesen Worten, und ich zapple unruhig herum, einerseits, um mir Erleichterung zu verschaffen, andererseits aus Unbehaglichkeit. Ist es komisch, das zuzugeben?

»Ich weiß«, antwortet er amüsiert, woraufhin ich zu ihm hochsehe. Er zwinkert mir zu.

Heilige Scheiße, das macht etwas mit mir.

»Wäre es sehr peinlich, wenn ich kommen würde, noch ehe ich meine Kleidung los bin?« Denn das scheint gerade eine echte Möglichkeit zu sein.

»Nicht für dich, nein. Aber es wäre peinlich, wenn ich kommen würde, bevor deine Klamotten ausgezogen sind, oder?«

»Ja. Sorry dafür übrigens.«

»Weswegen genau?«, fragt er, als er mit der Hand den Saum meines Kleids nachfährt und dabei die Außenseite meines Beins streichelt.

»Sorry, dass du nur einmal kommen kannst, während ich mehrere Orgasmen hintereinander haben kann. Das ist nicht wirklich fair, oder? Bis vor Kurzem war mir nicht mal klar, dass ich das kann. Natürlich wusste ich, dass es bei manchen Frauen klappt, wie bei Pornostars und sexuell sehr offenen Menschen, die dafür eine Begabung oder einfach Glück haben, aber ich wusste nicht, dass das auch für mich möglich ist.« *Oh mein Gott, hör auf zu reden.*

Ich kann sein Gesicht nicht sehen, aber ich höre sein leises Lachen an meinem Ohr, während ich seinen warmen Atem an meinem Hals spüre. »Freut mich, dass ich dir etwas beibringen kann, *Love*.« Er küsst die Stelle, an der mein Hals in meine Schulter übergeht, und wieder erzittere ich. »Dreh dich um.«

Das tue ich, mein Blick ist aufs Fenster gerichtet. Der durchsichtige Vorhang ist vorgezogen und bietet etwas Privatsphäre, doch die verdunkelnden Gardinen sind noch immer geöffnet, sodass das Licht vom Parkplatz ins Zimmer scheinen kann.

Der Reißverschluss meines Kleids an meinem Rücken macht gerade die langsamste Reise nach unten in der Geschichte der

Reißverschlüsse. Zentimeter für Zentimeter. Ich nehme Jennings' Präsenz hinter mir überdeutlich wahr, dazu das langsame Öffnen des Reißverschlusses und die Hitze seines Körpers treiben mich langsam in den Wahnsinn.

Dann zieht er das Material endlich über meine Schultern, über meine Arme und über meine Hüften hinunter. Jennings geht hinter mir in die Hocke und instruiert mich, aus dem Kleid, das sich nun um meine Füße bauscht, zu steigen, ehe er sich mit ihm in der Hand wieder aufrichtet. Mit einem kaum hörbaren Geräusch landet es auf der Kommode und dann ist er wieder hinter mir, nimmt mein Haar zusammen, schiebt es mir über die Schulter und liebkost die andere mit seinen Lippen. Zeitgleich öffnet er den Verschluss meines BHs, der seinen Weg zu dem Kleid auf die Kommode findet. Seine Lippen löst er dabei nie von meinem Hals. Seine Brust drückt sich an meinen Rücken, während er mir in die Brustwarze kneift. Ich keuche auf und lasse den Kopf nach vorn fallen, um zu beobachten, wie er mit der Hand meine Brust umfasst und meinen Nippel zwischen Zeigefinger und Daumen zwirbelt. Seine andere Hand hat er auf den unteren Teil meines Bauchs gelegt, mit ihr drückt er mich an sich. Ich spüre die Knöpfe seines Hemds an meinem Rücken und reibe meinen Hintern an ihm, um sicherzugehen, dass er genauso erregt ist wie ich.

Er lässt seine Hand in meinem Höschen verschwinden und ich stöhne auf. Das habe ich nicht erwartet. Sein zartes Streichen über meine Haut lässt mich ein stilles Gebet zum Himmel schicken, dass er mir die Erlösung geben wird, nach der ich mich so dringend sehne.

»Ich liebe es, wie feucht du für mich bist«, murmelt er an meinem Ohr, während er seine Finger durch meine Spalte gleiten lässt und meine Klitoris mit meiner Nässe benetzt.

Der Anblick seiner Hand in meinem Slip fühlt sich ein ganz klein bisschen obszön an. Irgendwie schmutziger, als wenn ich ganz nackt wäre. Ich kann meinen Blick nicht davon lösen, wie er damit immer wieder zwischen meine Beine taucht.

Ich drücke den Po noch fester gegen seine Erektion und werde dadurch belohnt, dass er den Druck seiner Hand steigert und mich noch enger an sich zieht. Das Ergebnis ist mehr Reibung, genau dort, wo ich sie brauche. Ich presse die Hüften seiner Hand entgegen, weil ich nur eine begrenzte Bewegungsfreiheit habe und noch mehr von ihm will. Mehr Druck. Mehr Kontakt. Mehr Jennings.

Sein Schwanz an meinem Po ist steinhart. Ich stelle mir vor, wie er sich aus seiner Hose befreien will, begierig darauf, in mir zu sein, und stoße so etwas wie ein kehliges Stöhnen aus. Ich bin so kurz davor, zu kommen.

Jennings schiebt zwei Finger in mich hinein und ich beiße mir auf die Lippe. So verdammt kurz davor.

»Du bist furchtbar forsch für eine Frau, die mir gerade gesagt hat, dass sie es mag, die Kontrolle abzugeben.«

Ich grinse, in dem Wissen, dass er es nicht sehen kann. »Ich weiß, das liegt nur daran, dass ich deine Hand so gern hab.«

»Das merke ich. Du reibst dich so schamlos an ihr, dass mein Schwanz eifersüchtig wird.« Er zwickt mir wieder in die Brustwarze und meine inneren Muskeln ziehen sich um ihn zusammen. »Du machst meine Finger klatschnass, *Love*. Ich werde sie sauber lecken müssen, wenn ich hiermit fertig bin.«

»Jennings«, keuche ich. Ich presse die Beine zusammen und der Druck in mir erreicht ein Ausmaß, von dem ich denke, dass ich ihn nicht mehr lang aushalten werde. Bei ihm fühle ich mich gänzlich ungehemmt, so als sei es nur von Bedeutung, dass wir einander genießen, und das ist der größte Antörn, den ich jemals erlebt habe.

Noch immer habe ich den Kopf gesenkt und folge der Bewegung seiner Finger, während er mich mit ihnen bearbeitet. Als er mit dem Daumen ebenfalls in meinen Slip fährt und ihn gegen meine Klit presst, während er seine Finger in mir leicht nach oben krümmt und gleichzeitig in mein Ohrläppchen beißt, zerspringe ich in tausend Stücke.

Würde er mich nicht so eng an sich gedrückt halten, läge ich jetzt auf dem Boden, denn meine Beine sind gerade absolut nutzlos. Ein starker Arm um meine Taille hält mich aufrecht, während er mich mit der anderen Hand dazu drängt, die Wellen meines Höhepunkts noch länger auszukosten.

Als der Orgasmus abebbt, teste ich vorsichtig, ob mich meine Beine wieder tragen, ehe ich noch trunken von meinem Höhepunkt nach vorn stolpere und mich zu ihm umdrehe. »Heilige Scheiße, wie kann es angehen, dass du noch alle Klamotten anhast?« Ich blinzle ihn verwirrt an und versuche, zu rekonstruieren, wie wir hier gelandet sind. »Wie kann es sein, dass ich gerade dermaßen heftig gekommen bin, obwohl nur einer von uns beiden nackt ist?«

»Du kannst deinen Slip jetzt ausziehen.« Sein Blick ist auf mich gerichtet, während er sein Hemd weiter aufknöpft. Seine Bewegungen sind stetig und ohne Hast.

Das stimmt. Ich bin ja noch nicht mal komplett nackt. Darum ziehe ich mir das Höschen aus und lasse es über meine Hüften nach unten gleiten, bis es auf dem Boden landet.

»Gib es mir«, fordert er.

Ich hebe es auf und werde rot, als ich es ihm gebe, was lächerlich ist, nach dem, was er gerade mit mir gemacht hat. Trotzdem ist es immer noch irgendwie demütigend, ihm ein Höschen zu überreichen, das ich gerade mit seiner Hilfe reichlich feucht gemacht habe.

»Leg dich aufs Bett«, befiehlt er, als er den letzten Knopf seines Hemds geöffnet hat. Ich folge seiner Aufforderung und sehe ihn unverwandt an, während er sich an seinem Knopf zu schaffen macht. Warum ist es nur so verdammt erregend, einem Mann dabei zuzuschauen, wie er seinen Gürtel öffnet?

»Gesicht nach unten.«

Das habe ich nicht erwartet. Einen Moment starre ich ihn an und sehe, wie er seinen Gürtel aus der Schnalle löst. Dann drehe ich mich um und lege mich auf den Bauch, die Arme seitlich von mir platziert.

»Hintern nach oben.«

Oh Heiliger, Fuck. Okay. Ich frage mich, ob mein Po genauso rot wie mein Gesicht wird. Kann das sein? Ich fühle mich derart stimuliert, dass ich das Gefühl habe, am ganzen Körper rot sein zu müssen. Ich begebe mich auf die Knie und stütze mich auf den Ellenbogen ab, sodass mein Po deutlich höher als mein Gesicht positioniert ist. Angesichts der knappen Instruktionen nehme ich an, dass es das ist, was er will.

Dann warte ich.

Ich höre, wie er die Hose auszieht. Die Gürtelschnalle macht einiges an Lärm, als sie zu Boden fällt. Plötzlich spüre ich seine Hände an meinen Hüften und ich rücke zur Bettkante, sodass meine Knie und mein Hintern direkt auf deren Höhe sind.

Dann spüre ich die Spitze seines Schwanzes an meinem Eingang. Ich vergrabe die Hände im Laken, als er mit einem einzigen harten Stoß in mich eindringt. Er ächzt. Ich stöhne und senke den Kopf auf meine Arme, damit ich nicht auf dem Gesicht lande.

Jennings packt mein Becken und seine Finger bohren sich in mein Fleisch, während er in mich stößt. Im Zimmer ist es bis auf die Geräusche von aufeinandertreffender Haut und unserem lauten Atmen ganz still. Ich bin ein Gefäß für seine Lust und ich liebe es. Meine Brüste bewegen sich unter der Kraft seiner Stöße vor und zurück und seine Eier schlagen immer wieder gegen meine Klitoris. Er ist so verdammt tief in mir und der Winkel ist einfach herrlich.

Ich muss wissen, wie er in diesem Moment aussieht.

Ich muss den Ausdruck auf seinem Gesicht sehen, der sein Stöhnen begleitet. Den Ausdruck in seinen Augen, während er mir schmutzige Dinge über den Anblick meines Hinterns zuflüstert. Die Anspannung in seinem Kiefer, während er sich in mir bewegt und sich immer wieder in mir versenkt. Ich brauche einen gedanklichen Schnappschuss davon, um mich daran erinnern zu können.

Daher sehe ich über meine Schulter zu ihm. Meine Haare bedecken meinen Rücken und zur Hälfte auch mein Gesicht, aber es reicht, um einen flüchtigen Blick zu erhaschen.

Sein Blick bohrt sich in meinen, zwar verschleiert, aber entschlossen. Seine Lippen sind leicht geöffnet und er fährt sich mit der Zunge darüber, als ich ihn beobachte. Sofort muss ich an seine Zunge an meiner Klit denken und meine Pussy zieht sich um seinen Schwanz zusammen. Ich bin geschockt, dass ich schon wieder so kurz davor bin, zu kommen. Stöhnend drehe ich mich wieder um, drücke den Rücken durch und meinen Po noch weiter nach oben.

Das bleibt jedoch nicht lange so, denn eine Sekunde später zieht mich Jennings an meinen Haaren in eine kniende Position. Seine Lippen spüre ich an meinem Nacken. Die Worte »Wolltest du etwa zusehen, *Love*?«, haben seinen Mund noch nicht mal zur Gänze verlassen, als ich bereits heftig komme.

Es ist zu viel. Zu viel Stimulation auf einmal und zu schnell. Ich habe das Gefühl, möglicherweise vor Lust zu zerspringen und es nicht länger aushalten zu können – aber Jennings drückt mich an sich und hält in seinen Bewegungen inne, als sich meine Pussy wieder schmerzlich eng um ihn zusammenzieht. Ich lasse meinen Kopf gegen seine Schulter fallen und versuche, ihn von mir wegzudrücken, weil es einfach zu viel ist; ich bin megaempfindlich und befinde ich im freien Fall, was meinen Höhepunkt betrifft.

Als ich langsam wieder zu mir komme, zieht sich Jennings aus mir zurück und legt seine Hand über meine Pussy, während er mir beruhigende Worte ins Ohr flüstert und mir sagt, wie schön ich bin und wie erstaunt er über mich ist. Sein Griff ist intim, aber nicht erotisch. Er umspielt nicht meine Klit oder besorgt es mir mit dem Finger. Aber sein Schwanz ist noch immer hart und presst sich gegen meinen Po, während er mich berührt. Es fühlt sich warm, beruhigend und liebevoll an.

Er dreht mich auf den Rücken und positioniert sich über mir, die Arme neben meinem Kopf abgestützt, damit er mich nicht mit seinem Gewicht erdrückt. Dann gleitet sein Schwanz wieder in mich hinein, so als wäre er schon immer dafür bestimmt gewesen, dort zu sein.

Langsame Stöße, tief und gezielt. Ich schlinge meine Arme um seinen Nacken und beuge mein Knie, sodass mein Knöchel auf seinem Hintern zum Ruhen kommt. Unsere Lippen treffen sich, passen sich dem Rhythmus unserer Körperbewegungen an, bestimmt und doch zärtlich. Mein Herz rast, aber der Grund ist viel mehr als reines Adrenalin.

»Ist das wirklich real?«, wispere ich, mehr an mich gewandt als an ihn, aber seine Augen beantworten mir meine Frage; liebevoll wandert sein Blick über mein Gesicht, ehe er ein »Ja«, an meinen Lippen haucht und mich küsst. Ich ziehe ihn enger an mich, sodass ich mein Gesicht an seiner Halsbeuge vergraben kann und sich meine Nippel gegen seine Brust drücken. Er riecht nach Sex und Seife und vielleicht nach einem Hauch Nelke oder Muskat – etwas, das ich nicht gänzlich bestimmen kann, aber das typisch Jennings ist.

Das Gefühl, wie er mich mit seinem Schwanz ausfüllt, ist eine wahre Wonne. Bei jedem Stoß erfüllt er mich mit Wärme. Jedes Mal, wenn er sich zurückzieht, drücke ich ihm mein Becken entgegen, um seine Rückkehr flehend. Die Intensität nimmt mit jedem Stoß zu, dieses Mal jedoch langsam, die Schnelligkeit von vorhin ist vergessen und wird jetzt von einer anderen Art der Leidenschaft ersetzt. Zärtlich und voller Zuneigung. Nichts anderes als wir beide, genau hier, genau in diesem Moment, ist von Bedeutung.

»Das ist ein wirklich tolles Date«, sage ich leise.

»Das Beste überhaupt«, bestätigt er und lehnt seine Stirn an meine.

Ich fahre mit der Hand die Kontur seines Kinns nach und presse einen Kuss in seine Handfläche, ehe ich das Bein zurechtlege, das ich um ihn geschlungen habe. Er legt sich mein Knie über seinen Unterarm und stößt tief in mich hinein. Als ich erneut komme, schreie ich seinen Namen. Sein Schwanz pulsiert, als er ebenfalls kommt und nach zwei weiteren Stößen innehält.

Dann rollt er uns herum, sodass ich auf ihm liege, während er nach wie vor in mir ist und sich unsere Herzfrequenzen langsam wieder normalisieren.

»Ich kann mich nicht bewegen«, sage ich, auch wenn ich gerade diejenige bin, die oben ist. Ich gebe mir nicht die Mühe, mich leicht zu machen, sondern liege schlaff auf ihm und benutze seine Brust als Kopfkissen. Sollte ich jemals zuvor im Leben so befriedigt gewesen sein, kann ich mich nicht daran erinnern.

Jennings umfasst meinen Hinterkopf und dreht mich zurück auf den Rücken, ehe er meine Stirn küsst und sich erhebt. Ich ächze angesichts dieses Umbruchs und jammere, als ich die Hitze seines Körpers nicht länger an meinem spüre.

»Beweg dich nicht«, fordert er.

»Ich habe doch gerade gesagt, dass ich das nicht kann, du Sexverrückter.« Ich lasse meine Hand halbherzig auf die Matratze fallen. »Vielleicht werde ich mich nie wieder davon erholen. Wahrscheinlich werde ich morgen gefeuert, weil ich nicht in der Lage bin, mich zu bewegen. Ich werde auf die Attraktionen deuten und sagen: *Sorry, Leute, wir können nicht aus dem Bus steigen, weil ich aufgrund des Sexmarathons von gestern Nacht nicht dazu fähig bin, zu laufen.* Das sollte doch bestimmt prima funktionieren.«

»Du wirst nicht gefeuert werden«, ruft er auf dem Weg ins Badezimmer. Heiliger Bimbam, er hat wirklich einen tollen Arsch. Wie ist mir das entgangen? Ich überlege, ob ich vielleicht eine Frau bin, die auf Ärsche steht. Moment mal. Das klang irgendwie nicht richtig in meinem Kopf. Auf seinen Arsch, nicht im Allgemeinen. Nein, das ist immer noch nicht richtig.

»Das weißt du nicht. Ich könnte diese Reise immer noch gegen die Wand fahren.«

Du hast ja keine Ahnung, wie wahr das ist.

»Ich werde ein gutes Wort für dich einlegen.« Seine Stimme echot ein wenig von den Wänden des Badezimmers her. Die Tür steht offen und das Wasser läuft, aber ich kann ihn von meiner Position aus nicht sehen.

»Wie denn? Du bist doch derjenige, der die Betriebsstörung hervorruft. Ich glaube kaum, dass du eine Stimme bekommen würdest.« Männer, verflucht. Sie denken, sie könnten alles regeln.

Das Wasser wird abgestellt und Jennings kommt aus dem Badezimmer. Von vorn bietet er ebenfalls einen äußerst netten Anblick. Er ist so ein Mann – ich weiß, das klingt dumm, denn natürlich ist er ein Mann. Aber, heilige Scheiße, er ist wirklich ein *Mann*. Groß, breitschultrig. Mit definierten Bauchmuskeln und einem markanten Kinn. Seine hervorstehenden Venen sind heiß, verdammt noch mal. Die auf seinen Handrücken machen mich schier verrückt. Die Art und Weise, wie sie seinen Arm hinaufwandern? Perfektion. Und die eine besonders ausgeprägte, die sich seinen Schwanzes entlangzieht? Ich bin ein großer Fan von ihr.

Ein sehr, sehr großer Fan.

Als er näher ans Bett tritt, bemerke ich, dass er einen Waschlappen in der Hand hält. Moment. Tatsächlich?

Ja, das tut er.

»Oh mein Gott.« Ich bedecke mein Gesicht mit den Händen und versuche, meine Knie zusammenzupressen, als er sich damit meiner nackten Pussy nähert. Der Waschlappen ist warm und nass – und oh, Jesus, das bin ich auch –, und das ist wirklich, wirklich peinlich. Jennings allerdings scheint keinerlei Bedenken zu haben, mich zu säubern, da er mit seiner anderen Hand mein Knie nach außen drückt, um meine Beine zu spreizen, während ich unter meinen Händen aufquieke.

»Das ist so schmutzig.«

»Das ist so schmutzig?« In seiner Stimme ist ein Lachen zu hören. »Dass du dich förmlich über meine Hand ergossen hast, als du gekommen bist, war schmutzig. Du übers Bett gebeugt, den Arsch in der Luft, das war schmutzig. Dich zu ficken, bis du zu platt zum Laufen bist ebenso. Das hier ist nicht schmutzig. Das hier kommt einer Verehrung deiner Pussy gleich.«

Ich sehe ihn zwischen meinen Fingern hindurch an. »Verehrung? Ernsthaft?« Der Druck seiner Hand durch den Waschlappen wird stärker. Er gleitet mit ihm über die Innenseite meines rechten Oberschenkels, dann über die des anderen. Meine Haut beginnt zu prickeln, als er sich meiner Mitte widmet und sein Werk vollendet. Ich bin schon wieder erregt und mehr als nur ein wenig durcheinander. Niemand hat jemals zuvor mehr getan, als mir vielleicht ein Papierhandtuch zu reichen.

»Wie eine religiöse Erfahrung, *Love*.«

»Mit meiner Pussy?«

»Ich halte deine Pussy in den höchsten Ehren«, sagt er ernst.
Ich stöhne und er lacht.
Dieser Kerl bedeutet echte Schwierigkeiten.

23. Kapitel

Violet

Die nächsten beiden Tage vergehen wie im Flug. Ich schwebe auf dem Hoch des besten Dates – und des besten Sex –, das ich jemals hatte. Ich gehe beschwingt durch die Gegend, habe ein Lächeln auf den Lippen und Hoffnung in meinem angeknacksten Herzen.

Ich mache meinen Job als Reiseleiterin tatsächlich ziemlich gut und vögle gleichzeitig mit Jennings. In der Tat denke ich darüber nach, meinen Lebenslauf zu aktualisieren und Multitasking zu meinen nützlichen Fähigkeiten hinzuzufügen.

In Williamsburg zieht mich Jennings um eine Ecke und küsst mich um den Verstand, während der Rest der Reisegruppe fröhlich ein paar Schmieden dabei zusieht, wie sie Eisen auf die Art und Weise, wie man es früher gemacht hat, in Werkzeuge verwandeln.

In Jamestown zieht mich Jennings in eine Nische hinter dem Ticketschalter, schiebt eine Hand unter meinen Rock und bringt mich zum Höhepunkt, die andere Hand in dem Moment, kurz bevor ich uns verraten hätte, fest auf meinen Mund gepresst, während die anderen eine Führung über die Nachbildung der drei Schiffe machen, die 1607 die ersten Britischen Kolonisten nach Amerika gebracht haben.

In Richmond – oh, Richmond. Wir sind hier, um die *St. John's Church* zu besuchen, wo die amerikanische Revolution begann, als Patrick Henry seine berühmte *Gebt mir Freiheit oder gebt mir den Tod*-Rede hielt. Während die Gruppe eine Führung durch die Kirche erhält und sich auf den originalen Sitzbänken niederlässt, sind Jennings und ich auf der Toilette und haben Sex. Ich bin mir nicht sicher, ob ich in Zukunft an Richmond denken kann, ohne rot zu werden.

Auf dem Weg nach Gettysburg fahren wir durch den *Shenandoah National Park und die Blue Ridge Mountains*. Die Aussicht ist jeweils spektakulär und die Zeit, die ich neben Jennings sitzend verbringe, während wir über Gott und die Welt reden, bedeutet mir alles.

Während eines Halts stoßen wir auf einen Spielautomaten und ich reiße Jennings den Arsch beim Skee-Ball auf. Während eines anderen Halts führt er mich zu einem Abendessen bei IHOP aus und ich foltere ihn, indem ich stöhne, während ich mir die Pfannkuchen in den Mund schiebe. Seine Augen verdunkeln sich bei meinem Anblick, während ich versuche, nicht mit vollem Mund loszulachen.

Wir tauschen Kindheitsgeschichten aus, wobei ich meine sorgsam anpasse, um keine Erwähnung von Daisy mit reinzunehmen. Ich stelle ihm Fragen über sein Leben in Lodon und nötige ihn dazu, bestimmte Worte, die ich besonders heiß finde, wenn er sie mit seinem Akzent sagt, zu rezitieren.

Er fragt mich nach meinen Zielen. Ich hatte noch nie etwas mit einem Mann, der ein solches Interesse daran hatte, was ich mir für meine Zukunft wünsche. Er hat sogar angeboten, dass er mal über meinen Lebenslauf drüberguckt – nachdem er erwähnt hat, dass er in seiner Firma teilweise dafür verantwortlich sei, neues Personal einzustellen, und er gern einen Blick auf meinen Lebenslauf werfen und mir ein paar Tipps geben würde, sollte ich das wollen. Nur dass er anstatt Lebenslauf CV sagte und ich zuerst keine Ahnung hatte, was er damit meinte, bis mir irgendwann aufging, dass er mit Sicherheit keinen sexuellen Gefallen meinte, sondern sich damit auf die lateinische Bezeichnung *Curriculum Vitae* bezog.

Natürlich habe ich das Angebot ausgeschlagen. Selbst wenn ich meinen Namen auf die Schnelle in Daisy hätte umändern können, hätte ich auch irgendwo den Job bei *Sutton Travel* dort angeben müssen und ich habe bisher eine konkrete Antwort vermieden, wenn es darum ging, wie lang genau ich schon als Reiseführerin arbeite.

Der Punkt ist, dass es ihm wichtig genug war, so etwas überhaupt anzubieten.

Trotzdem habe ich ihm nicht erzählt, dass mein Name Violet

und nicht Daisy ist. Die meiste Zeit über denke ich überhaupt nicht mehr an die Lüge. Ich fühle mich bei ihm mehr wie ich selbst als lange, lange Zeit zuvor.

Irgendwie habe ich es geschafft, das in meinem Kopf vor mir selbst zu rechtfertigen. Mittlerweile ist es auch gar nicht mehr so komisch, dass mich die anderen Gruppenteilnehmer Daisy nennen. Diesen Namen habe ich mein ganzes Leben über gehört. Ich wurde so oft versehentlich Daisy genannt, dass ich nicht mehr zählen kann, wie oft genau. In der Schule, von Freunden, sogar von meinen eigenen Eltern. Die einzige Person, die in diesem Fall von Bedeutung ist, ist Jennings und er nennt mich die meiste Zeit über *Love*. Nur vor den anderen Gästen nennt er mich Daisy. Oder Miss Hayden. Aber wenn wir nur zu zweit sind, ist es eigentlich immer *Love*. Ich überzeuge mich indessen selbst davon, dass das nur eine kleine Formsache ist – so als ob mein echter Name unbedeutend wäre. Schließlich verbringt er Zeit mit mir und nicht mit Daisy.

Ich werde es ihm im Nachhinein erzählen – wenn es denn eins gibt. Wir haben bisher noch nicht über die Zukunft geredet – zumindest nicht detailliert. Ich habe ihm zwar von meiner Vorgeschichte im Designbereich berichtet, aber alle Infos so vage wie möglich gehalten. Ich habe erwähnt, dass ich auf der Suche nach einem anderen Job in diesem Bereich bin, und er hat mich gefragt, ob ich gewillt wäre, dafür umzuziehen. Nach London? Ich bin mir nicht ganz sicher, was genau er mit dieser Frage bezweckte. Vielleicht wollte er auch nur wissen, ob ich nach New York oder Los Angeles oder Detroit ziehen würde, wenn der richtige Job in Sicht wäre.

Aber er hat nicht konkret gefragt.

Er hat ein Meeting erwähnt, das er in ein paar Monaten in New York hat. Und seinen Cousin in Las Vegas. Waren das Einladungen? Hat er seine Fühler ausgestreckt?

Außerdem schlug er vor, dass ich mich nach einem anderen Job im Hauptunternehmen, zu dem *Sutton Travel* gehört, umschauen könnte – und das hat seinen Sitz in London. Darüber hinaus hat er mich daran erinnert, wie anglophil ich sei –

und ich glaube nicht, dass ich mir den bedeutungsvollen Blick, den er mir zugeworfen hat, als er das sagte, nur eingebildet habe, da in dem Moment eine ganze Unterhaltung zwischen uns ablief, nur eben ohne Worte.

Und ...

Ich habe es gemacht. Ich habe mich für einen Job in London beworben. Sogar auf zwei Stellen. Nicht schlecht, oder? Ich habe bereits mein ganzes Leben davon geträumt, in Übersee zu leben. Wenn nicht jetzt, wann dann? Das meiste, was ich besitze, wurde bei meinem Einzug bei Daisy bereits eingepackt und eingelagert, und ehrlich gesagt, vermisse ich meine Sachen nicht mal, nicht wirklich zumindest. Es sind nur Sachen. Mittlerweile könnte ich das meiste davon verkaufen, ohne auch nur einen zweiten Gedanken daran zu verschwenden. Einfach ein paar Koffer packen und irgendwo hinziehen. Was brauche ich außer meinem Laptop, meinem Handy und ein paar persönlichen Dingen schon?

Jennings.

Ich brauche Jennings.

Aber es ist nicht so, dass ich nur für ihn dort hinziehen würde – es wäre auch für mich. Denn auf lange Sicht gesehen: Was ist wichtiger in meinem Leben? Immer auf Nummer sicher zu gehen oder auch mal Risiken einzugehen? Immer auf Nummer sicher zu gehen, hat mich nicht dahin gebracht, wohin ich erwartet hatte zu kommen. Wenn überhaupt, dann sind es die auf Sicherheit bedachten Entscheidungen, die ich bereue.

Sowohl in Bezug auf mein Herz als auch auf meinen Job.

Warum zur Hölle also nicht nach den Sternen greifen? Etwas Verrücktes tun? Etwas Verrückteres als einen One-Night-Stand. Etwas ohne sicheren Ausgang.

Wir werden sehen, wie sich die Dinge entwickeln.

Bis dahin schwebe ich auf Wolke sieben.

Bin aufgeregt wegen all der Möglichkeiten. Optimistisch, was meine Karriere angeht. Verzaubert von Jennings.

Doch das hält nicht lang an.

24. Kapitel

Violet

Der Halt in Gettysburg verlief ohne Probleme. Wir haben uns das Schlachtfeld angesehen, auf dem der Bürgerkrieg endete, und die Stelle, an der Abraham Lincoln die Gettysburg-Rede gehalten hat. Am Nachmittag unternahm die Reisegruppe eine Führung unter der Leitung eines ortskundigen Experten, während ich meine Jobvermittlerin zurückrief und noch einige Bewerbungen verschickte.

Am Abend hatten wir dann ein weiteres Gruppenessen zusammen. Diese sind in der Reise enthalten und machen echt Spaß, auch wenn sie immer ewig dauern. Jennings saß bei seiner Nan, hat mich die ganze Zeit über beobachtet, da ich mir einen Tisch mit George und einem Pärchen aus Kanada teilte, und mir immer wieder zugezwinkert, wenn keiner hingesehen hat.

Anschließend haben wir es uns in seinem Hotelzimmer bequem gemacht und einen Film geschaut, während wir auf unser Dessert vom Zimmerservice warteten. Ich habe keine Ahnung, wie der Film ausging, aber ich bin mir sicher, dass ich ihn irgendwann noch mal im Kabelfernsehen zu Ende gucken werde. Doch das war es absolut wert.

Dann – ehe ich weiß, wie mir geschieht – sind wir plötzlich auf dem Weg zum letzten Halt unserer Reise. Jetzt wünsche ich mir, dass die Woche, die ich voll Abwehr und Gejammere begonnen habe, noch ein wenig länger gehen könnte. Ich werde diese Truppe vermissen. Es ist verrückt, wie schnell du eine Bindung zu Leuten aufbauen kannst, wenn du mit ihnen gemeinsam reist. Wie schnell man gewisse Insiderwitze entwickelt und kleine Eigenarten an den Leuten entdeckt, die sie dir ans Herz wachsen lassen. Ich werde es vermissen, dass Mr Javis an jeder interessanten Tür, an der wir vorbeikommen, anhält und ein Foto macht. Dass Mr Boero keinen Zwischenstopp ohne einen Souvenirmagneten verlassen kann. Die Art und

Weise, wie Mr Delaine an jedem Halt den Kaffee mit dem von *Tim Hortons* vergleicht und wie Isaac – ein junger Mann aus Afrika, der allein reist – darauf besteht, der Gruppe immer wieder Rätsel zu stellen, während wir von Stadt zu Stadt fahren. Nur dass sie nie einen Sinn ergeben.

»Eine Frau schwimmt über einen Fluss voller Krokodile, um zu einer Party zu kommen, aber sie stirbt nicht. Warum?«

Die Pointe? Weil sie auf der Party war. So. Sinnlos. Dennoch hat er einen Eindruck hinterlassen und jetzt werde ich ihn nie wiedersehen. Ich weiß nicht, wie meine Schwester das schafft. Ich bin ein Gewohnheitsmensch. Ich werde anhänglich und bin jetzt schon traurig, dass ich mich von dieser Gruppe verabschieden muss, obwohl wir noch nicht mal so weit sind.

Unser finaler Reisestopp ist Philadelphia, was mich glücklich macht, da ich hier aufs College gegangen bin – auf die *Penn* – und jede Gelegenheit liebe, mein altes Revier zu besuchen. Allein wieder zurück in der Stadt zu sein, erfüllt mich mit Nostalgie. Jetzt, wo ich hier bin, könnte ich mir selbst in den Hintern treten, dass ich kein Treffen mit meinen alten Collegefreunden auf einen gemeinsamen Kaffee ausgemacht habe. Ich habe die Mädels seit Chloes Hochzeit nicht mehr gesehen, aber ich war so sehr in der Angst gefangen, diese Tour als Reiseleiterin zu überleben, dass ich daran bis zum jetzigen Zeitpunkt gar nicht gedacht habe. Vielleicht versende ich nachher aber doch noch eine Gruppen-Nachricht, um zu schauen, wer möglicherweise spontan Zeit hat.

Wir sind in einem Hotel downtown im Society-Hill-Bezirk untergebracht, das an einer mit Bäumen gesäumten Straße liegt, die noch mit Kopfsteinen gepflastert ist. Das ist ein Teil des Charmes, den ich an alten Städten liebe. Der Delaware River ist nur einen Block entfernt und mein ehemaliges Studentenwohnheim befindet sich nur etwa acht Kilometer von hier, direkt auf der anderen Seite des Schuylkill River. Der Gedanke daran erinnert mich an die Hoffnung, die ich bei meiner Abschlussfeier verspürt habe. Die Art und Weise, wie die Möglichkeiten der Welt endlos erschienen und alles, was ich tun musste, war, den Sprung zu wagen.

Irgendwie habe ich das in den letzten vier Jahren verloren.

Aber ich werde es nicht noch einmal verlieren.

Mein Versuch, meinen Groove zurückzubekommen, indem ich einen sexy Fremden aufreiße, hat sich zu so viel mehr entwickelt, als ich erwartet hatte. Zu mehr als nur einem Kickstart. Zu mehr als reiner Bestätigung. Auf gewisse Weise hat er mir mein Leben zurückgegeben und mich an das Entzücken erinnert, das mit dem Unbekannten einhergeht. An die bloße Freude, die mit einem Neustart und endlosen Möglichkeiten verbunden ist.

Heute werden wir eine Walking-Tour durch Philadelphia machen. Es ist der letzte Tag der Reise und ein hiesiger Experte wird die Führung leiten. Ich muss nur hinter allen herlaufen und zusehen, dass keiner verloren geht. Morgen wird der Reisebus zwei Touren zum Flughafen machen, um alle Reisegäste dort abzusetzen, und dann war's das. Wenn ich den heutigen Tag überstehe, habe ich es geschafft – und heute sollte ein einfacher Tag sein. Ich kenne Philly. Zugegeben, ich habe während meiner Unizeit nicht unbedingt die historischen Stätten der Stadt besucht, aber ich kenne mich gut genug mit jedem unserer heutigen Zwischenstopps aus, um alles beantworten zu können, was man von mir erwartet, zu wissen, auch ohne Daisys Notizen benutzen zu müssen.

Ich habe den Heimvorteil.

Beschwingten Schrittes gehe ich in die Lobby und begrüße die Reisegruppe. Wirklich beschwingt. Ich hab das Ganze geschafft – na gut, zumindest fast. Aber heute wird kinderleicht werden, also ja, ich hab's geschafft.

Außer eine Sache.

Ich habe immer noch nicht herausgefunden, wie ich Jennings sagen soll, dass mein Name Violet ist.

Nur ein winziges Detail eigentlich.

Ich beiße auf meiner Unterlippe herum und überlege, ob er es wirklich wissen muss. *Natürlich muss er das,* tadle ich mich im Stillen selbst. Wenn diese Sache weitergehen soll – wenn das mit uns beiden weitergehen soll – muss ich ihm alles erzählen. So sehr ich auch das Gefühl habe, dass das, was zwischen uns passiert ist, absolut echt ist, kennt dennoch nur einer die ganze Wahrheit.

Ich werde es ihm im Anschluss erzählen. Das Ende der Reise ist jetzt so nah, dass es keinen Sinn macht, es ihm heute zu erzählen. Oder heute Nacht.

Morgen. Ich werde es ihm morgen erzählen.

Er wird es wahrscheinlich sogar lustig finden.

Ist es ja auch irgendwie. Oder?

Fuck.

»Daisy!« Jemand ruft den Namen meiner Schwester, als ich durch die Lobby gehe. Ich kann die Stimme nicht zuordnen und als ich mich umdrehe, sehe ich einen Mann Ende dreißig oder Anfang vierzig mit einem breiten Lächeln im Gesicht auf mich zukommen. Er sieht sehr gut aus. Ich habe ihn noch nie zuvor gesehen, aber da er mich Daisy nennt, vermute ich, dass ihn meine Schwester kennt, und bereite mich innerlich darauf vor, die Daisy-Nummer zu faken, bis ich herausgefunden habe, woher sie sich kennen. Ich schicke ein stummes Stoßgebet zum Himmel, dass sie sich nicht auf eine ganz bestimmte Art und Weise *kennen.*

Er trägt ein Poloshirt mit dem Logo der Walking-Tour, die wir heute machen werden, und hält einen kleinen weißen Umschlag in der Hand, den er mir reicht.

»Hey.« Ich lächle den Typen an. Anscheinend heißt er Gary, wie ein Namensschild verrät, das an seinem Shirt angebracht ist. Ich nehme den Umschlag entgegen. Daisys Name steht in großen Buchstaben vorn auf dem Umschlag – von Hand geschrieben und die Schrift scheint von einem Mädchen unter zehn zu stammen. Die pinke Glitzerfarbe des Geschriebenen hilft mir, das so weit einzugrenzen.

»Ähm, danke«, sage ich. *Bitte weih mich ein, worum es hierbei geht,* denke ich im Stillen, als Jennings in die Lobby kommt und neben uns stehen bleibt. Ich sehe auf den Umschlag und dann zurück zu Gary. »Das ist nett.« Zumindest glaube ich das. Vielleicht ist dieser Typ auch ein Psycho, der Daisy Briefe in kindlicher Handschrift schreibt. Warum hat sie mich nicht über ein mögliches Gary-Problem in Philadelphia in Kenntnis gesetzt? Die beiden haben offensichtlich schon mal bei dieser Tour zusammengearbeitet; er scheint sie definitiv zu kennen. Aber Daisy war noch nie jemand, der einen soliden Plan aufgestellt hat. Mom hat immer gesagt: »Daisy ist mein Freigeist und Violet meine Planerin.«

»Von meiner Tochter«, sagt Gary und ich gebe mein Bestes, um nicht vor Erleichterung laut aufzuseufzen. »Vielen lieben Dank, dass du ihr geholfen hast, ihren Blog zu erstellen. Sie sagt, dass sie schon über dreihundert Follower hat. Sie ist ziemlich aufgeregt deswegen.« Er lacht und schüttelt den Kopf.

»Oh, das war ja nett von ...« Ich bin schon im Begriff, *von ihr* zu sagen – nach dem Motto: *Das war ja nett von Daisy, dass sie diesem Kind geholfen hat* –, aber dann würde ich mir ja selbst ein Kompliment machen. »So nett von ihr, eine Dankeskarte zu schreiben«, improvisiere ich wie ein echter Profi. Zeit, das hier zum Abschluss zu bringen, bevor es den Bach runtergeht.

»Deine Fotografietipps fand sie ebenfalls toll.«

»Fotografietipps«, wiederholt Jennings kaum hörbar.

»Sie meinte, die Art und Weise, wie du ihr erklärt hättest, um das Fotoobjekt herumzugehen, um für mehr Abwechslung zu sorgen, und sich vom Hintergrund einer Szene aus nach vorn zu arbeiten, hätte verändert, wie sie die Aufnahmen angeht. Was auch immer das heißt.« Gary lacht.

Ich lache auch, ein aufgesetztes Ha-ha-Lachen. »Ja, das sind meine besten Tipps.«

»Sie ist ein großer Fan von deinem Blog.«

»Du hast einen Blog?« Jennings wirkt interessiert an dieser kleinen Information.

»Ähm, danke!« Ich schenke Gary ein breites Lächeln und mache dann einen halben Schritt zurück in Richtung der Reisegruppe, die in der Lobby wartet. »Sie ist ein Schatz.« Keine Ahnung, ob das stimmt, aber jeder denkt, dass seine Kinder toll seien, daher bin ich sicher, dass ich mit einem Kompliment nichts falsch machen kann, ob es nun stimmt oder nicht.

»Wir sollten im Zeitplan bleiben«, füge ich hinzu und deute mit dem Daumen in Richtung der Eingangstür. »Danke dir für das Dankeschön.« Ich wedle mit der Karte in der Luft herum und mache einen weiteren kleinen Schritt zurück.

»Richte ihr meinen Gruß aus.« Meinen Gruß? Sie ist ein Kind. »Ich meinte, sag ihr *Hi* von mir«, korrigiere ich schnell.

»Aber natürlich. Kaia liebt dich. Sie wollte heute eigentlich wieder dabei sein, aber sie hatte ein Fußballspiel, zu dem sie fahren musste.«

Ich schicke ein stilles Dankesgebet in den Himmel, denn wisst ihr, wer super darin ist, Zwillinge auseinanderzuhalten? Kinder. Die sind wie kleine Bullshit-Detektoren.

»Fußball ist wichtig«, stimme ich zu, auch wenn ich absolut keine Ahnung habe, wovon ich da rede. »Also, bereit, mit der Walking-Tour loszulegen?« Ich warte nicht auf die Antwort, sondern mache einfach auf dem Absatz kehrt und mich auf den Weg zur Gruppe, die noch immer am Hoteleingang wartet.

»Was hast du für einen Blog?«

»Es ist ein Reiseblog?«

»Einen Reiseblog«, wiederholt er. »Aber ich dachte, Design wäre deine Leidenschaft.«

»Ist es auch. Den Reiseblog mache ich nur zum Spaß.«

»Okay«, sagt er langsam, so als würde das keinen Sinn machen. Stimmt ja auch, denn wer macht schon eine Sache, die ihn nicht sonderlich interessiert, einfach so zum Spaß?

»Nun, ich würde ihn sehr gern sehen.«

»Klar.«

Zur Hölle, nein. Als könnte ich noch mehr Fragen seinerseits gebrauchen, die ich nicht beantworten kann. Wohl kaum.

»Ich zeige ihn dir später«, lüge ich. Mittlerweile haben wir den Rest der Gruppe erreicht, also mache ich das, was eine gute Lügnerin tut – ich wechsle das Thema.

»Sind alle bereit?« Ich richte meine Aufmerksamkeit auf die Gruppe und zähle sie im Kopf rasch durch. »Sieht so aus, als wären wir alle hier!«, zwitschere ich mit vorgetäuschter Begeisterung. Normalerweise bin ich nicht so quietschfidel und ich muss damit etwas runterfahren, da mich Jennings schon ganz komisch ansieht.

25. Kapitel

Jennings

Als wir das Hotel verlassen, hält sich Daisy einige Schritte hinter uns und passt auf, dass niemand zurückbleibt. Ich stopfe mein Headset in meine Tasche und gehe neben ihr her, keiner von uns sagt ein Wort. Daisy wirkt nervös und ich weiß nicht, warum.

Wir müssen reden. Heute Abend. Denn morgen fliege ich nach Connecticut und bringe Nan zu meiner Tante, ehe ich nach London zurückkehre. Unter keinen Umständen werde ich gehen, ohne zu wissen, wann ich Daisy das nächste Mal wiedersehe. Oder ob ich sie mit nach London nehme.

»Du magst also Fotografie?«, frage ich, um die Stille zu durchbrechen. Sie zuckt mit den Schultern und murmelt etwas nach dem Motto, dass es hilfreich für ihren Blog sei. Wie konnte ich das nicht von ihr wissen? Es gibt so viele Dinge, die ich nicht von ihr weiß.

Noch nicht.

Aber das wird sich ändern.

Das mag vielleicht arrogant sein, aber ich weiß genug.

Ich weiß genug, um zu wissen, dass wir zusammen sein könnten. Wir haben eine Verbindung und manchmal ist die unfassbare Anziehung zwischen zwei Menschen stärker als die Vernunft. Stärker als Zeit und Logik. Stärker als solche Sachen wie das Wissen, welche Chipssorte ihre liebste ist. Oder ihre Lieblingssendung im Fernsehen. Oder ob sie eine besonders ausgeprägte Meinung dazu hat, wie herum die Klopapierrolle hängen soll.

Moment – ich weiß eins davon. Barbecue-Chips hat sie gesagt. Ich weiß, dass sie Achterbahnfahrten schwindlig machen. Dass sie kein Talent hat, wenn es darum geht, Männer aufzureißen. Ich weiß, dass sie eines Tages einen Hund haben möchte, dieser aber auf jeden Fall aus dem Tierheim sein soll. Ich weiß, dass sie einen Tick hat, was Bakterien in Hotelzimmern angeht.

Auch, dass sie klug ist. Einen tollen Sinn für Humor hat. Ich weiß, dass ich glücklicher bin, wenn sie da ist. Und ich weiß, dass sie eine Wende für mich bedeutet.

Nichtsdestotrotz ...

Manchmal wiederum kenne ich sie überhaupt nicht. Manchmal ist sie sehr verschlossen. Errichtet Mauern um sich. Wird nervös, wenn ich zu viele Fragen stelle.

Zwischendurch ist sie eine völlig andere Person.

Ich weiß, dass sie noch immer wegen etwas lügt.

Was mag das sein?

Vielleicht ist sie aufgrund ihrer letzten Beziehung so verschlossen. Möglicherweise macht sie sich Sorgen, wo das mit uns hinführt. Nur, dass es mehr als das ist. Etwas anderes. Etwas, das ich nicht verstehe.

Vielleicht hat sie ja hohe Schulden oder wird oft gefeuert? Sie ist nur eine mittelmäßige Reiseführerin, wenn ich ehrlich bin. Sie hat keins der geplanten Unternehmensvideos abgespielt, die sie während der Busfahrten hätte laufen lassen sollen. Außerdem konnte sie den Gästen ein paar grundlegende Antworten nicht geben. Die meiste Zeit der Reise über war sie eher nervös als selbstbewusst – jedes Mal, wenn sie das Ruder übernehmen musste, um genau zu sein.

Aber sie hat ja gesagt, sie sei neu in diesem Job, nicht wahr? Normalerweise arbeitet sie im Designbereich. Oder möchte das zumindest.

Vielleicht ändert sie ja oft ihre Meinung?

Sie ist sechsundzwanzig. Möglicherweise ist sie noch nicht bereit für die Dinge, für die ich bereit bin. Auf all den anderen Mist gebe ich nichts. Der ist mir egal. Es gibt keine Summe von Schulden, die sie haben könnte, die ich nicht begleichen könnte, ohne auch nur ein zweites Mal darüber nachdenken zu müssen. Sie kann sich alle Zeit der Welt nehmen, um zu entscheiden, was sie bezüglich ihrer beruflichen Laufbahn machen möchte. Sie kann designen oder bloggen oder von mir aus auch eine verdammte Bäckerei eröffnen.

Ich kann für sie da sein, während sie all diese Dinge herausfindet.

Wenn sie das möchte.

Ich war so was von nicht bereit, mich auf eine Beziehung einzulassen, als ich so alt war wie sie. Zur Hölle, ich war letzte Woche noch nicht mal bereit dazu.

Sie könnte bei mir einziehen. Natürlich könnte sie das – mein Haus ist verflucht noch mal groß genug für zwölf Personen. In dem Moment, wo mir dieser Gedanke kommt, ist die Vorstellung, darin auch nur noch eine weitere Nacht allein und ohne Daisy zu verbringen, unerträglich.

Die Tatsache, dass ich es noch nicht renoviert habe, fühlt sich gerade wie Kismet an. Sie hat eine Leidenschaft für Design – sie würde es selbst managen wollen, oder? Es ist Schicksal. Und was mich betrifft, kann Daisy mit dem Haus anstellen, was sie möchte. Ich werde sie dafür anheuern, dass sie es renoviert. Ihr einen Grund geben, nach London zu kommen. Es wird sie eine Ewigkeit kosten, alles fertigzustellen. Mindestens ein Jahr.

Es ist schließlich ein riesiges Haus.

Mir ist es selbst egal, falls sie einen scheußlichen Stil haben sollte oder darauf bestehen würde, einen amerikanischen Kühlschrank einzubauen, der so groß ist, dass man hineingehen kann. Oder ob sie Schlafzimmer in begehbare Kleiderschränke verwandelt und in jedem Raum einen Fernseher an die Wand montiert.

Das alles werden wir heute Abend klären.

Aber ihr wisst ja, was mit den besten Plänen passiert, nicht wahr?

26. Kapitel

Jennings

Wir sind gerade an der *Liberty Bell,* als Nan anfängt, müde zu werden. Sie sagt nichts, aber ich kann es ihr ansehen. Normalerweise ist sie die meiste Zeit so dermaßen energiegeladen, dass man aufpassen muss, dass sie nicht ohne einen losgeht. Sie hat die ganze Woche über Gas gegeben und ich bin mir sicher, dass sie sich darauf freut, bei Tante Poppy etwas entspannen zu können.

Daisy ist unruhig. Sie hat einen Anruf bekommen, während wir in der *Independence Hall* waren. Sie ging nach draußen, um zu telefonieren, danach habe ich sie nicht mehr gesehen, bis wir an diesem Zwischenstopp fertig waren und über die Chestnut Street gingen.

Heute Abend findet das letzte Gemeinschaftsessen statt. Wahrscheinlich wird es genauso langweilig wie die anderen diese Woche werden, aber Daisy hat versprochen, dass es diesmal echtes Tafelbesteck geben wird, also immerhin etwas. Ich hätte sie heute Abend lieber für mich allein, aber als Reiseleiterin muss sie am Abschiedsessen teilnehmen. Im Anschluss werde ich sie auf ein paar Drinks einladen. Dann kann sie wieder diesen lächerlichen Champagner-Cocktail bestellen und mir sagen, dass sie eine sichere Nummer sei. Wie zur Hölle kann das erst eine Woche her sein? Ich muss herausfinden, wie schnell sie hier in Amerika ihre Sachen zusammenpacken und mit mir nach London kommen kann. Wenn sie an ihren Sachen hängt, kann ich dafür sorgen, dass alles eingepackt und verschifft wird. Ich selbst wäre damit zufrieden, sie mit dem, was sie gerade bei sich hat, ins Flugzeug zu verfrachten, aber Frauen sind in solchen Angelegenheiten doch eher sehr eigene Geschöpfe.

Als sich die Tour dem Ende zuneigt, bekomme ich eine E-Mail von Rhys mit Daisys Arbeitnehmerakte. Der hiesige Tourguide, Gary, hat uns inzwischen zum Franklin Square geführt, der unsere letzte Station für heute ist. Wir haben uns an einem Brunnen in der Mitte des Parks zusammengefunden, während uns Gary einen kurzen Überblick über die Geschichte des Ortes gibt und die Gruppe eifrig über ihre Headsets zuhört. Daisy hat sich vor fünfzehn oder zwanzig Minuten erneut von der Gruppe entfernt, um einen weiteren Anruf entgegenzunehmen. Ich höre Gary mit halbem Ohr zu, während er von den umfangreichen Restaurierungsarbeiten erzählt, die nötig waren, um den Brunnen wieder zum Laufen zu bringen, nachdem dieser in den Siebzigern langsam verfiel. Er ist ein toller Tourguide; er weiß es, seine Zuhörer zu fesseln, und hat keinerlei Probleme, auch vor einer großen Gruppe zu sprechen. Er liest das Interesse der Tourteilnehmer an deren Gesichtern ab und passt seine Erzählungen an jedem Zwischenstopp dementsprechend an. Er ist selbstbewusst und sicher, in dem, was er tut.

Im Gegensatz zu Daisy.

Ich muss Tante Poppy morgen fragen, wer die Einarbeitung und das Training für diesen Bereich leitet. Irgendwas stimmt hier nicht. An irgendwelchen Ecken und Kanten wird hier gespart. Daisy ist eine schlaue Frau und charmant, wenn man mit ihr allein redet – aber ihr fehlen Präsentationsgeschick und Tourwissen. Es ist besorgniserregend, dass wir nicht mehr Einarbeitung bieten, bevor wir sie allein auf so eine Tour loslassen. Ich hätte diese Woche aufmerksamer sein sollen, aber ich war durch sie ziemlich abgelenkt.

Normalerweise stellen wir auch keine so jungen Reiseführer ein. Es sei denn, sie sind außergewöhnlich gut. Aber nicht für eine Rundreise wie diese, an der vor allem ältere Gäste teilnehmen. Die jüngeren, weniger erfahreneren Reiseführer sollten üblicherweise bei den Abenteuertouren starten. Wo es viel mehr Aktivitäten gibt und das Publikum deutlich jünger ist.

Daisy beendet ihren Anruf und übernimmt von Gary das Mikrophon, der sich kurz verabschiedet. Sie erinnert die Gruppe an den Weg zurück zum Hotel und den Zeitpunkt, an dem wir uns zum Abendessen treffen. Dann sagt sie uns, wo man im Park ein paar Souvenirgeschäfte und ein Karussell finden kann.

Plätze, an denen man Kaffee trinken und zu Mittag essen kann. Sie wirkt ziemlich enthusiastisch, wenn es um Philadelphia geht. Vielleicht so, als fühle sie sich hier wohl? Oder als sei sie erleichtert, dass ihr Job nahezu erledigt ist?

Ich tippe mit dem Daumen auf das Display und öffne die E-Mail. Im Anhang befinden sich ein Dokument, das Daisys Namen trägt, und eine Notiz von Rhys, die ich kurz durchgehe.

Ihrer Adresse zufolge wohnt sie tatsächlich in Naperville, Illinois. Laut ihrem Geburtsdatum ist sie sechsundzwanzig Jahre alt. Und ihr Anstellungsdatum ... ist fünf Jahre her.

Sie arbeitet seit fünf Jahren für *Sutton Travel?*

Wie das?

Hat sie nicht gesagt, dies sei eher ein neuerer Job für sie? Dass sie angefangen habe, nachdem ihr Designjob gestrichen wurde? Hat sie das nicht gesagt? Ich sehe zu ihr hinüber. Sie spricht noch immer zur Gruppe. Heute hat sie ihren Notizblock nicht dabei. Es ist das erste Mal, dass ich sie ohne ihn gesehen habe.

Ich fahre mir mit der Hand über den Nacken, um die zunehmende Anspannung darin zu lockern, während ich auf und ab gehe. Eine neue Reisetour, hat sie gesagt. Dass das eine Lüge war, wusste ich in dem Moment, in dem die Worte ihren Mund verlassen haben. Diese Tour gibt es schon seit Jahren. Aber vielleicht ist sie für Daisy neu?

Wie zur Hölle kann es dann sein, dass sie mit einundzwanzig einen Job bei uns bekommen hat?

Ich richte meine Aufmerksamkeit wieder auf die E-Mail von Rhys.

Vorbildliche Angestellte, steht darin. Konsistent hohe Bewertungen von den Tourgästen. Anfragen nach erneuten Buchungen, speziell mit ihr als Reiseführerin.

Ganz ehrlich – das klingt nicht, als wäre es zutreffend. Und dabei schlafe ich mit ihr. Ich lese mit steigender Beklommenheit weiter. Sie hat als Praktikantin angefangen, hat Rhys notiert. Diese Möglichkeit gab es früher nicht bei uns, aber sie hat eine entsprechende Präsentation an den Leiter dieser Abteilung geschickt, um für sich und eine Anstellung ihrerseits zu werben.

Sie hat ihre eigene unbezahlte Praktikantenstelle geschaffen und das Unternehmen davon überzeugt, sie einzustellen. Sie hat einen Sommer damit verbracht, den besten Reiseführern, die wir haben, über die Schulter zu gucken und von ihnen zu lernen. Der Abteilungsleiter war so beeindruckt von ihr, dass sie ein sofortiges Jobangebot auf dem Tisch hatte, nachdem sie mit dem Studium fertig gewesen war.

Das erklärt das Timing. Zumindest teilweise. Es erklärt, warum jemand in ihrem Alter schon fünf Jahre bei uns beschäftigt ist, aber was ist mit dem Rest? Wer investiert so viel Mühe für einen Job, den er dann nicht leidenschaftlich gern macht? Das passt nicht zu der Daisy, mit der ich gerade eine Woche verbracht habe.

Dann springt mir etwas anderes ins Auge.

Arizona State.

Sie hat ihren Abschluss an der *Arizona State* gemacht. In Hotel- und Tourismusmanagement. Nicht in der Stadtplanung. Ich bin verdammt noch mal nicht zu britisch, um zu wissen, dass es in Arizona nicht schneit. Arizona ist eine gottverdammte Wüste.

Schnee, hat sie gesagt. Frost. Eis. Eins dieser Dinge. Sie sei früh aus dem Haus gegangen, weil sie das Wetter mit eingeplant habe. Sie sei ausgerutscht und habe sich die Hose aufgerissen.

Angewidert höre ich mit dem Lesen auf und stecke mein Handy zurück in die Hosentasche.

Daisy lacht gerade über etwas, das Mr Delaine sagt. Hinter ihr trifft der Wind gerade auf einen der Wasserspeier des Brunnens, woraufhin die Wassertropfen wie kleine Kristalle durch die Luft spritzen.

Daisy ist wunderschön. Eine wunderschöne, hinterlistige Lügnerin.

Oder möglicherweise auch verrückt.

Wer erfindet solche Lügen? Aus welchem Grund? War das alles ein Witz für sie? Bin ich für sie nur ein Witz? Oder war das alles eine Lüge, die in der Hotelbar begann und sie beschloss, diese weiterzuführen? Oder ist das etwas, das sie regelmäßig macht, um sich zu amüsieren? Wer zur Hölle ist diese Frau? Was ist wahr und was eine Lüge? Sie kann wohl kaum im Schnee und gleichzeitig in der Wüste zur Uni gegangen sein. Sie kann nicht in Stadtplanung und gleichzeitig im Gast- und Tourismusmanagement einen Abschluss haben. Sie kann nicht gleichzeitig im Designbereich und als Reiseführerin gearbeitet haben.

Mir war klar, dass sie wegen irgendwas lügt. Ich wusste, dass etwas nicht ganz stimmte, aber ich habe mein Urteilsvermögen ignoriert. Möglicherweise hätte es ja einfach eine Kleinigkeit oder etwas Dummes sein können. Dass sie schon öfter gefeuert oder während ihrer Studienzeit mal für öffentliche Trunkenheit verhaftet wurde beispielsweise. So was in der Art.

Kleine Lügen und keine komplette Falschdarstellung ihrer Person, zum Teufel.

Sie bemerkt, dass ich sie anstarre, und zwinkert mir zu. Sie zwinkert mir verflucht noch mal zu. Als Antwort nicke ich einmal kurz in ihre Richtung und spüre, wie meine Kiefermuskulatur anfängt zu zucken, weil ich mich so sehr dazu zwingen muss, es bei einem einfachen Nicken zu belassen. Ich brauche Zeit zum Nachdenken, bevor ich mit ihr rede.

27. Kapitel

Jennings

»Wo möchtest du zu Mittag essen?« Nan und ich machen einen gemütlichen Spaziergang zurück zum Hotel. Ich habe ihr angeboten, ein Taxi anzuhalten, aber Nan wollte das nicht und bestand darauf, dass heute ein wunderschöner Tag zum Laufen sei. Es ist auch wirklich schön draußen, außerdem scheint sie ihren üblichen Pepp wiederzuhaben, daher laufen wir. Bis zum Hotel ist es nur ein knapper Kilometer. Danach will sie noch einen weiteren Spaziergang durch die Parks machen, die wir auf der Walking-Tour gesehen haben.

»Das ist mir egal, wo immer du möchtest, Jennings.« Das stimmt nicht wirklich. Sie ist in dieser Hinsicht recht speziell, aber ich nicke und sehe mich nach einem Restaurant, das Nan-kompatibel ist, um. »Warte, da ist etwas, das ich gern essen würde.« Sie bleibt stehen und sieht sich um, als wolle sie sichergehen, in welche Richtung wir laufen.

»Okay«, sage ich und ziehe bereits mein Handy aus der Tasche, um per GPS den Standort ihres Wunschrestaurants zu orten. »Was denn?«

»Ich hätte gern ein Cheesesteak.«

»Ein Cheesesteak?« Sicherlich habe ich sie falsch verstanden. Nan ist keine Großmutter, die auf Cheesesteaks steht.

»Ja. Ich würde gern zum *Reading Terminal* und dort ein anständiges Cheesesteak essen.«

Automatisch muss ich grinsen, weil mein erster Gedanke ist, wie sehr Daisy dieser Ausdruck erfreuen würde, ehe ich mich entsinne, dass ich, was Daisy angeht, wohl eher die Flucht ergreifen sollte, als daran zu denken, was sie zum Lächeln bringen würde.

»Alles klar, dann also ein anständiges Cheesesteak«, bekräftige ich, während ich auf dem Handy nach weiteren Infos suche. »Das *Reading Terminal* ist so eine Art Marktgebäude?«, frage ich, als ich die Routenplaner-App öffne. »Du warst schon mal da, oder?«

»Ja. Ich glaube, das war noch, bevor du geboren wurdest.«

»Das ist wirklich ziemlich lang her, oder? Höchste Zeit, dass du ein weiteres Cheesesteak bekommst.«

Wir biegen nach rechts in die Arch Street, während mir Nan von ihrer Reise mit Großvater in die Staaten vor mehreren Jahrzehnten erzählt. Sie sind immer ziemlich viel gereist und ich bin mir sicher, dass sie es vermisst. Dass sie *ihn* vermisst. Nachdem er starb, haben meine Cousins, Cousinen und ich die Tradition begonnen, sie abwechselnd jedes Jahr mit auf eine Reise zu nehmen. Dieses Jahr bin ich zum zweiten Mal an der Reihe.

»Erzähl mir, wie du und Großvater euch kennengelernt habt. Ich glaube, ich habe diese Geschichte noch nie gehört.«

»Nicht?« Eine rote Ampel zwingt uns an der Kreuzung von 8th und Arch Street zum Halten. Sie dreht sich zu mir und taxiert mich mit ihrem Blick. »Nun, ich denke, dafür bist du inzwischen alt genug«, sagt sie schließlich.

Ich kann nicht anders, ich muss lachen. »Warum? War euer Liebeswerben etwa richtig skandalös?«

»Liebeswerben? Es gab keins. Mir war klar, dass meine Eltern Einwände erhoben hätten, also sind wir durchgebrannt, ehe das passieren konnte.«

»Wie kann es sein, dass ich diese Geschichte noch nie zuvor gehört habe?«

»Ich glaube, noch nicht mal dein Vater kennt sie.«

»Tja, dann erzähl sie mir jetzt. Ich werde enttäuscht sein, falls du sie mir jetzt vorenthältst.«

Wir gehen weiter und Nan erzählt. Davon, wie sie meinen Großvater als behütete Achtzehnjährige traf; er war ein gut aussehender Kerl Mitte zwanzig. Sie war wahnsinnig verliebt in ihn, wusste aber, dass ihre Eltern etwas gegen diese Beziehung haben würden, also hat sie ihn davon überzeugt, mit ihr durchzubrennen.

»Du hast ihn wirklich überredet?«, hake ich nach.

»Ja, ich war sehr überzeugend in meinen jungen Jahren.«

Ich grinse und lasse sie weitererzählen, allerdings bin ich mir sicher, dass ich sie diesbezüglich nachher noch ausquetschen werde.

Sie erzählt mir, dass ihre Mutter bestürzt darüber war, dass sie die Hochzeit ihres einzigen Kindes verpasst hatte, daher bestand ihr Vater darauf, dass sie so tun sollten, als wären sie verlobt anstatt verheiratet. Dafür versprach er seinem Schwiegersohn, ihm eine Stelle in dem neuen Reiseunternehmen zu geben, das er kurz zuvor gegründet hatte. Und dass er sie mit einer guten finanziellen Grundlage versorgen würde, wenn sie mitspielen würden.

»Und? Habt ihr mitgespielt?«

»Das haben wir«, seufzt sie. »Es schien das Vernünftigste zu sein.«

»Gut gemacht. Also ein Happy End für alle.«

»Am Ende schon, ja. Aber sie haben mich gezwungen, vier Monate lang zu Hause zu wohnen, während wir eine vorgetäuschte Hochzeit organisierten. Deinem Großvater war es offenkundig nicht erlaubt, bei mir zu Hause zu bleiben, nicht damals. Ich hatte einen gut aussehenden Ehemann und wir mussten uns die ersten vier Monate unserer Ehe fortschleichen, wenn wir allein sein wollten.«

Ich überspiele mein Lachen durch ein Husten und halte ihr die Eingangstür zum *Reading Terminal* auf. Das hier ist irgendwie eine Art verrückter Markt. Drinnen, Stand an Stand gedrängt. Essen, Blumen, Kaffee, Süßigkeiten – und das ist nur das, was ich vom Eingang aus sehen kann.

»Hier willst du zu Mittag essen?«, vergewissere ich mich. Vielleicht hat sich in den vierzig Jahren, seit sie das letzte Mal hier war, einiges verändert.

Aber Nan strahlt und sieht nicht so aus, als hege sie die Absicht, umzukehren. Also suchen wir uns einen leeren kleinen Holztisch – was hier einer wahren Meisterleistung gleichkommt. Nan sichert uns den Tisch, während ich zwei Philly Cheesesteaks hole und mir so viele Servietten schnappe, wie ich nur tragen kann. Dann essen wir die nicht sonderlich einfach zu essenden Cheesesteaks mit der Hand. Das macht Nan so glücklich, dass es mir nicht mal was ausmacht, dass ich kein vernünftiges Besteck habe. Oder einen Teller.

Als wir mit dem Essen fertig sind, laufen wir eine Runde über den Markt. Nan bleibt hier und da stehen, um das eine oder andere Schmuckstück zu kaufen, während ich mir die Informationen aus der E-Mail von Rhys immer wieder durch den Kopf gehen lasse und mit allem, was ich weiß und erlebt habe, vergleiche. Ich kenne Daisy – zumindest dachte ich das.

Es macht einfach keinen Sinn.

Es ist, als gehe es um zwei verschiedene Menschen.

Vielleicht ist sie ja psychisch krank? Hat ihre Medikamente abgesetzt oder so was. Ich streiche mir mit dem Finger über die Unterlippe, während ich nachdenke. Sie wirkt aber nicht wie eine Verrückte. Nicht mehr als die meisten anderen.

Ich sehe auf meinem Handy nach der Uhrzeit, als wir den Markt verlassen und auf die 12th Street laufen, und frage mich, ob ich vor diesem verdammten Gruppenessen heute Abend noch Zeit habe, um mit Daisy zu reden. Ich habe so viele Fragen an sie. Warum ich denke, dass ich ehrliche Antworten bekommen werde, weiß ich nicht.

»Wie weit, glaubst du, ist es noch bis zum Hotel, Jennings?« Nan blickt die 12th rauf und runter und versucht, unseren aktuellen Aufenthaltsort in Relation zur Lage des Hotels zu bringen.

»Lass mich nachschauen«, antworte ich und starte wieder die Routenplaner-App auf meinem Handy. »Bist du bereit, zuzugeben, dass du müde bist? Soll ich uns eine Fahrgelegenheit organisieren?«

Ich habe den Kopf gesenkt und tippe die Daten des Hotels in mein Handy, während ich spreche, daher höre ich das Quietschen der Reifen, bevor ich das Auto erblicke. Ich schaue gerade rechtzeitig auf, um den Aufprall zu sehen, doch da ist es bereits zu spät.

28. Kapitel

Violet

Wo zur Hölle sind sie? Die ganze Gruppe – außer Jennings und seine Nan – ist im Bus. Wir sind kurz davor, zum finalen Gruppenessen zu fahren, und die beiden sind zu spät. Ich gehe in die Lobby und sehe mich noch mal um, werfe einen hoffnungsvollen Blick in Richtung der Aufzüge, deren Türen sich gerade öffnen.

Doch sie sind es nicht.

Wir hätten bereits vor fünf Minuten abfahren sollen. Ich habe es hinausgezögert und auf Jennings gewartet, aber er ist nicht hier. Die beiden waren die ganze Woche über nie zu spät, was demnach bedeuten muss, dass sie nicht mehr kommen.

Vielleicht habe ich etwas falsch verstanden? Vielleicht führt er seine Nan heute Abend zu einem speziellen Dinner aus? Ich weiß, dass Jennings die Gruppenessen hasst. Das muss es sein. Er hat gesagt, wir würden uns im Anschluss ein Dessert gönnen – was ehrlich gesagt sowohl Zucker als auch Sex hätte bedeuten können. Ich bin mir nicht sicher. Aber er hat es erwähnt, möglicherweise hat er also gemeint, dass wir uns nach dem Essen sehen.

Das muss es sein.

Es muss.

Warum habe ich dann ein ungutes Gefühl in meiner Magengegend? Ehe ich die Lobby verlasse, blicke ich mich noch ein letztes Mal um. George steht neben der offenen Tür des Busses und lächelt mich an, als ich auf ihn zugehe. Er hat die ganze Woche über immer wieder versucht, mich ins Bett zu kriegen. Na ja, eigentlich Daisy. Ich fühle mich wie ein Arschloch, weil ich ihn zurückweise. Mir ist klar, dass er verwirrt sein muss, weil er die kalte Schulter gezeigt bekommt, obwohl er mit Daisy auf gutem Fuß steht, soweit er weiß. Ich hasse es, das Gefühl zu haben, zwischen den beiden zu stehen – auch wenn das zwischen den beiden nur eine lockere Sache war. Ich werde den Eindruck nicht los, für seine Verwirrung verantwortlich zu sein, auch wenn ich das nicht wirklich bin. Oder vielleicht doch, da ich immerhin diejenige bin, von der die Zurückweisung kommt. Daisy hat gesagt, es sei nur Sex zwischen ihnen gewesen, aber er hat extra die Tour getauscht, um hier sein zu können – um sie zu sehen.

Folglich mag er sie vielleicht mehr, als sie weiß. Oder vielleicht will er auch einfach nur Sex haben. Was weiß ich schon?

Vielleicht wollte Jennings auch einfach nur Sex haben?

Meine Güte, Violet, belehre ich mich im Stillen selbst. Ich bin doch diejenige, die ursprünglich nur flachgelegt werden wollte. Das hat diesen ganzen Schlamassel doch erst ausgelöst. Ich wollte einen einfachen One-Night-Stand ohne irgendwelche Verpflichtungen. Ich bin diejenige, die Jennings angelächelt und ihm erzählt hat, ich sei eine sichere Nummer. Ich bin diejenige, die am nächsten Morgen Hals über Kopf davongerannt ist.

Ich kann nicht traurig sein, wenn er jetzt verschwindet.

Ich kann nicht.

Das ist doch das, was ich ursprünglich wollte.

Außer ...

Das möchte ich nicht mehr. Ich kaue auf meiner Unterlippe herum, als ich mich auf einen Sitzplatz im Bus setze. Sobald der Bus losfährt – was weniger als eine Minute später ist –, bin ich im absoluten Panikmodus. Ich bin an dem Morgen davongerannt – an dem Morgen nach der Nacht, in der wir uns kennenlernten. Vielleicht zahlt er es mir jetzt heim?

Heilige Scheiße, ich bin verrückt.

Absolut. Verrückt.

Ich erinnere mich daran, dass ich ihn vor fünf Stunden gesehen habe und da noch alles in Ordnung war. Daran erinnere ich mich auf dem Weg zum Restaurant immer wieder. Und das ganze Essen über. Und auf dem Rückweg zum Hotel.

Als der letzte Gast schließlich Gute Nacht sagt und die Lobby verlässt, bin ich mir nicht mehr so sicher, dass ich nicht doch verrückt bin. Als ich die Tür meines Hotelzimmers hinter mir schließe, klopft mein Herz ganz offiziell schneller als sonst.

Kennt ihr dieses mulmige Gefühl, das man bekommt, wenn man weiß, dass man von jemandem enttäuscht wurde? Du hast nicht wirklich einen Beweis dafür, aber dein Herz weiß es.

Dann verschwendet man eine Menge Zeit damit, vor sich hin zu quasseln. Sollte man sich auf das Unvermeidliche einstellen? Oder sollte man die Hoffnung aufrechterhalten, bis kein Fünkchen mehr davon übrig ist und einen die Enttäuschung wie eine Tonne voller Steine erschlägt?

In meinem Zimmer ist es still. Die Geräusche der Stadt dringen von außen gerade so an mein Ohr, aber die Stille in diesem Raum ist ohrenbetäubend laut.

Oder vielleicht ist das auch die Stille in meinem Kopf.

Warum ist es so einfach, mich zu verlassen? Werde ich etwa wirklich mit einer Andeutung abserviert – schon wieder? Werden wir nicht mal ein Gespräch diesbezüglich führen? Er ist einfach verschwunden?

Das Schlimmste daran ist, dass es viel mehr wehtut als bei Mark damals. Ich habe zwei Jahre mit Mark verbracht und das hier tut mehr weh.

So viel mehr.

Nur ein einziges Mal wäre es schön, zumindest die *Es liegt nicht an dir, ich bin der Grund-Rede* zu bekommen.

Nein. Hör auf damit, schelte ich mich selbst. Ich werde Jennings morgen Früh beim Frühstück sehen. Das hier ist nur ein Missverständnis. Ich habe mir diese Woche nicht nur eingebildet. Ich habe mir nicht nur eingebildet, dass ich mich in ihn verliebt habe. Definitiv nicht.

Ein Klopfen an der Tür sorgt dafür, dass ich mich ruckartig umdrehe und Erleichterung aus mir herausströmt. Das Gefühl, was sofort der Erleichterung folgt, ist Reue – weil ich an ihm gezweifelt habe. Meine Gedanken, er habe die Flucht ergriffen, sind mir auf einmal ein bisschen peinlich. Natürlich ist er hergekommen.

Dann öffne ich die Tür.

Aber es ist nicht Jennings, der davorsteht.

29. Kapitel

Jennings

Die Bremsen quietschten, als das Auto über den Asphalt schlitterte. Das war das erste Geräusch, das ich wahrnahm, dann kamen die Schreie. Seltsam, dass die Erinnerung das alles in Zeitlupe abspielt, wenn es in der Realität eigentlich so verflucht schnell passiert.

Das Auto wurde von einem Laternenpfahl verlangsamt und kam ganz knapp auf dem Bordstein zum Stehen. Der Laternenpfahl konnte dem Aufprall allerdings nicht standhalten. Er ist in das Baugerüst gefallen, das vor dem Markt aufgebaut war, das wiederum nachgegeben hat und eingestürzt ist.

Eins der Metallrohre des Baugerüsts hat Nan am Kopf erwischt, als es runterfiel. Der Rest ist nur eine verschwommene Masse aus Sirenen und Lichtern. Nan wurde in einen Krankenwagen geladen und bestand die ganze Zeit darauf, dass es ihr gut gehe, obwohl Blut durch das Tuch sickerte, das ihr die Sanitäter gegen den Kopf pressten. Auf dem Weg ins Krankenhaus wurde sie kurz ohnmächtig – das war das einzige Mal, dass sie nicht darauf bestand, dass es ihr gut gehe.

Mein Andenken an den Vorfall sind acht Stiche, mit der die Wunde an meinem Arm genäht wurde, während Nan ins CT musste. Und jetzt streiten wir darüber, ob sie die Nacht über im Krankenhaus bleibt.

»Wir behalten Sie über Nacht hier«, sagt der Arzt, worauf Nan mit einem *Tss* reagiert.

»Aber morgen Früh geht unser Flug«, sagt Nan, als der Doktor und ich sie beide anstarren, unbeeindruckt von ihren Einwänden.

»Mrs Anderson, Sie hatten eine blutende Kopfwunde und sie nehmen ein verschreibungspflichtiges Medikament zur Blutverdünnung. Sie bleiben heute Nacht zur Beobachtung hier.«

»Du bleibst definitiv hier«, bekräftige ich. Sie ist eine sture

Lady, aber in diesem Fall gewinnt sie nicht. Es hat zwei Klammern gebraucht, um die Wunde an ihrem Kopf zu schließen, und wenn der Doktor der Ansicht ist, sie solle bleiben, dann bleibt sie. »Ich verlängere unseren Aufenthalt im Hotel und storniere unsere Flüge. Wenn du aus dem Krankenhaus entlassen wurdest, miete ich uns ein Auto und fahre dich nach Connecticut. Bethany kann nicht mehr als drei Stunden von hier entfernt sein. Das wird für dich weniger anstrengend sein als ein Flug.«

Da der Doktor auf meiner Seite ist, gibt Nan ihren Kampf auf. Gott sei Dank. Als sie endlich offiziell aufgenommen und in ein privates Krankenzimmer verfrachtet wird, ist die Besuchszeit rum. Sobald ich sicher bin, dass sie gut angekommen ist und nichts mehr braucht, sage ich ihr, dass ich am Morgen zurück sein werde, und gehe. Das Adrenalin der letzten Stunden hat es mir erlaubt, Daisy für ein paar Stunden aus meinem Kopf zu verbannen. Aber jetzt bin ich auf dem Weg zurück ins Hotel und mache mir Sorgen darüber, was sie wohl denkt.

Offensichtlich haben wir das finale Gruppenessen verpasst. Ich bin mir sicher, dass sich Daisy wundert, wo ich abgeblieben bin. Und ich frage mich noch immer, was zur Hölle ich mit ihr machen soll.

Ich habe mein Handy verloren, als das Gerüst eingestürzt ist, was den Nachmittag zu einer Tortur hat werden lassen, aber immerhin bin ich auf diese Weise nicht in der Lage, mich noch mehr zu quälen, indem ich die E-Mail von Rhys immer und immer wieder lese.

Letzten Endes bedeutet das nicht viel, da ich mir ziemlich sicher bin, dass ich mir jede Lüge eingeprägt habe.

Zum Glück habe ich im Hotel wieder meinen Laptop. Ich werde einer Assistentin in London eine E-Mail schicken und sie bitten, die Flüge nach Connecticut zu stornieren und meinen Flug nach London umzubuchen. Dann werde ich mich um einen Leihwagen kümmern und Tante Poppy eine Nachricht schreiben, um ihr Bescheid zu sagen, dass sie uns nicht am Flughafen abholen braucht.

Planänderung.

Aber das Wichtige zuerst.

Daisy.

Ich brenne darauf, wieder bei ihr zu sein. Zu reden, allem einen Sinn zu geben. Die Frau, mit der ich die Woche verbracht habe, ist real – ich weiß es. Ich weiß, dass die Verbindung, die wir haben, real ist.

Ich weiß, dass ich dabei bin, mich in sie zu verlieben.

Zumindest in die Version von ihr, mit der ich die Woche über zusammen war.

Dennoch bin ich zwiegespalten, da es nicht gut aussieht. Die Widersprüche – die Lügen –, das alles macht keinen Sinn. Das Ganze hinterlässt bei mir ein ungutes Gefühl. Ein Gefühl der Furcht, dass sie unfähig sein wird, das alles zu erklären.

Aber es macht ja keinen Sinn, das Pferd von hinten zu satteln, oder?

Mittlerweile habe ich das Hotel erreicht. Ich werde einfach mit ihr reden und die Sache ein für alle Mal aus dem Weg schaffen, so oder so. An der Rezeption mache ich Halt, um die Buchung von Nans und meinem Zimmer zu verlängern, und gehe dann an den Aufzügen vorbei zur Tür. Daisys Zimmer liegt im zweiten Stock und indem ich die Treppe nehme, bin ich schneller.

Eine Entscheidung, die ich kurz darauf bereue. Auch wenn ich das vielleicht nicht sollte. Wahrscheinlich sollte ich dankbar sein, dass ich sie inflagranti erwischt habe, als ich um die Ecke gebogen bin. Dankbar dafür, dass ich sie überhaupt erwischt habe. Beinah wäre ich zu spät gewesen. Ein paar Sekunden später und ich hätte sie nicht gesehen. Ich hätte an ihrer Tür geklopft, ohne etwas Böses zu ahnen.

Hätte sie aufgemacht?

Ihn vielleicht in den Schrank gestopft? Die Tür aufgerissen und mir ins Gesicht gelächelt? Oder hätte sie das Klopfen einfach ignoriert?

Ich werde es niemals erfahren.

Auch gut.

Denn George war schneller als ich bei Daisys Zimmer – eine Handvoll Gänseblümchen alias Daisys in der Hand. Die Tür öffnet sich und ihr Arm schießt nach vorn. Sie packt seinen Unterarm und zieht ihn ins Zimmer. Deutlich ist zu hören, wie die Tür abgeschlossen wird, nachdem sie ins Schloss gefallen ist, und dieses Geräusch fühlt sich wie eine Kugel an, die mein Herz zerfetzt.

30. Kapitel

Violet

Ich bin mir sicher, dass mein Gesichtsausdruck Überraschung widerspiegelt, was natürlich blöd ist. Ich hätte das hier erwarten und mehr dafür tun sollen, um es zu verhindern. Ich lasse die Schultern sinken, den Arm nach vorn schnellen und ziehe ihn ins Zimmer, ehe ich die Tür hinter uns ins Schloss drücke.

Der Job ist vorüber. Die Woche vorbei. Ich muss George vertrauen, Daisy nicht für diese Aktion zu melden, denn ich kann es ihm nicht länger verheimlichen. Nicht, wenn er mit Blumen in der Hand in meinem Zimmer steht.

Gänseblümchen.

In meinem Kopf überlege ich mir eine Entschuldigung, als ich mich umdrehe und feststelle, dass er mir viel näher ist als erwartet. Viel, viel näher. So nah, dass er versucht, mich zu küssen. Ich stoße ihn von mir.

»Hey! Ich habe gesagt, dass du reinkommen kannst, von einem Kuss war nicht die Rede.«

»Oh.« Er sieht überrascht aus und hält entschuldigend die Hände in die Höhe, während er einen Schritt zurücktritt. »Tut mir leid.«

Wir starren einander an, die Stimmung ist dank des zurückgewiesenen Kusses angespannt.

»Ich bin verwirrt, Daisy. Ich dachte, wir hätten Spaß zusammen gehabt.«

»Das hatten wir auch«, bestätige ich, auch wenn ich mir nicht sicher bin, warum diese Worte aus meinem Mund kommen, da ich ja nicht weiß, was zwischen George und Daisy gelaufen ist – zumindest nicht wirklich. Sie meinte, es sei nichts Ernstes gewesen, aber vielleicht hat er dem Ganzen ja eine andere Bedeutung beigemessen?

Aber nein, er sieht mich nicht so an, wie Jennings mich ansieht. Nicht mal annähernd. Sie hatten vielleicht Spaß zusammen und es mag süß von ihm sein, ihr Blumen mitzubringen, aber er ist nur ein Typ, der sich fragt, was mit seiner *Freundschaft Plus* passiert ist.

Ein ganz normaler netter Kerl. Das ist alles.

Meine Schwester verdient jemanden, der sie genauso ansieht, wie Jennings das bei mir tut, also Planänderung. Ich werde George nicht die Wahrheit sagen, sondern die Sache mit ihm beenden. Wenn es Daisy wütend macht, dann ist das ihr Pech – sie hätte mich diese Woche gar nicht an ihrer Stelle hierherschicken sollen, um ihren Job zu machen.

Allerdings hätte ich dann auch nicht Jennings getroffen. Dieser Gedanke ist wie ein Schlag in die Magengrube, genauso wie der, der mir direkt im Anschluss durch den Kopf schießt. Der, der mich daran erinnert, dass ich nicht weiß, warum er heute Abend nicht aufgetaucht ist, und dass das mit uns vielleicht zu Ende ist.

»Wir hatten Spaß, aber ich treffe mich inzwischen mit jemandem«, sage ich zu George, ein Lächeln auf dem Gesicht, das hoffentlich mitleidig ist, aber auch sagt, dass er verschwinden soll. »Ich hätte das eher klarstellen sollen«, ergänze ich und schweige, da ich annehme, dass er sich das Offensichtliche dazu denken kann. *Ich date jemanden, also schlafe ich nicht mit dir. Hab noch einen schönen Abend.*

»Der britische Typ?«

Ich nicke.

»Du hast ihn gerade erst kennengelernt.« George ist unbeeindruckt.

»Wenn du es weißt, dann weißt du es«, scherze ich, merke aber sofort, dass es wahr ist.

»Ich dachte nicht, dass du darauf abfährst.«

»Auf was? Liebe?«

Er zuckt mit den Schultern. »Ja.«

»Danke.« Mein Ton ist sarkastisch. »Tja, tue ich aber. Sorry, dass ich deinen Historischen-East-Coast-Tour-Avancen ein Ende setze.« Mein Ton ist ein wenig schneidend, denn er kann mich mal. Alle Schuldgefühle für mein Eingreifen sind verschwunden. Daisy verdient etwas Besseres.

»Ich dachte nur nicht, dass du auf was Ernstes aus bist, das ist alles.« Er hat immerhin den Anstand, zerknirscht auszusehen, als er das sagt. Es bringt mich dazu, mich zu fragen, ob es nicht vielleicht sogar schwieriger ist, Daisy zu sein. Der spaßige Zwilling. Ich dachte immer, es müsse einfacher sein, aber vielleicht ist es das nicht. Sie ist nicht so vorsichtig wie ich. Sie stürzt sich kopfüber in Sachen, in Beziehungen. Sie geht Risiken ein und nimmt immer das Beste von allen an. Aber das bedeutet nicht, dass es für sie leichter ist.

Es bedeutet nicht, dass es sie nicht verletzt, wenn sie nicht ernst genommen wird, und auch nicht, dass sie nicht mehr verdient. Etwas Echtes.

Ich begleite George zur Tür und verbringe den Rest des Abends damit, mich davon zu überzeugen, dass ich Jennings morgen Früh sehe.

Aber ich glaube nicht daran.

31. Kapitel

Jennings

»Danke fürs Abholen«, sage ich an Rhys gewandt, als ich meine Tasche in den Kofferraum seines *Tesla* schmeiße. Er wirft den Kofferraum zu und zieht mich in eine für ihn typische Umarmung, wobei er mich mit seinen Armen fast zerquetscht, ehe er mir enthusiastisch auf den Rücken klopft. Halbherzig erwidere ich Letzteres und sehe hinüber zu seinem Auto. »Neu?«

»Ja, ich hab's gekauft, als ich hier nach Vegas gezogen bin. Möchtest du es fahren?«

»Nein, Rhys, ich bin betrunken.«

»Vom Flug?« Er schüttelt missbilligend den Kopf. »An Bord gibt's ja nicht mal anständigen Alkohol.«

Da hat er recht, aber dennoch hab ich es hinbekommen, mich zu betrinken.

»Es ist noch nicht mal fünfzehn Uhr und du hast dich schon mit billigem Fusel volllaufen lassen«, fasst Rhys zusammen, als er mich mustert. »Und du hast deine neue Freundin nicht mitgebracht.«

»Meine Freundin?« Ich werfe ihm einen bösen Blick zu, aber das sieht er wahrscheinlich nicht, da ich mir eine Sonnenbrille aufgesetzt habe, sobald ich die Automatiktüren des Flughafens hinter mir gelassen hatte und ins Freie getreten war. Hier in der verdammten Wüste ist es heller als auf der Oberfläche der Sonne. »Du bist ein Idiot.«

»Daisy«, sagt Rhys, als müsse er das erläutern. Als hätte ich mehrere Freundinnen. Jesus.

»Hast du irgendeinen Bourbon in deiner Suite? Oder noch besser, sind die Hotelbars bereits bestückt worden?«, frage ich, als ich die Beifahrertür öffne. Die Schlange der Autos, deren Fahrer Passagiere vom *McCarran Airport* einsammeln, ist endlos lang und das schrille Pfeifen der Sicherheitsangestellten, die versuchen, Herr über das Chaos zu werden, ist nicht gerade zuträglich für meine Laune.

»Jede Menge Alkohol, das verspreche ich dir«, erwidert Rhys, während er sich hinters Steuer setzt. »Wie geht es Nan?«

»Ihr geht's gut.« Ich lasse mich in den Sitz sinken und mache es mir bequem, ehe ich die Sonnenblende herunterklappe, um das Sonnenlicht auszusperren. »Das Krankenhaus hat sie als Vorsichtsmaßnahme eine Nacht zur Beobachtung dabehalten, aber sie ist so fit wie immer. Hab sie gestern bei deiner Mum abgeliefert. Hab in deinem alten Kinderzimmer geschlafen und deine Mum hat mir Pancakes zum Frühstück gemacht.«

»Du glücklicher Bastard.«

»Sie hat mir Kekse für dich mitgegeben, sie sind in meiner Tasche.«

»Diese Butterkekse?«

»Genau die. Ich denke, sie ist besorgt um dich.«

»Besorgt? Warum?«

»Ich glaube, sie macht sich Sorgen, dass du in einem Casino lebst und dich mit Frauen von moralisch fragwürdigem Charakter einlässt.«

Rhys lacht. »Das hat meine Mutter nicht gesagt.«

»Nein, ich denke, sie möchte einfach, dass du sie öfter mal anrufst. Wie dem auch sei, ich habe ihr auf jeden Fall versichert, dass du noch immer Jungfrau bist und sie dieses Wochenende anrufen wirst.«

»Danke. Ich schulde dir was.«

Wir schweigen, während sich Rhys in den Verkehr einfädelt. Sobald wir aus der Flughafenschleife raus und auf der Swenson sind, fragt er wieder wegen Daisy nach.

»Ihr verdammten Amerikaner seid so neugierig«, stöhne ich.

»Wenn dir das lieber ist, kann ich dir auch von der Tänzerin mit dem fragwürdigen Charakter erzählen, die ich gestern Nacht gefickt habe.«

»Heiliger, Rhys.« Ich schließe die Augen hinter meiner Sonnenbrille und reibe mir die Schläfen. Es kündigen sich bereits Kopfschmerzen an.

»Also, was ist passiert? Red es dir von der Seele, Kumpel. Ich dachte, diese Frau würde aus dir einen ehrbaren Mann machen.«

»Ehrlichkeit war nicht gerade ihre Stärke, wie sich herausgestellt hat.«

»Autsch.«

»Ja.«

Er schweigt wieder und ich hege die Hoffnung, dass das jetzt das Ende der Befragung ist. Ist es aber natürlich nicht. Wie könnte es denn auch anders sein? Denn Hoffen hat leider nichts mit der Realität zu tun.

»Was ich da raus höre, ist, dass du mehr Alkohol brauchst, ehe du mir die Story erzählst.« Rhys tippt mit seinen Fingern auf dem Lenkrad herum, als wir an einer roten Ampel halten müssen.

»Wo soll ich denn anfangen, du neugieriger Wichser?«

»Am Anfang. Und hör auf, mich wie ein kleines Mädchen vollzujammern.«

»Also gut«, stimme ich zu und versuche dann, mich an den Punkt zu erinnern, ab dem die Woche so schrecklich schieflief. »Sie hat etwas verheimlicht. Von der ersten Nacht an.«

»So wie du«, betont Rhys wie ein nerviges Arschloch das Offensichtliche.

»Auf wessen Seite stehst du?«

»Hör auf, so eine Pussy zu sein, meine Güte. Diese Frau ist dir ja wirklich unter die Haut gegangen.«

»Da hast du recht.« Die Ampel wird grün und wir überqueren die Tropicana Avenue. Der Strip ist nur ein paar Straßen weiter links, aber unmöglich zu verpassen. Auch an Daisy gab es kein Vorbeikommen. »Lass uns den Grund und Boden begutachten, damit ich sehen kann, was sich seit meinem letzten Besuch getan hat. Den Rest erzähle ich dir, wenn ich einen weiteren Drink hatte.«

Die nächsten zwei Stunden verbringen wir damit, durch das neue Hotel zu gehen. Vegas ist das komplette Gegenteil von dem, was ich gewohnt bin. Gewaltig und kitschig in meinen Augen, aber profitabel, und das kann ich wertschätzen. Das Windsor soll in etwas weniger als einem Monat eröffnen. Mit knapp zweitausend Zimmern gilt es hier in Vegas eher als klein. Ein Boutique-Hotel. Was für ein lächerlicher Widerspruch in sich. Vor weniger als zwei Jahren haben wir das Objekt ausgewählt. Ein anderer Bauunternehmer hat das Projekt mitten in der Errichtung aufgegeben, sodass es zwar fast fertig war, aber völlig leer stand. Die damalige Besichtigung war unheimlich. Vor uns lag eine Geisterstadt voll ungenutztem Potenzial. Spult man zum jetzigen Zeitpunkt vor, ist das ganz anders. Überall sind Arbeiter am Werk. Die Casinotische stehen. Spielautomaten werden geliefert und nach drinnen verfrachtet, noch während wir dabei zusehen. Rhys hat das Grundstück mit dem halbfertigen Bau damals entdeckt, mich und den Vorstand von dessen Potenzial überzeugt und jetzt sind wir hier. Die ursprünglichen Baupläne wurden geändert und an unser Unternehmen angepasst. Wir konnten das Endergebnis, das wir wollten, viel schneller erreichen, indem wir das renovierten, was der erste Bauunternehmer bereits errichtet hatte, anstatt mit einem Neubau ganz von vorn zu beginnen.

»Gut gemacht, Rhys«, lobe ich ihn, als wir uns auf den Weg zu den Apartments der Führungskräfte machen. Es gibt einen separaten Trakt mit Unterkünften für die leitenden Angestellten des Hotels, sollten sie sich dafür entscheiden, direkt hier leben zu wollen.

»Danke.« Er nennt mir die erwartete Auslastungsrate für das restliche Jahr. Zahlen, die definitiv erreichbar sind. Ich selbst habe die Zahlen ebenfalls schon geprüft und rechne damit, dass das Projekt innerhalb von achtzehn Monaten die größte Einkommensquelle für unser Unternehmen werden wird.

Allerdings bin ich momentan nicht am Geschäft interessiert. Geschäftsmäßig gesehen, ist dieser Trip hier völlig überflüssig. Ich bin hergekommen, um meinen Kummer zu ertränken, wenn ich ehrlich bin. »Zeig mir, was Vegas hat, um mich abzulenken.«

Rhys' Augen leuchten auf und er klopft mir auf den Rücken, als sich die Türen des Fahrstuhls vor uns öffnen. »Ich weiß da genau das Richtige.«

Die berühmten letzten Worte. Vier Drinks später erzähle ich

ihm alles. Er hat mich in eine Bar mitgenommen, die einem Kumpel von ihm gehört. In Henderson, verflucht, aber immerhin ist es kein Stripclub. Natürlich hat er auch angeboten, dort hinzugehen. Er hat mir sogar Nutten angeboten, nachdem ich die Stripperinnen ausgeschlagen hatte. Langsam frage ich mich, ob sich seine Mum nicht vielleicht zurecht Sorgen macht.

»Ich bin also wie ein verdammter Idiot zum Hotel zurückgerannt«, erzähle ich ihm. »Wegen des Unfalls hatten wir das Abschiedsessen verpasst. Es war schon spät, als Nan endlich auf ihrem Krankenhauszimmer war, daher hab ich mich beeilt, zurück zum Hotel zu kommen. Ich wollte Daisy sehen, auch wenn sie ganz offensichtlich ein wenig verrückt ist.« Wir sitzen an der Bar und ich winke nach einem weiteren Drink.

»Offensichtlich.« Rhys gibt sein Bestes, meinen betrunkenen Ausführungen zu folgen. Er ist ein toller Freund.

»Und dann geht dieser Wichser von Fahrer in ihr Zimmer.«

»Oh.« Er zuckt angesichts meiner Misere zusammen.

»Genau. Der Typ, mit dem sie angeblich nichts am Laufen hatte, geht um zweiundzwanzig Uhr fünfzehn in ihr Zimmer.«

»Verlogene Schlampe.« Rhys schüttelt mitleidig den Kopf.

»Nenn sie nicht so.« Ich schaue ihn finster an, dann kippe ich den Kurzen runter, der vor mir steht.

»Sorry.« Rhys hält entschuldigend eine Hand in die Höhe. »Ich dachte, wir würden sie hassen. Hab verstanden. So weit sind wir noch nicht.«

»Vielleicht war es ja der Fahrer, dem sie es heimzahlen wollte, als sie mich in der ersten Nacht aufgerissen hat. Was meinst du?«

»Vielleicht.« Er zuckt mit den Schultern, denn dazu gibt es nicht mehr viel zu sagen, nicht wahr?

»Ich glaube dennoch nicht, dass das ein typisches Verhalten von ihr war. Sie war ziemlich ungeschickt darin.« Ich nippe an meinem Bourbon, den ich zwischen den Kurzen trinke, und versuche, im Kopf noch mal alle Ereignisse durchzugehen. Meine Erinnerung ist momentan recht verschwommen. »Ihre Pussy war das verdammte Nirwana.« Ich bin mir nicht sicher, was das mit alledem zu tun hat, aber in meinem betrunkenen Zustand erscheint es mir wichtig, das zu erwähnen. »Und ihr Mund, heilige Scheiße.« Ich lasse den Kopf auf meine Hände sinken, die auf der Theke der Bar liegen.

»Ich sage kein einziges Wort«, murmelt Rhys, ehe er sich sein eigenes Glas an die Lippen führt. Vor einer Stunde hat er dem Barkeeper seine Schlüssel zugeworfen und es sich auf seinem Stuhl gemütlich gemacht, um mich für eine ganze Weile dabei zu beobachten, wie ich mich betrinke, und meinem Gefasel zuzuhören.

»Ich denke, sie hat mich in die Irre geführt.«

»Mit ihrer magischen Pussy?«

»Ja, genau.« Ich sehe mich in der Bar um. »Haben sie hier irgendwas zu essen? Ich denke, wir sollten was essen.«

»Nein. Wir werden auf dem Rückweg bei einem Drive-in vorbeifahren.«

»Wir haben keine Schlüssel mehr und du kannst deinen *Tesla* nicht betrunken fahren. Ich weiß, dass sich das verfluchte Ding selbst fahren kann, aber das sollte nicht erlaubt sein. Denn wenn es erlaubt wird, werden, ehe du dich versiehst, als Nächstes Eltern ihre Kinder in das Ding setzen und in einem Auto ohne Fahrer zum Kindergarten schicken! Die Gesellschaft ist mittlerweile echt verkommen.« Ich schüttle den Kopf und denke darüber nach, wie ein alter Mann eine Faust wütend in die Luft zu schwingen. Denn ich bin verfickt alt.

»Ein Fahrdienst wird uns abholen«, antwortet er und hält sein Handy in die Höhe. »Wenn wir so weit sind.«

»Fuck«, stöhne ich. »Ich hab nicht mal mehr ein Handy. Hab's während des Unfalls verloren. Mein Schwanz ist am Vertrocknen und ich hab kein Handy.« Ich sehe wieder zur Bar und kippe dann den Rest des Drinks runter, ehe ich aufstehe, wenn auch schwankend.

»Okay, ich vermute, du bist so weit.« Rhys wählt mit einer Hand einen Kontakt in seinem Handy an und winkt mit der anderen dem Barkeeper zu.

32. Kapitel

Violet

Begleitet von einem erleichterten Seufzen lasse ich Daisys Koffer im Flur fallen. Home, sweet home. Oder wohl eher *Home, sweet Daisys Couch*, was mich betrifft. Durch die Gegend zu reisen, nervt. Durch die Gegend zu reisen, wenn man sich selbst bemitleidet, ist sogar noch viel beschissener.

Nun ist es also vorbei.

Der Trip.

Und das mit Jennings.

Ich will ihn hassen, aber das tue ich nicht. Ich will wütend auf ihn sein, weil er mir etwas Wundervolles gezeigt und es mir dann wieder weggenommen hat.

Na gut. Ich bin auch ein wenig sauer. Ich kicke mir die Schuhe von den Füßen und schnappe mir eine Dose Diätlimonade aus dem Kühlschrank, ehe ich mich auf das Sofa fallen lasse.

Es war ohnehin alles nur eine große, fette Lüge.

Denn ich bin eine Lügnerin und habe bekommen, was ich verdient habe, nicht wahr? Trotzdem habe ich mein Bestes versucht, um ihm die Wahrheit zu sagen. Zumindest so weit, wie ich konnte.

Meine Gefühle waren echt.

Daisys Apartment ist so still, dass ich die Uhr an der Wand ticken hören kann. *Tick, tick, tick.*

Er ist ohne auch nur ein einziges Wort des Abschieds verschwunden. Ich fühle mich deswegen immer noch irgendwie betäubt. Wie kann das einer Frau gleich zwei Mal passieren? Bei Mark hatte ich immerhin die Chance, ihm ins Gesicht zu sagen, was für ein Arschloch er ist. Jennings musste ich eine Notiz hinterlassen, da ich ihn nicht mehr gefunden habe. Ich habe an der Rezeption nachgefragt, ob er ausgecheckt hat. Normalerweise geben sie solche Informationen nicht raus, aber sie erkannte mich als Reiseleiterin. Ich habe so getan, als würde ich mir Sorgen machen, dass er nicht rechtzeitig zum Flughafen kommt, und mich daher fragen würde, ob er schon ausgecheckt hätte.

Nein. Er hat seinen Aufenthalt sogar *verlängert.* Seinen und den seiner Nan.

Also habe ich auf dem Weg zum Flughafen eine Nachricht für ihn an der Rezeption hinterlassen. Wer weiß, ob er sie überhaupt bekommen hat, aber es fühlte sich gut an, sie zu schreiben.

Dennoch befinde ich mich im Zwiespalt, jetzt, wo ich hier sitze. Ich möchte sein Verhalten unbedingt entschuldigen. Vielleicht kam ihm was dazwischen? Ein Notfall? Vielleicht habe ich ihn falsch verstanden, hätte ihn irgendwo treffen sollen und jetzt bin ich diejenige, die nicht aufgetaucht ist?

Die irrationalen Gedanken werden jedoch schnell durch vernünftige ersetzt. Die, die mir sagen, dass nichts davon wahrscheinlich ist. Dass er wusste, in welchem Hotelzimmer ich bin. Dass er keine Nachricht für mich an der Rezeption hinterlassen hat. Dass er nie ans Handy gegangen ist. Dass er mir nichts schuldig war.

Ich habe kein Recht, traurig zu sein.

Ich wollte einen One-Night-Stand und ich habe ihn bekommen. Bei der Erinnerung daran, dass ich ihm gesagt habe, dass ich ihn als meinen ersten One-Night-Stand zähle, zucke ich zusammen. Ich bin so ein Arschloch.

Ich mache die Diätlimo auf und bewege den Dosenring hin und her, bis er abfällt. Keine Ahnung, warum ich das tue. Denn ich mag es nicht, aus der Dose zu trinken, wenn das Ding fehlt. Dann fühlt es sich seltsam an meinen Lippen an, ungewohnt. Es sollte nicht den Geschmack der Limo verändern, doch es ruiniert mir das Getränk.

So bin ich. Ich ruiniere Dinge.

Vielleicht hat er ja auch gelogen? Vielleicht hat er doch keinen Job und lebt auf dem Sofa seiner Nan? Er hat gesagt, er hätte ein eigenes Haus, aber zur Hölle, ich habe auch behauptet, ich wäre eine Reiseleiterin. Vielleicht wird er auch polizeilich gesucht oder hat eine nicht heilbare Krankheit und wollte mich nicht dem Schmerz aussetzen, ihn langsam zu verlieren.

Okay, na gut. Das ist wirklich unwahrscheinlich.

Er hätte es nicht durch die Flughafenkontrolle geschafft, wenn er ein gesuchter Verbrecher wäre, und niemand mit einer unheilbaren Krankheit hat eine solche Ausdauer.

War diese Woche für ihn nur ein Entkommen aus dem Alltag? Eine Flucht aus der realen Welt? Das sollte Jennings zumindest für mich sein, als alles angefangen hat. Eine Nacht, in der ich so tat, als wäre ich jemand, der ich nicht bin, sondern jemand, der mehr wie meine Schwester ist. Kontaktfreudig und spontan und, nun ja, leicht zu haben.

Möglicherweise war ich einfach nur ein willkommener Gelegenheitsfick, so wie Daisy es für George war, und bin nun eine Idiotin, weil ich dachte, es wäre etwas anderes, als es ist.

Außer ... Was auch immer wir hatten, es wurde real für mich, und das sehr schnell. Ich dachte, ihm würde es genauso gehen. Ich weiß, dass es so war. Also ist er entweder ein wahnsinnig guter Schauspieler oder ein Feigling.

Oje, das wird es wahrscheinlich sein. Er hat Angst, sich zu binden. Ein sechsunddreißigjähriger Mann mit Job und einem eigenen Haus, der so aussieht wie er, wäre nicht allein, wenn etwas mit ihm nicht stimmen würde.

Ich wette, er ist noch nicht mal sechsunddreißig. Ich wette, dass er schon *beinah* siebenunddreißig ist.

Ha.

Wow, ich bin nicht gut darin, jemanden runterzumachen. Außerdem bin ich mir nicht sicher, ob es überhaupt zählt, wenn ich es nicht laut ausspreche. Ich bin scheiße.

Um mir noch einen weiteren Schlag ins Gesicht zu verpassen, habe ich tatsächlich die Einladung zu einem Vorstellungsgespräch bekommen.

Nächste Woche.

In London.

Wir waren gerade auf der Walking-Tour in Philadelphia, als der Anruf kam. Ich habe mich nach draußen verdrückt, um ihn entgegenzunehmen, als die Gruppe die *Independance Hall* besichtigte. Draußen stand ich dann mit dem Handy am Ohr und einem breiten Lächeln auf dem Gesicht. Es geht um einen Traumjob für mich. Ein Traum, größer, als ich ihn je zu träumen gewagt hätte, wenn Jennings mir das nicht vorgeschlagen hätte. Wenn er mich nicht sogar gepushed hätte.

Die Stelle ist bei *Sutton International* – dem Hauptunternehmen, zu dem auch das Reiseunternehmen gehört, für das Daisy arbeitet – in London. Ich habe mich dort Anfang der Woche beworben, als Jennings vorschlug, ich solle innerhalb des Unternehmens nach passenden Stellen Ausschau halten. Natürlich habe ich mich extern beworben, da ich ja nicht wirklich für das Unternehmen arbeite. Jennings hat mich zum Nachdenken gebracht und warum auch nicht? Es gab keinen Grund, mich nicht als ich selbst, als Violet, zu bewerben. Also habe ich es getan. Und dann kam der Anruf.

Als ich ans Handy gegangen bin und realisierte, dass *Sutton International* dran war und sie nach mir, also nach Violet, fragten, hätte ich beinah gedacht, ich wäre aufgeflogen. Als würde mich jemand auf dem Handy anrufen, um mich zu fragen, ob ich mich als Daisy ausgeben würde. Ein dummer Gedanke.

Es geht um einen Job in der Design- und Entwicklungsabteilung des Unternehmens. Ich würde mit dem Team zusammenarbeiten, das dafür zuständig ist, die Hotels, die sie kaufen, zu renovieren und mit einem neuen Design auszustatten – auf dem europäischen Markt. Hin und wieder auch bei historischen Gebäuden. Visionen von Charme und Details aus verschiedenen Epochen tanzen durch meinen Kopf. Beinah hätte ich meine Hacken zusammengeschlagen, als ich mit der Repräsentantin der Personalabteilung gesprochen habe.

Den Rest des Tages verbrachte ich mit dem Gefühl, ich würde das beste Geheimnis der Welt hüten. Ich konnte es kaum erwarten, es mit Jennings zu teilen, aber es waren zu viele Menschen um uns herum. Nach dem Abendessen, dachte ich. Er würde sich für mich freuen und wäre aufgeregt. Ich wäre in London – schon nächste Woche! Ich könnte ihn wiedersehen –

schon nächste Woche! Und wenn ich den Job bekäme, könnte ich ihn die ganze Zeit über sehen.

Doch ich habe nie die Chance bekommen, ihm etwas davon zu erzählen.

Es ist seltsam, wie Gefühle, die eben noch stabil waren, innerhalb eines Augenblicks in ihren Grundfesten erschüttert werden können. Ich wollte das. Mit allem, was ich bin und habe. Ich wollte die Idee, alles einzupacken und nach London zu ziehen, wahr werden lassen. Für Jennings, aber auch für mich. In Übersee zu leben, ist etwas, von dem ich immer geträumt habe.

Das Vorstellungsgespräch ist für Montag angesetzt. Wenn ich denn überhaupt hingehe, versteht sich. Sie bezahlen mir meinen Flug und zwei Übernachtungen in einem Hotel. Es wäre meine erste Reise nach London. Zeitlich würde ich nicht viel mehr schaffen, als das Vorstellungsgespräch hinter mich zu bringen, Fish and Chips zu probieren und einen Souvenirmagneten am Flughafen zu kaufen. Aber die Vorstellung dessen ist mittlerweile irgendwie befleckt. Nicht ganz so, wie ich sie mir ausgemalt habe. Würde ich die Zeit dieser Leute verschwenden, wenn ich hinfliege? Ich bin niemand, der gern die Zeit von anderen verschwendet, doch inzwischen bin ich mir nicht mehr zu einhundert Prozent sicher, ob ich den Job annehmen würde, würde er mir angeboten werden.

Außerdem habe ich noch eine andere Option. Am Freitag habe ich ein Vorstellungsgespräch bei einer hiesigen Firma. Sie würde gut zu mir passen. Der Arbeitsweg ist spitze. Aber gut, da ich derzeit keine eigene Wohnung habe, ist der Arbeitsweg wohl erst mal irrelevant. Der Arbeitsplatz ist nur etwa eine halbe Stunde von Daisys Zuhause entfernt. Die Bezahlung ist super – etwa zehn Prozent mehr, als ich vorher verdient habe, mit zusätzlichem Bonussystem. Mit diesem Job könnte ich sehr schnell wieder auf eigenen Beinen stehen – und schnell wieder ein eigenes Zuhause haben.

Noch vor zwei Wochen hätte ich angesichts dieser Jobmöglichkeit einen Luftsprung gemacht. Denn er passt, wie gesagt, gut zu mir. Er hat alles, was ich wollte. Es wäre eine gute Entscheidung, karrieretechnisch gesehen. Eine sichere Wahl.

Aber jetzt? Jetzt will ich mehr. Ich möchte Abenteuer. Mich selbst herausfordern, ein Risiko eingehen. Meine Flügel über den kleinen Radius hinaus ausbreiten, in dem ich geboren wurde. Aber kann ich das? Ohne Liebe als zusätzlichen Anreiz?

Habe ich den Mut, allein nach Übersee zu ziehen? Das ist doch verrückt. Eine total verrückte Idee. *Eine, die von Daisy stammen könnte,* denke ich lächelnd. Ich nehme mein Handy zur Hand, um sie anzurufen, aber während ich durch meine Kontakte scrolle, um ihre Nummer zu wählen, klingelt bereits das Telefon. Es ist Daisy.

»Ich wollte dich gerade anrufen«, sage ich zur Begrüßung.

»Twin-Win!«, antwortet sie. »Ich habe gewonnen.«

»Hast du, aber nur um knappe drei Sekunden.«

»Bist du schon zu Hause?«

»Ja, ich sitze auf deinem Sofa und trinke deine Limo.«

»Gut. Verlief der Rest der Tour ohne Probleme? Hast du es überlebt? Du hasst mich doch nicht, weil ich dich dazu gezwungen habe, das zu machen, oder?«

»Ich habe es überlebt. Möglicherweise war das Ganze sogar ganz gut für mich.«

»War es schwer für dich, das zuzugeben?«

»Ein bisschen. Aber was ist mit dir? Wie läuft es mit deinem Hass-Freund?«

»Warum? Was hast du gehört?«

»Was soll ich denn gehört haben?« Ich ziehe eine Grimasse, auch wenn sie nicht hier ist, um das sehen zu können. »Hätte mich Mum über dein Sexleben auf dem Laufenden halten sollen?«

»Haha. Nein, vermutlich nicht. Wie sieht es denn mit deinem britischen Lover aus? Bist du mit ihm durchgebrannt? Ich wäre nicht böse, wenn du es getan hättest. Das wollte ich nur mal so in den Raum werfen. Nur zu deiner Information.«

»Ähm, nein. Wir sind definitiv nicht miteinander durchgebrannt.« Ich versuche, leichtfertig zu klingen, aber ich versage.

Kläglich.

»Das klingt nach Unheil. Was ist passiert?«

Ich atme einmal tief durch und bringe sie auf den neuesten Stand der Dinge.

33. Kapitel

Jennings

»Ist dein Arschloch-Cousin noch immer hier?« Canons Stimme lässt mich von meinem Laptop aufblicken.

»Ja, ist er«, rufe ich, obwohl er eigentlich mit Rhys gesprochen hat. »Und er ist auch immer noch dein Boss.«

»Ist er fertig mit Schmollen?«, wendet sich Canon wieder an Rhys und ignoriert mich, dabei hat er mich definitiv gehört. »Mit dieser Art von Energie im Raum kann ich das Spiel nicht gucken.«

Er ist ein Idiot. Er biegt um die Ecke von Rhys' Flur, in den Händen ein paar Pizzakartons, und grinst, ehe er so tut, als wäre er überrascht, mich zu sehen. »Oh, sorry. Du bist ja da.«

»Verpiss dich.«

»Du siehst gut aus.« Er lässt die Pizzakartons geräuschvoll auf den Couchtisch fallen und nimmt sich ein Bier aus dem Kühlschrank. Da ich gerade unter keinen Umständen gut aussehen kann, bin ich mir sicher, dass er mit seinem Kommentar nur clever klingen will. »Habe ich den Startschuss verpasst?«, fragt er und wirft den Bierdeckel in Richtung der Küchenanrichte, wo er aufkommt, gegen die Kacheln an der Wand fliegt und dann liegen bliebt.

Dieses Zuhause hier ist wie das einer verdammten Studentenverbindung. Mit Zimmerservice, einem Parkdienst und nur fünf Minuten Fußweg zur Arbeit. Ich würde ihre Fähigkeiten, dieses Hotel zu leiten, ernsthaft anzweifeln, wenn ich es nicht besser wüsste. Wenn ich ihre Arbeit nicht selbst gesehen hätte.

Trotzdem.

Ich verenge die Augen, als sich Canon aufs Sofa fallen lässt und den Deckel einer der Pizzakartons anhebt. Wenn ich sie so sehe, ist es schwer zu glauben, dass diese Idioten zu irgendwas fähig sind. Noch unglaublicher ist, dass sie ein fester Bestandteil der Geschäftsführung sind. Daher auch die hier angrenzende

Wohnmöglichkeit, die der eines Verbindungshauses gleichkommt.

»Hast du die Bar gebeten, noch eine weitere Flasche Bourbon hochzuschicken?«, fragt Rhys. Seht ihr, was ich meine? Sie haben Zugang zu einem Bar-Lieferservice. Einer Bar mit grenzenloser Rechnung, ungeachtet der Tatsache, dass der Whiskey für mich ist.

Ich sollte Tante Poppy stecken, dass Rhys nie wieder nach Connecticut zurückkommen wird, denn so wie ich das sehe, werden die beiden Arschlöcher so lang in diesem Hotel leben, bis ihnen die Schwänze abfallen. Ich bin mir ziemlich sicher, dass ich gestern Abend an einer Stripperin vorbeigegangen bin, die eine der Suiten betreten hat. Oder auch einer Nutte, aber ich entscheide mich dazu, Ersteres anzunehmen. Ich habe Rhys und Canon gefragt, ob ich mir wegen der Vorgänge hier Sorgen machen sollte, woraufhin sie mir versicherten, dass das nicht nötig wäre. Und jetzt bin ich das Arschloch.

Verfluchte Amerikaner.

Ich schenke mir einen Drink ein, während sich die anderen auf dem Sofa breitmachen und die Lautstärke des Fernsehers aufdrehen. Auf dem Bildschirm läuft gerade das Spiel.

Ich blende die beiden aus und widme mich wieder dem Lesen von Daisys Personalakte auf meinem Laptop. Schon wieder. Es passt einfach nicht zusammen. Ich habe bereits die Bewertungen ihres Arbeitsverhaltens gelesen. Diesbezüglich kann ich keine offensichtlichen Widersprüche finden. Ihr Abschluss von der *Arizona State* ist echt. Also hat sie gelogen, als sie meinte, sie hätte an der *Penn* studiert. Die Arbeit als Reiseführerin ist eine Honorartätigkeit, aber sie hat die letzten vier Jahre durchgehend für uns gearbeitet. Also hat sie gelogen, was ihre Arbeit im Designbereich angeht. Ich kann mir nicht vorstellen, wie sie Zeit gehabt haben soll, um beides zu machen.

Aber warum?

Warum sollte sie mir sagen, sie hätte die Stelle als Tourguide gerade erst bekommen? Diese Lüge macht absolut keinen Sinn. Keine von ihnen tut das, aber diese Unwahrheit sticht als besonders unnötig heraus. Es sei denn, sie war dazu gedacht, um als Basis für die Lüge, sie habe erst kürzlich ihren Job verloren, zu dienen. Dafür, sie wäre mit ihrem Chef zusammen gewesen und gefeuert worden. Eine Person müsste schon eine Borderline-Persönlichkeit haben, um so dermaßen zu lügen.

Es gibt etwas, das ich nicht sehe.

Die Nachricht, die sie mir hat zukommen lassen, lautete, dass ich ein Arschloch sei. *Du bist eine besondere Art von Arschloch,* hat sie geschrieben. Ich bin mir allerdings unsicher, inwiefern ich der Schuldige bin.

Sie ist definitiv verrückt.

Ich stöhne und schiebe den Laptop beiseite.

»Du zerstörst mein Chi, Bro.« Canons Worte. Er hält mir die offene Pizzaschachtel hin und ich nehme mir ein Stück, da die Kombination aus hochklassigem Bourbon und schlechter Pizza gerade mein kleinstes Problem ist.

»Du wüsstest nicht mal, was Chi ist, wenn es dir einen blasen würde«, erwidere ich. Würde er wirklich nicht. Canon hat mit Zen nichts am Hut.

»Na endlich!« Er schmeißt den Pizzakarton zurück auf den Tisch und stößt siegreich die Hände in die Luft. In einer hat er noch ein Bier und ich erwarte schon eine Sauerei, aber scheinbar hat er einige Übung darin, mit einem Getränk in der Hand zu gestikulieren, denn er verspritzt nicht einen Tropfen.

»Ich wusste doch, dass du da drin irgendwo einen Sinn für Humor hast.« Er schüttelt den Kopf. »Nein, das ist eine Lüge. Ich habe es nicht geglaubt. Aber Rhys hat gesagt, dass es so wäre, und ihm habe ich geglaubt.«

»Danke«, sage ich trocken. Es ist mir scheißegal, ob ich ihm mit meiner schlechten Laune auf die Eier gehe.

»Woran arbeitest du?«, fragt Rhys und löst seinen Blick lang genug vom Fernseher, um ihn auf meinen Laptop zu richten. Er weiß verdammt noch mal ganz genau, woran ich arbeite.

»Ich sehe mir noch immer die Personalakte an, die du mir geschickt hast, und versuche, mir alles zusammenzureimen.«

»Dir was zusammenzureimen?«, hakt Canon nach. An den

besten Tagen ist er ein neugieriger Bastard, was zu seiner Position als Sicherheitschef passt, es aber nervig macht, sich mit ihm auseinanderzusetzen.

»Meine Reiseleiterin von letzter Woche. Nichts, was sie mir erzählt hat, stimmt mit ihrer Personalakte überein. Ich habe gedacht, dass ihr Lebenslauf vielleicht gefälscht sei, aber damit ist alles in Ordnung.«

»Das ist eine Sicherheitsangelegenheit«, antwortet Canon, als er meinen Laptop nimmt und beginnt, die offenen Seiten durchzusehen. »Daisy Hayden«, liest er laut vor. »Zuallererst mal: Sie klingt heiß.«

»Sei respektvoll, Canon. Er liebt sie noch«, sagt Rhys zu ihm. Ich werfe ihm einen bösen Blick zu, doch das bemerkt er nicht, weil seine Aufmerksamkeit auf den Fernseher gerichtet ist.

»Alles, was ich sage, ist, dass es bei einer Frau, die Daisy heißt, praktisch vorprogrammiert ist, dass es mit ihr heiß hergeht.«

Ich reibe mir die Schläfe, da ich das Gefühl habe, dass sich Kopfschmerzen ankündigen.

»Okay, lasst uns sehen, womit wir es hier zu tun haben.« Canon klickt auf dem Touchpad herum, während er sich durch die Dokumente scrollt. Jetzt, wo ich darüber nachdenke, hätte ich ihn wahrscheinlich schon vor zwei Tagen bitten sollen, das zu tun. Seine Finger fliegen über die Tastatur, während er Programme öffnet, bei denen ich nicht sicher bin, ob ich zu ihnen Zugang habe. Zur Hölle, ich bin mir nicht mal sicher, ob er gerade überhaupt die Unternehmensdatenbank benutzt.

»Wie kriegst du zu all dem Zugang?«

»Frag nicht.«

Mache ich nicht. Stattdessen erzähle ich ihm, was ich tatsächlich weiß.

»Ihre Herkunft stimmt. Keine Einträge in irgendwelche Polizeiakten. Keine Probleme mit den Steuern. Gute Kreditwürdigkeit.« Wieder hackt er auf der Tastatur herum, ehe er innehält und den Laptop in meine Richtung dreht. Auf dem Bildschirm ist ihre Arbeits-ID zu sehen. »Ist sie das?«

»Ja.«

Er dreht den Computer wieder um und tippt weiter. »Ihre Adresse ist korrekt. Der Mietvertrag läuft auf ihren Namen. Ein Einzimmerapartment in Naperville, Illinois. Sieht nach einem netten Fleck aus.« Er zuckt mit den Schultern.

»Ja, sie hat gesagt, dass sie dort lebt. Das stimmt, denke ich.«

»Exzellente Arbeitsbewertungen.«

»Damit habe ich ein Problem. Sie war bestenfalls eine durchschnittliche Reiseleiterin. Nervös. Hat ein paar Sachen vergessen.«

»Vielleicht, weil sie mit ihrem Boss geschlafen hat?«, meint Canon.

»Zu früh«, mischt sich Rhys vom Sofa aus ein.

Canon nickt und liest weiter. Ich wiederum kippe den Rest meines Drinks runter und sehe dem Spiel im Fernsehen zu, aber um ehrlich zu sein, achte ich nicht mal genug darauf, um überhaupt zu wissen, wer spielt.

»Wer ist Violet Hayden?«

»Wer?«

»Violet Hayden ist als Notfallkontakt in ihrer Personalakte angegeben.«

»Keine Ahnung. Sie hat nie eine Violet erwähnt. Ihre Schwester? Vielleicht ihre Mutter?« Wen interessiert das schon?

Noch mehr Getippe auf dem Laptop, dann grinst Canon. Ich glaube, ich habe ihn noch nie so amüsiert gesehen. »Geburtsurkunde. Vom Staat Illinois«, verkündet er.

»Heiliger, hat sie bezüglich ihres Alters gelogen?« Eine Welle des Grauens überkommt mich. »Sie ist nicht minderjährig, oder? Ich habe sie gefragt. Sie sah jung aus, aber nicht so jung. Verdammte Scheiße.«

»Sie ist sechsundzwanzig«, sagt Canon und wirft mir einen Blick zu, als wäre ich irgendwie eine Art Feigling.

»Ja, sie hat gesagt, sie sei sechsundzwanzig. Worauf willst du hinaus?«

»Es war eine Zwillingsgeburt.« Er sagt das ganz langsam, so als wäre es von Bedeutung.

»Okay.« Ich starre ihn für einen Moment an und lasse das auf mich wirken. Sie hat also eine Schwester. Sie hat auch eine erwähnt. Canon scheint das allerdings faszinierender zu finden als ich, daher habe ich das Gefühl, dass mir etwas entgangen ist. Vielleicht hätte ich den letzten Drink doch nicht gebraucht.

Canon tippt wieder etwas ein. »*Penn*, Abschluss in Stadtplanung«, sagt er und winkt vor meinem Gesicht herum, als solle ich antworten.

»Ja, das hat sie gesagt.«

»War bis vor sechs Monaten als Junior-Designerin angestellt, ehe die Firma, für die sie gearbeitet hat, verkauft wurde.« Er sagt das wieder sehr langsam, so als ...

Heilige Scheiße.

Sie haben getauscht.

Ich lehne mich nach vorn, stütze die Ellenbogen auf den Knien ab und reibe mir mit beiden Händen über das Gesicht. Ich war nicht mit Daisy zusammen, sondern mit Violet. Ich lasse mir ihren Namen mehrmals durch den Kopf gehen, als mich Erinnerungen an sie überfluten. Es passt alles, oder? Sie hat mir die Wahrheit erzählt. Irgendwie zumindest. »Warum?«, spucke ich schließlich aus. »Warum sollten sie so etwas tun?«

»Fuck, keine Ahnung. Das ist dein Problem, nicht meins.«

Ich erinnere mich an ihren Notizblock und daran, wie nervös sie während der Tour war. Ich erinnere mich daran, dass ich sie fragte, ob sie mit dem Fahrer was hätte. An den überraschten Gesichtsausdruck auf ihrem Gesicht, ehe sie verneinte. Daran, dass sie auf sich deutete und sagte, nein, sie hätte nichts mit ihm.

Aber ihre Schwester, oder? Das ist es. Jetzt macht alles Sinn. Sie hat auch George nichts von dem Rollentausch gesagt. Kein Wunder, dass der Kerl jedes Mal, wenn sie im gleichen Raum waren, verwirrt aussah.

Ich bin tatsächlich eine besondere Art von Arschloch.

»Wo ist sie? Violet meine ich«, wende ich mich an Canon, nachdem ich Rhys gesagt habe, er solle die Klappe halten. »Hast du eine Adresse von ihr?«

Er tippt wieder.

»Nein«, sagt er schließlich. »Eine Sekunde. Ich krieg das raus.

Wenn die Leute wüssten, wie einfach das ist, würden sie es selbst machen.« Er sagt es vergnügt, so als würde es ihm Spaß machen, Leute im Internet zu stalken. Ich mache mir eine mentale Notiz, in Zukunft nicht mehr so ein Arsch zu ihm zu sein.

Ich stehe auf und laufe auf und ab, während Canon sucht. Sie kann nicht schwer zu finden sein, beruhige ich mich selbst. Ich weiß, wo ihre Schwester ist – wenn sonst nichts hilft, schlage ich meine Zelte vor ihrer Türschwelle auf und verlange, dass sie mir sagt, wo Violet ist.

»Hat sie deine Adresse?«, fragt Canon. Er hat die Stirn in Falten gezogen und starrt auf etwas auf dem Bildschirm.

»Nein, ich denke nicht. Ich habe erwähnt, in welcher Straße ich wohne, aber mehr auch nicht. Warum?«

»Sie ist in London.«

Was zur Hölle?

Ich bin am falschen Ort.

Aber ich glaube nicht, dass sie wegen mir in London ist.

»In der Designabteilung gibt es eine freie Stelle, von der ich ihr erzählt habe. Sieh nach, ob sie sich dafür beworben hat.«

»Schon dabei.« Canon tippt und ich laufe wieder unruhig auf und ab. »Hat sie. Sie hat eine Einladung zu einem Vorstellungsgespräch erhalten, und die hat sie angenommen. Das Vorstellungsgespräch ist morgen um zehn.«

Morgen um zehn. Ehe ich mit dem Rechnen fertig bin, hat Canon schon weitergedacht. »In zwei Stunden und zwanzig Minuten geht ein Direktflug nach London. Er landet morgen Früh in Heathrow um zehn Uhr fünfzehn. Wenn er keine Verspätung hat, kannst du sie erwischen, noch bevor ihr Vorstellungsgespräch vorbei ist.«

»Das sollte ja richtig gut laufen«, kommentiert Rhys. »Da sie ja immer noch nicht weiß, wer du bist.«

»Ein kleiner, unbedeutender Punkt.«

Rhys und Canon tauschen einen Blick.

»Okay. Ich buche deinen Sitzplatz, während du eine Dusche nimmst«, verkündet Canon. »Rhys, hol das Auto aus der Garage. Wir treffen dich dann gleich unten.

34. Kapitel

Violet

London ist der Hammer. Magisch. Es ist alles, was ich mir immer vorgestellt habe, und auch wenn ich erst ein paar Stunden hier bin, fühle ich mich schon jetzt wie zu Hause. Zwischen der Stadt und mir besteht eine Verbindung, die von Anfang an da war, genau so eine direkte Verbindung, die man manchmal mit anderen Menschen hat.

Wie ich sie mit Jennings hatte.

Nein. Ich werde nicht zulassen, dass mir die Gedanken an ihn das hier ruinieren. Definitiv nicht. Ich habe nur einen einzigen Nachmittag, um auf Entdeckungstour zu gehen. Morgen um zehn habe ich mein Vorstellungsgespräch. Keine Ahnung, wie lang das dauern wird, aber ich nehme an, dass sie mich wohl kaum für ein fünfundvierzigminütiges Treffen über den Atlantik hierher haben fliegen lassen.

Daisy hat mich davon überzeugt, dass ich verrückt wäre, diese Chance sausen zu lassen, und sie hat recht. Ich hasse es noch immer, wenn sie recht hat, aber ich beginne zu schätzen, dass es manchmal im Leben das Beste ist, die Vorsicht in den Wind zu schießen.

Ich habe den heutigen Tag. Was auch immer passieren mag, ich habe den heutigen Tag in London und ich werde jede Minute davon genießen. Ich beschließe, die U-Bahn zu nehmen. Wie eine richtige Londonerin. Die Station St. James ist genau gegenüber von meinem Hotel. Ich habe mir bereits die *Westminster Abbey* und den *Big Ben* angesehen. Außerdem habe ich eine Kaffeepause bei *Costa* neben dem Hotel eingelegt. Und darüber nachgedacht, dass Mayfair wahrscheinlich nur eine U-Bahn-Fahrt entfernt ist. Hatte Jennings nicht gesagt, dass er in dieser Straße wohnt?

Mayfair. Ich erinnere mich nur an dieses banale Detail, weil ich im Mai Geburtstag habe.

Ich stehe vor meinem Hotel und tippe mit meinem Sneaker auf dem Bürgersteig herum, während ich überlege. Dann sehe ich nach rechts und links – zwei Mal, denn die Richtung, in die die Autos hier fahren, ist verwirrend – und überquere die Straße. Es ist nur eine Haltestelle bis Green Park, und das liegt, meinem Stadtplan zufolge, direkt um die Ecke von Mayfair. Ich gehe einfach ein bisschen durch die Gegend, da ist ja nichts dabei. Ich nehme an, dass Green Park tatsächlich ein Park und nicht der Garten von irgendeinem Schloss ist, daher bin ich sicher, dass er allen Menschen offensteht, die darin herumwandern wollen. Zumindest ist das meine Story, sollte ich zufällig gefragt werden, warum ich in Mayfair herumlaufe. Was unwahrscheinlich ist, aber es ist immer gut, einen Plan zu haben, wenn man lügt.

Ich fahre bis Green Park und jogge die Stufen zur Straße hinauf, bereits ein Lächeln auf den Lippen. Als ich oben angekommen bin, muss ich mich daran hindern, mich im Kreis zu drehen, als wäre ich einen Verrückte, die eine Szene aus *The Sound of Music* nachspielt.

Der Park ist direkt gegenüber. Die Straße ist voll mit diesen roten Doppeldeckerbussen und seltsam geformten schwarzen Taxis, die sie hier nutzen. Alle Autos haben lange, schmale Nummernschilder. Warum ist hier eigentlich alles so reizend? Wie ist es möglich, dass eine Stadt dafür sorgt, dass ich Schmetterlinge im Bauch habe?

Ich akzeptiere ziemlich schnell, dass ich keine Ahnung habe, wo genau in Mayfair die Wohngegend ist oder Jennings' Zuhause möglicherweise liegen könnte, wenn er denn überhaupt hier lebt. Er hätte ja lügen können und diese Gegend sieht selbst in meinen naiven Augen ziemlich protzig aus. So, als wäre das *Ritz-Carlton* gleich um die Ecke. Aber das ist egal. Ich erinnere mich ohnehin nicht mehr daran, in welcher Straße er wohnt. Ich wollte nur einen allgemeinen Eindruck von der Gegend bekommen, einen Ort, mit dem ich ihn in Verbindung bringe, wenn ich mich an ihn erinnere.

Also marschiere ich los. Ich bummle durch die Geschäfte, kaufe meinen Souvenirmagneten und eine Schachtel Kekse für

Daisy. Nur dass sie hier Biscuits heißen, was sie nur noch besser macht. Ich kaufe ein Ticket und fahre mit einem der Doppeldeckerbusse durch die Stadt. Als ich mich letzten Endes doch dem Jetlag ergebe und ins Hotel zurückfahre, ist mein Herz voll schöner Eindrücke und ich bin froh, dass ich hergekommen bin.

Das Hotel hat einen eigenen Pub names *Blue Boar*, wo ich zu Abend esse. Es ist ein klassischer britischer Pub. Mondänklassisch. Holzböden mit Fischgrätenmuster und grüne Chesterfieldsofas aus Leder. Ich wähle einen kleinen runden Tisch am Fenster und gebe meine obligatorische Fish-and-Chips-Bestellung auf. Als ich es mir bequem mache, kann ich nicht glauben, dass es weniger als zwei Wochen her ist, dass ich in eine ähnliche Bar gegangen bin – allerdings einen Ozean weit weg –, mit der Absicht, einen sexy Fremden aufzureißen. Ich würde diese Bar niemals mit jemandem verlassen. Das ist so was von nicht meine Art.

Aber ich habe die Bar damals mit Jennings verlassen. Bin praktisch mit ihm zur Tür rausgeeilt, oder?

Vielleicht werde ich noch mal versuchen, diese unbeschwerte Frau zu sein, aber nicht heute Abend. Heute Abend bin ich einfach die normale alte Violet, da ich nicht vorgeben muss, jemand anderes zu sein. Morgen werde ich meine eigenen Klamotten anziehen – auch wenn ich mir die perfekten Ohrringe von Daisy geschnappt habe – und dieses Vorstellungsgespräch rocken.

35. Kapitel

Violet

Ich weiß nicht, was los ist, aber heute ist mein Tag. Vielleicht ist es das Wasser hier oder das Hotelshampoo, jedenfalls habe ich den perfekten Haar-Tag. So einen, der nur ein paarmal im Jahr vorkommt, und wenn es so weit ist, dann macht man das Beste daraus und einige tolle Selfies, die man dann in seinen Social-Media-Profilen verwendet.

Ich bin sehr früh bei dem Bürogebäude von *Sutton International*. Zu früh, daher laufe ich ein wenig herum, um die Zeit totzuschlagen. Zu früh zu einem Vorstellungsgespräch aufzutauchen, ist genauso unpassend, wie zu spät. Also warte ich draußen, bis es noch genau zehn Minuten bis zum Vorstellungsgespräch sind.

Das Gebäude befindet sich am Berkeley Square, was in Mayfair ist, wie sich herausgestellt hat. Als ich mir die Adresse auf dem Papier angesehen habe, ist mir das nicht aufgefallen, aber als sich mein Taxi seinen Weg durch die Londoner Straßen gebahnt hat, wurde es mir bewusst. Und ich habe auch den Taxifahrer gefragt.

Jetzt bin ich also hier und laufe durch die *Berkely Square Gardens,* mitten in Mayfair. Ich frage mich, ob die Gegend ihren Zauber verlieren würde, wenn ich jeden Tag hier wäre. Es ist schwer, das zu glauben. Die Architektur, die mich umgibt, ist so inspirierend. Ich könnte eine Ewigkeit damit verbringen, die Dachlinien von diesem Fleck im Park aus zu bewundern. Zur Hölle, selbst der Kiesweg unter meinen Füßen inspiriert mich. Die schmiedeeisernen Zäune und die Straßenlampen, die Fensterrahmen und das Mauerwerk.

Ich kann mir nicht vorstellen, dass man sich jemals daran sattsieht. Ich möchte mich kneifen, um mich davon zu überzeugen, dass es kein Traum ist, dass ich hier bin, sondern real. Mit Blick zu den Häusern, die drum herum stehen, frage ich mich, ob ein paar davon auch Wohnhäuser oder alles Büros sind.

Bei dem Gedanken, dass Jennings so nah sein könnte, beginnt mein Magen zu flattern. Allein wenn ich daran denke, dass er in einem der Häuser leben oder arbeiten könnte. Wenn dem so wäre, könnte er eine Abkürzung durch genau diesen Park nehmen, um zur Arbeit zu kommen. Natürlich ist es gleich zehn, daher ist es unwahrscheinlich, dass er sich um diese Uhrzeit auf dem Weg zur Arbeit befindet. Und unwahrscheinlich, dass ich überhaupt *jemals* in ihn hineinlaufen werde.

Was würde ich zu ihm sagen? *Hi, Violet hier, erinnerst du dich an mich? Nein, du erinnerst dich wahrscheinlich nicht, weil ich dir gesagt habe, mein Name sei Daisy. Übrigens danke dafür, dass du dafür gesorgt hast, dass ich mich in dich verliebe, und dann ohne auch nur ein Wort des Abschieds verschwunden bist. Bis bald, Idiot.*

Er ist in der Tat ein Idiot.

Wie konnte er einfach so abhauen? Wie? Ich weiß, es war nur eine Woche, aber die Verbindung, die wir hatten, ist nichts, das man ohne ein einziges Wort einfach so hinter sich lässt. Es war so viel mehr als Sex. Wir haben zusammengepasst, als hätte man sein fehlendes Puzzleteil gefunden. Eines, vom dem du glaubst, dass du es niemals finden wirst, und dann, auf einmal, macht es *Bäääm* und es ist direkt vor dir und wartet nur darauf, an die richtige Stelle gesetzt zu werden.

Keine Ahnung, warum ich schon wieder an ihn denke, wenn er sehr wahrscheinlich noch kein einziges Mal an mich gedacht hat. Aber es ist schön, sich das Gegenteil auszumalen, richtig? Fantasie-Unterhaltungen sind so befriedigend. Da hat man immer die besten Erwiderungen und stets das letzte triumphale Wort. Jennings würde bei mir zu Kreuze kriechen und eine wirklich tolle Erklärung dafür haben, warum er mich sitzen gelassen hat. Und ich würde ... Nun, ich weiß nicht, was ich machen würde. Aber ich müsste erst mal den Job bekommen und in ihn hineinrennen, damit diese Fantasie-Konfrontation überhaupt stattfinden könnte, daher habe ich noch jede Menge Zeit, darüber nachzudenken, wie ich reagieren würde.

Wirklich jede Menge Zeit.

Ich schlage mich hervorragend beim Vorstellungsgespräch. Ich habe über eine Stunde mit der Person verbracht, der ich direkt unterstellt wäre, wenn ich den Job bekäme. Wir hatten sofort einen guten Draht zueinander und je mehr wir reden, desto besser wird es.

Auch die Stimmung im Büro liebe ich. Professionell, aber dennoch ungezwungen. Das Gebäude als solches strahlt ebenfalls eine Energie aus, die mich glücklich macht. Es klingt verrückt, aber so ist es. Es ist wie die Suche nach einem Haus. Manchmal betrittst du einen Ort und spürst, dass er genau richtig ist.

Das Gebäude fühlt sich richtig an. Die Leute ebenfalls. Die Personalerin – Elouise – hat mich sogar gefragt, ob ich einen Kaffee mit ihr holen gehe, ehe sie mich dem Rest ihres Teams vorgestellt hat. Wir sind nach nebenan zu einem ansässigen Coffeeshop gegangen und haben unseren Kaffee zum Mitnehmen bestellt, ehe wir zurück zum Büro gegangen sind. Die Leute fragen dich nicht, ob du mit ihnen Kaffee holen gehst, wenn das Vorstellungsgespräch nicht gut läuft.

Im Coffeeshop gab es diesen einen Moment, wo ich dachte, ich hätte Jennings gesehen, und mein Herz aussetzte, aber er war es nicht. Nur ein ganz gewöhnlicher heißer Brite.

Ich liebe London.

Und jetzt bin ich im Konferenzraum mit Elouise und drei Leuten aus ihrem Team. Wir sehen uns ein Anwesen an, das sie gerade renovieren, und sie wollen meine Meinung dazu hören. Ich bin nicht naiv, das ist definitiv Teil des Vorstellungsgesprächs. Aber bei so was bin ich in meinem Element, von daher ist alles gut. Wir sehen uns gerade *CAD*-Zeichnungen auf einem übergroßen Wandmonitor an, als die Tür geöffnet wird.

Sie wird schnell geöffnet, das ist das Erste, was ich bemerke. Nicht vorsichtig, wie man es erwarten würde, wenn ein Raum besetzt und dessen Tür geschlossen ist. Es ist genau das Gegenteil. Abrupt, als würde die Person erwartet werden, aber zu spät sein. Das Nächste, was ich bemerke, sind die Reaktionen am Tisch. Elouise ist unbeeindruckt von der Unterbrechung, aber die anderen sitzen auf einmal ein wenig aufrechter da und die Stimmung hat sich innerhalb eines Augenblicks von entspannt zu angespannt verändert.

»Wir nutzen gerade diesen Raum«, sagt Elouise nach einer bedeutungsvollen Pause.

Ich sitze mit dem Rücken zur Tür und höre, wie sie zugeht, aber alle Energie im Raum ist noch immer auf die Tür gerichtet, daher vermute ich, dass, wer auch immer gerade gekommen ist, noch da ist, statt gegangen zu sein. Mir gegenüber ordnet ein Mann namens Aaron seinen Stift und seinen Block zu einem perfekten Viereck an.

»Bei diesem Vorstellungsgespräch wollte ich dabei sein«, sagt eine Stimme und es dauert nur eine halbe Sekunde, ehe mein ganzer Körper erstarrt. In der Tat bin ich mir ziemlich sicher, dass ich gerade als einer dieser Straßenkünstler, die so tun, als seien sie eine Statue, durchgehen könnte. Dann atme ich aus. Das hier ist genauso wie im Coffeeshop, da bin ich mir sicher. Meine Fantasie geht mit mir durch.

»Du wolltest beim Vorstellungsgespräch einer Gestalterin dabei sein?«, fragt Elouise, ihr Ton ist nach wie vor unbeeindruckt.

»Ja«, kommt als Antwort, während er in mein Sichtfeld tritt.

Er sieht aus wie Jennings.

Denn es ist Jennings.

36. Kapitel

Violet

Heilige Scheiße. Er ist hier. In London. In diesem Konferenzraum. Mein Hirn läuft schneller, als ich diese Gedanken verarbeiten kann, mein Herz rast, als würde ich einen Marathon laufen. Er sieht ziemlich mitgenommen aus. Müde und zerknittert. Unrasiert. Als hätte er möglicherweise in den Klamotten geschlafen, die er trägt. Und dennoch irgendwie perfekt. Mit ihm im selben Raum zu sein, fühlt sich an, als hätte man eine ganze Horde Schmetterlinge in meinem Magen losgelassen. Er ist hier. Er ist wirklich hier.

Ich erinnere mich daran, dass ich den perfekten Haar-Tag habe. So einen Tag, den jede Frau haben will, wenn sie ihrem Ex begegnet. Das ist möglicherweise das Dümmste, was ich im Moment denken kann, aber die Menschen reagieren manchmal seltsam, wenn sie unter Stress stehen.

»Also gut«, sagt Elouise. »Das ist Violet Hayden. Sie hat sich auf die offene Stelle als Designmitarbeiterin in meinem Team beworben.«

Moment mal.

Halt.

Wenn er bei einem Vorstellungsgespräch dabei ist, bedeutet das ... dass er hier arbeitet.

Seht ihr, das sind die Punkte, die ich miteinander hätte verknüpfen sollen, als ich stattdessen über meine Haare nachgedacht habe. Er arbeitet hier. Dort, wo ich mein Vorstellungsgespräch habe. Und letzte Woche war er noch auf einer Reise, während der ich ihm erzählte, ich wäre ein Tourguide und mein Name wäre Daisy.

»Violet, das ist Jennings Anderson. Unser CEO.«

Ich bin tot.

Er ist zum anderen Ende des Tischs gegangen, gegenüber von Elouise, und hat sich nach vorn gebeugt, dann streckt er mir seine Hand hin, als hätten wir uns noch nie getroffen. Als wäre ich eine lebendige, atmende Person, die seine Hand schütteln und *Hallo* sagen soll, wo ich doch eigentlich so was von tot bin.

»Violet«, sagt er, einen amüsierten Ausdruck in den Augen.

Ich schüttle ihm die Hand. Ohne aufzustehen. Ich schüttle sie schweigsam und entziehe sie ihm dann ruckartig, als meine Hand dort, wo wir uns berührt haben, zu prickeln anfängt. Was zur Hölle passiert hier gerade?

»Ich hatte die Gelegenheit, Violets Lebenslauf durchzusehen«, sagt er und sieht mich dabei direkt an. »Sehr beeindruckend.«

Er weiß es.

Er weiß, dass ich Violet bin. Er weiß, dass ich mich als Daisy ausgegeben habe.

Er wirft Elouise einen schnellen Blick zu, als er ihr sagt, sie solle mit dem Gespräch fortfahren, ehe er seine Aufmerksamkeit wieder auf mich richtet. Jemand am Tisch hustet. Das Rascheln von Papier ist zu hören und ein Stift klickt, aber Jennings sitzt einfach da, den Blick auf mich gerichtet.

Was macht er da? Warum sagt er nichts? Warum gestattet er dieser Farce, weiterzulaufen? Nervös sehe ich mich im Raum um und warte, wie das hier ausgeht.

Moment mal. Hat er das hier arrangiert? Hat er mich hergebracht, nur um mich zu demütigen? Ist das der Plan hinter dieser ganzen Sache?

Hat er die Polizei gerufen und schindet jetzt nur noch ein wenig Zeit, während er insgeheim darauf wartet, dass sie kommt und mich festnimmt? Ich frage mich, ob ich an die Vereinigten Staaten ausgeliefert werden würde, ehe ich mich frage, ob ich das wollen würde oder ob die Gefängnisse hier besser wären. Ich wünschte, ich wüsste das, aber da ich dabei ohnehin kein Mitspracherecht hätte, ist es wohl egal.

Das Vorstellungsgespräch geht weiter, aber ich könnte euch keine einzige Frage nennen, die ich beantwortet habe. Ich weiß, dass ich sie beantworte. Mir ist bewusst, dass Worte aus meinem Mund kommen und die anderen Leute am Tisch darauf reagieren, indem sie nicken und mir weitere Fragen stellen. Aber ich habe nicht den Hauch einer Ahnung, was gesagt wird. Nicht wirklich. Mein Blick wandert bei jeder Gelegenheit rüber zu Jennings, während meine Gedanken rasen und ich versuche, herauszufinden, was das hier für ein Spiel ist.

Endlich neigt sich das Gespräch dem Ende zu und Elouise nennt mir die nächsten Schritte im Auswahlprozess. Ich lächle und nicke an den richtigen Stellen, während ich immer wieder verstohlene Blicke zu Jennings hinüberwerfe und mich darüber wundere, warum er das hier weiter mitmacht. Als Elouise aufsteht, seufze ich beinah erleichtert auf, eine Hand an meiner Tasche und meinen Hintern praktisch schon vom Stuhl erhoben, doch dann sagt Jennings etwas.

»Ich würde Sie gern kurz sprechen, Miss Hayden.«

37. Kapitel

Jennings

»Ich brauche den Raum«, verkünde ich, ohne Violet aus den Augen zu lassen. Die drei Designmitarbeiter jagen so schnell auseinander, dass sich ihre Stühle drehen. Meine Mum wiederum ist deutlich entspannter. Sie steht langsam auf, sieht bedeutungsvoll zwischen Violet und mir hin und her und sagt, dass wir später reden werden, ehe sie die Tür hinter sich schließt.

»Violet«, sage ich, da ich den Klang ihres Namens aus meinem Mund mag. Er passt zu ihr. Ich lache, als ich mich daran erinnere, wie sie mir weismachen wollte, ihr Name sei Daisy. Es fühlt sich an, als wäre das schon eine Ewigkeit her.

»Hi«, erwidert sie, Unsicherheit zeichnet sich auf ihrem Gesicht ab. Sie ist nervös, ihr Körper ist so angespannt, als sei sie darauf vorbereitet, jederzeit die Flucht zu ergreifen. Aber sie kann so weit rennen, wie sie will. Ich werde ihr folgen.

»Es tut mir leid, dass ich das Abendessen verpasst habe«, sage ich, realisiere aber noch im gleichen Moment, in dem die Worte meinen Mund verlassen, dass sie mich wie einen preisgekrönten Idioten klingen lassen. »Es tut mir leid, dass ich verschwunden bin, meinte ich damit.« Ich schiebe meinen Stuhl zurück und stehe auf. »Ohne mit dir zu reden. Es tut mir leid, dass ich dich auch nur für einen Moment aus den Augen gelassen habe.«

»Oh«, macht sie. »Du wirst mich also nicht verhaften lassen?«

»Verhaften? Nein.« Ich lache, als ich mich wieder hinsetze. Sie dreht sich um, sodass wir einander ansehen. Das ist doch schon mal ein Anfang. »Nein. Es sei denn, ich könnte es arrangieren, dass ich mit dir in derselben Zelle sitzen darf.« Verlockender Gedanke, wenn das hier nicht so läuft wie geplant. »Außerdem bin ich nicht vom Flughafen hierhergeeilt, um dich davonzujagen. Das habe ich getan, um dich wieder einzufangen. Um dich zu bitten, dass du bleibst.«

Sie blinzelt mich an, die Anspannung in ihrem Gesicht verschwindet und wird rasch durch einen finsteren Blick abgelöst. »Ich sollte dir jetzt sofort aufs Dach steigen.«

»Entschuldige?«

»Du bist abgehauen! Du. Bist. Abgehauen. Du hast dafür gesorgt, dass ich mich in dich verliebe, und dann bist du einfach verschwunden und hast mir das Herz gebrochen.« Ihre Stimme bricht, als sie das sagt, und ich fühle mich wie ein richtiges Arschloch. »Ich hatte all diese cleveren Ideen, wie ich dir die Meinung geigen würde, sollte ich dich jemals wiedersehen.«

»Ich bin ein Idiot. Ich dachte ...« Ich lasse den Satz in der Luft hängen, weil ich unsicher bin, ob ich mich damit nicht noch mehr in die Scheiße reite.

»Was hast du gedacht?« Ihr finsterer Blick wird noch durchdringender. Jeder andere Mann wäre vermutlich eingeschüchtert. Aber so wie es aussieht, bin ich eher besorgt.

»Ich dachte, du hättest gelogen.«

»Habe ich ja auch. Ziemlich viel sogar.«

»Wegen George.«

»Oh.« Ihre Augen werden vor Überraschung riesengroß. »Oh.« Sie schüttelt den Kopf. »Diesbezüglich hätte ich niemals gelogen. Ich hatte nichts mit ihm. Niemals. Aber meine Schwester, und er dachte, ich wäre sie.«

»Ich weiß. Das habe ich rausgefunden. Letztendlich.«

»Das ist der Grund, warum du einfach verschwunden bist? Statt mit mir zu reden?«

»Ich hab's verkackt.«

»Das stimmt.«

Ich muss sie berühren. Es bringt mich um, sie so nah zu wissen, sie aber nicht in meinen Armen zu halten. Doch ich beschränke mich darauf, ihre Hand zu nehmen, was sie auch zulässt.

»Es tut mir ebenfalls leid«, sagt sie. »Es tut mir leid, dass ich dir gesagt habe, mein Name sei Daisy. Alles andere, was ich dir erzählt habe, war jedoch wahr. Meine Gefühle waren ehrlich. Du musst denken, ich sei verrückt.«

Sie blickt mich an und ich kann die Verletzlichkeit in ihren

Augen sehen. Ihre Zähne graben sich in ihre Unterlippe.

»Du bist genau die Art von einer Verrückten, nach der ich mein ganzes Leben lang gesucht habe.«

Sie lacht. »Na klar.«

»Ich meine das ziemlich ernst, Violet«, bekräftige ich und sie grinst.

»Ziemlich ernst.« Sie kichert. »Ich liebe es, wie alles so nobel klingt, wenn du es sagst. Du könntest mich dazu bringen, nahezu alles zu tun, wenn du solche Worte in deinem britischen Akzent sagst.«

»Gut. Heirate mich.«

Das wischt ihr das Lächeln sofort aus dem Gesicht. Nicht ganz, was ich damit bezwecken wollte.

»Was?«

Ich bin froh, dass sie sitzt, denn sie sieht ein wenig blass um die Nase aus.

»Heirate mich.«

»Das ist ...«, sie hält inne und schnappt nach Luft, »verrückt. Wir kennen uns erst eine Woche.«

»Na und?« Mir wird klar, dass ich den Schritt eines anständigen Antrags übersprungen habe, daher nehme ich mir eine Heftklammer vom Konferenztisch und biege sie auf, ehe ich sie zu einem etwas unförmigen Kreis forme und vor ihr auf die Knie gehe.

»Bist du irre?« Ihre Augen sind kugelrund und sie schüttelt den Kopf. »Ich habe nicht hinterfragt, warum du nicht vor mir auf die Knie gegangen bist, sondern wie du mich fragen kannst, ob ich dich heiraten möchte, wenn wir einander kaum kennen.«

»Ich kenne dich genug, Violet. Ich frage dich, weil ich mir sicher bin. Ich bin mir dessen sicher, wer und was wir sind, wenn wir zusammen sind. Ich bin mir sicher, dass ich nicht ohne dich leben kann. Und ich bin mir sicher, dass ich dich liebe.«

Sie zieht scharf die Luft ein, also fahre ich fort.

»Unsere Leben werden außergewöhnlich zusammen sein, Violet – du und ich –, denn ich werde nichts anderes zulassen.

Ich bin mit vollem Herzen dabei. Dieses Mal bin ich die sichere Nummer, Violet. Wenn es um dich geht, bin ich mir ganz sicher. Du hast mir einmal gesagt, dass dir noch nie jemand einen Antrag gemacht hat. Ich tue es. Heirate mich.«

Sie blinzelt noch mal und ich frage mich, was sie gerade denkt. Sie nimmt mir den Heftklammerring aus der Hand und starrt ihn an, reibt ihn zwischen Zeigefinger und Daumen, setzt ihn aber nicht auf.

»Ich werde dir selbstverständlich einen schöneren kaufen.« Gott, sie kann doch nicht denken, dass ich erwarte, dass sie das Ding da trägt, oder? »Welchen auch immer du möchtest. Wir suchen ihn zusammen aus. Wir können so lang verlobt sein, wie du magst.« Nein, das ist eine Lüge. »Ein paar Monate«, stelle ich klar und als ihre Augen noch größer werden, erhöhe ich diese Zahl und sage: »Ein Jahr.«

Sie schweigt.

»Du wirst hier arbeiten«, fahre ich fort. »Nimm den Job an.«

Das scheint sie aus ihrer Starre zu reißen. Aber als sie spricht, gefällt mir ganz und gar nicht, was sie sagt.

»Nein.«

38. Kapitel

Violet

Er meint es ernst.

Er verarscht mich nicht, sondern meint es absolut und komplett ernst. Das hat auf jeden Fall einigen Mut erfordert.

»Nein?«

Er sieht angesichts meiner Zurückweisung nicht mal besorgt aus. Nicht auf eine Art und Weise, bei der man denken könnte, dass es ihm egal sei, sondern vielmehr so, dass man annimmt, dass er ein Nein als Antwort nicht akzeptieren werde, also ist das irrelevant. Er richtet sich jedoch wieder auf und setzt sich hin, seine Haltung ist selbstbewusst. Als würde das hier letzten Endes so ausgehen, wie er sich das vorstellt. Seine Ellenbogen hat er auf den Knien aufgestützt und er lehnt sich zu mir, kommt mir ganz nah. Zertritt meine Gedanken. Mein Herz ist ohnehin schon gebrochen.

»Nein, ich werde nicht für dich arbeiten. Das ist komisch.«

»Warum ist das komisch? Meine ganze Familie arbeitet hier. Zur Hölle, meine Eltern fahren sich gegenseitig morgens zur Arbeit. Das war übrigens meine Mum, die dich da interviewt hat. Stiefmutter, aber sie ist diejenige, die mich großgezogen hat. Das hast du allein geschafft. Wir fliegen keine Leute für Vorstellungsgespräche hierher, wenn wir kein Interesse haben. Dieser Job wird deiner sein, weil du ihn dir selbst verdient hast.«

Ich schüttle den Kopf. »Das glaube ich nicht. Ich liebe dich, Jennings. Es ist verrückt, aber ich liebe dich. Mehr, als ich je für möglich gehalten hätte, aber ich brauche eine Karriere, die losgelöst von dir ist.«

Daraufhin küsst er mich.

Eben noch war er einen Meter von mir entfernt und jetzt packt er plötzlich meinen Nacken und zieht mich zu sich heran. Zuerst ist der Kuss sanft. Dann öffne ich die Lippen und seine Zunge dringt in meinen Mund ein. Ich habe keine Ahnung, wie man jetzt noch von mir erwarten kann, dass ich ihm widerstehe. Doch dann spricht er und bringt mich dazu, es nicht tun zu müssen.

»Also gut. Ich werde dir einen anderen Job besorgen. Irgendwo in London. Oder ich ziehe in die Staaten um, wenn dir das lieber ist.«

»Du würdest umziehen?« Ich lache. Die Idee ist absurd.

»Ja. Wenn du gehst, werde ich dir folgen. Wo immer du auch sein wirst, ich werde ebenfalls dort sein. Ich werde das hinkriegen.«

»Meinst du das ernst? Passiert das hier gerade wirklich?«

»Also ist das ein Ja zum Antrag und ein Nein zum Jobangebot?«

»Ich weiß es nicht, Jennings. Das geht alles zu schnell.«

»Sag fürs Erste Ja. Gib mir zumindest das. Nur fürs Erste. Ich hatte länger Zeit, das zu durchdenken, als du. Die ganze Nacht, um genau zu sein. Auf einem wirklich langen Flug auf einem beschissenen Mittelsitz in der Holzklasse, weil mein Freund Canon einen perversen Sinn für Humor hat. Sag fürs Erste Ja und dann werde ich dich noch mal fragen, wenn du so weit bist. In drei Wochen oder drei Monaten oder auch in drei Jahren. Was auch immer es braucht, um dich dazu zu bringen, zuzustimmen, dein Leben mit mir zu verbringen. Sag einfach Ja.«

Ich starre ihn an, unsicher, wie ich ihm irgendwas abschlagen könnte. Unsicher, warum ich das überhaupt wollen sollte.

»Ja.«

Epilog

Violet

Ich kann das.

Frauen machen das ständig und es ist ja nicht so, als wäre das irgendwie besonders schwierig. Ich meine, ich will ja nicht behaupten, dass alle, die nicht herausfinden, wie das hier funktioniert, Idiotinnen sind, aber sehr wahrscheinlich ist dem so.

Aber vielleicht – nur um sicherzugehen, natürlich – lese ich die Gebrauchsanweisung noch ein weiteres Mal.

Fünf Sekunden. Verstanden.

Die Sache ist, ich habe ein paar Tipps von einem Blog erhalten, nachdem ich *Tipps für das Durchführen eines Schwangerschaftstests bei Google* eingegeben hatte, und jetzt bin ich mir nicht mehr so sicher, dass ich den richtigen Test gekauft habe, denn der erste Tipp lautete, einen mit dem richtigen HPT zu wählen. Was zur Hölle ist ein HPT? Bei *Waitrose* hatte ich ein ganzes Regal voll Schwangerschaftstests zur Auswahl, aber ich erinnere mich nicht daran, dass es auf irgendeinem von ihnen stand. Ich habe mir einen geschnappt, der ein schnelles Ergebnis und neunundneunzig Prozent Sicherheit versprach, und ihn in meinen Einkaufskorb zu den Milchbonbons und den Jaffa Cakes gelegt, weil ich wahrscheinlich schwanger bin und sie brauche.

Wie dem auch sei, der erste Tipp lautete, wie schon gesagt, einen Schwangerschaftstest mit dem richtigen HPT zu wählen. Der nächste Tipp war, auf das Ergebnis zu warten. Was denn sonst? Der Post schlug sogar vor, ich solle währenddessen eine Pause einlegen und eine Tasse Tee oder Kaffee trinken, während ich warte. So was von blöd.

»Babe, kannst du mir eine Tasse Tee bringen?«

»Violet, pinkel einfach auf den Stick. Das ist praktisch die einzige Anweisung auf der Verpackung. Ich verstehe nicht, warum du sie wieder und wieder liest, *Love*.« Er wirft die leere Schachtel auf den Waschtisch, wo sie mit einem dumpfen Knall landet.

Tipp Nummer drei war, das Ablaufdatum auf dem Test zu überprüfen, was ich natürlich gemacht habe, aber die Art und Weise, wie sie hier in Großbritannien den Tag vor dem Monat schreiben, verwirrt mich immer noch ein bisschen.

»Läuft das Ding am siebten Oktober oder am zehnten Juli ab?«

»Am siebten Oktober«, sagt Jennings geduldig. Er wird so ein guter Dad sein. »In zwei Jahren«, ergänzt er ein wenig sarkastisch.

»Es könnten Zwillinge sein, weißt du?«, erwidere ich, vor allem, um ihn auf den Arm zu nehmen. Das Selbstbewusstsein auf seinem Gesicht bekommt Risse, als er wieder nach der Schachtel greift. »Es gibt keinen Test für Zwillinge, den man zu Hause machen kann. Wir müssten bis zum ersten Ultraschall warten, um das herauszufinden.« Angenommen, sie tauchen beide beim ersten Ultraschall auf. Meine Mum war im sechsten Monat schwanger, ehe sie den zweiten Herzschlag entdeckten. Heilige Scheiße, es könnten tatsächlich Zwillinge sein.

»Stimmt.« Er räuspert sich. »Nun, ein Doppelangebot wäre schön.«

»Ein Doppelangebot? Hast du gerade die Vorstellung, ich könnte zwei Babys in mir tragen, als Doppelangebot bezeichnet? So, als würde ich eine Doppelrolle Biscuits in mir haben?«

»Wäre es dir lieber, wenn ich es als Twin-Win bezeichnen würde?« Er zuckt mit den Schultern, unbesorgt von meiner Reaktion. »Ich bin fast vierzig, *Love*. Ich wäre ziemlich erfreut, mit zweien gleich alles abgedeckt zu haben.«

Verdammt.

Ich bin mir sicher, dass er mehr britische Wörter benutzt, wenn ich kurz davor bin, sauer auf ihn zu sein. Er weiß, dass das meine Schwäche ist. Wenn er seinen britischen Akzent gezielt einsetzt, kann er mit nahezu allem davonkommen.

Mir wird gerade bewusst, dass mein Baby britisch sein wird.

Wisst ihr, was an britischen Babys toll ist?

Alles.

Ich meine, natürlich sind sie letzten Endes nicht viel anders als amerikanische Babys, aber sie haben supercoole Namen wie Poppy oder Pippa. Amelia oder Isla. Oscar oder George. Okay, George vielleicht nicht. Und wenn sie dann sprechen lernen, dann mit britischem Akzent, und lasst euch von mir gesagt sein, dass ein Kind, das einen Wutanfall mit britischem Akzent bei *Waitrose* hat, hundertmal weniger nervig ist als ein Kind, das einen Wutanfall bei *Walmart* hat, aber einen amerikanischen Akzent besitzt. Das ist eine Tatsache.

Aber Moment mal.

Oh.

Mein.

Gott.

»Die Kinder werden Mummy zu mir sagen.« Das sage ich, als sei es Fakt, während ich meine Hose fallen lasse und mich hinsetze. Mir ist es sogar ganz egal, dass Jennings noch immer im Badezimmer ist, denn wir sind jetzt schon eine Weile verheiratet und darüber hinaus, auf dem Lokus umeinander herumzuschleichen. Ich strecke meine Hand nach dem Schwangerschaftstest aus und Jennings gibt ihn mir.

»Ähm, ja. Das nehme ich an. Wir könnten ihnen aber wahrscheinlich beibringen, dich Mom zu nennen, wenn dir das lieber ist.«

»Nein!« Ich schüttle den Kopf. »Bist du verrückt? Ich werde eine Mummy sein.« Ich bin fertig mit dem Test und setze die Kappe wieder drauf, ehe ich ihn auf die Badezimmeranrichte lege. »Sieh ihn dir nicht ohne mich an!«, warne ich, als ich spüle und mir die Hose wieder hochziehe, ehe ich mir die Hände wasche. Jennings ist so klug und bewegt sich keinen Zentimeter von seiner Position an der Wand weg. »Sind schon sechzig Sekunden rum?«

»Eher vierzehn.«

»Oh.«

Ich schaffe es, meinen Blick für weitere drei Sekunden auf ihn gerichtet zu lassen, ehe ich aufgebe, hinüber zur Anrichte gehe und mein Kinn auf meine Hand lege. Jennings stellt sich hinter mich und umarmt mich, während er sich nach vorn beugt und seinen Kopf auf Höhe meines Scheitels bringt.

»Lenk mich nicht ab«, beschwere ich mich, denn wenn er so nah bei mir ist, enden wir in der Regel abgelenkt. Nackt und abgelenkt.

»Ich mache überhaupt nichts«, antwortet er, aber als er spricht, kitzelt mich sein Atem und ich kriege Schmetterlinge im Bauch. Die Schmetterlinge werden größer, als ich spüre, wie er die Lippen an meiner Wange zu einem Lächeln verzieht, denn das Ergebnis ist da. Zwei Linien. Zwei sehr deutliche, keinen Zweifel zulassende Linien.

Ich drehe mich um, sodass wir einander ansehen und dann lächeln wir beide, lachen, und ich schlinge meine Beine um seine Hüften, als er mich durch das Badezimmer ins angrenzende Schlafzimmer trägt.

»Du wirst nicht mehr allzu lang in der Lage sein, das zu machen«, murmle ich.

»Was? Dich mitten am Tag zu lieben? Das Baby wird mit Sicherheit mal ein Nickerchen machen.«

»Nein, du Doofi. Du wirst nicht mehr lang in der Lage sein, mich so zu tragen.« Ich habe ihm die Arme um den Nacken gelegt und meine Finger miteinander verschränkt. Ich sehe hinunter und betrachte die Lücke zwischen uns, ehe ich ihm wieder in die Augen schaue. »Es wird nicht passen.«

»Hm, wahrscheinlich nicht.« Mit einem dreckigen Grinsen auf dem Gesicht lässt er mich aufs Bett fallen und ich hüpfe ein kleines bisschen hoch, als mein Hintern auf der Matratze landet. »Ich werde dich seitlich tragen, wenn es sein muss. Wie wäre das?«

»Du solltest eigentlich etwas Beruhigenderes sagen als das.« Ich ziehe die Nase kraus und verenge die Augen. »Lüg mich an. Sag mir, dass ich weniger Gewicht zulegen werde als ein Stein und komplett fremde Menschen über meine schlanke Schwangerschaftsfigur staunen werden.«

Bei der Arbeit höre ich die Frauen über das Thema Gewicht reden, wobei sie immer Steine als Vergleich heranziehen. Ich habe keine Ahnung, was diese Vergleiche in Pfund bedeuten, aber ich mag die Vorstellung, nur eine Sache wieder loswerden zu müssen. Ich arbeite nicht für Jennings. Daran, dass ich meine eigene Identität brauche, habe ich festgehalten. Es hat Monate gedauert, einen Job zu finden, nachdem ich nach London gezogen war, und ich war schon versucht, nachzugeben, meine Niederlage einzugestehen und mich der Angst zu unterwerfen, auf eigene Faust keinen Job zu finden. Aber ich habe es nicht getan. Ich bin drangeblieben und letzten Endes habe ich eine Stelle bei einer Boutique-Design-Firma hier in London gefunden. Dort habe ich viel gelernt und ich liebe es. Für den Moment passt es perfekt.

Jennings möchte natürlich noch immer, dass ich für das Familienunternehmen arbeite. Er sagt, ich sei brillant und würde der Firma mein Talent vorenthalten. Er füllt meinen Kopf mit Visionen davon, wie wir gemeinsam zur Arbeit gehen und mit geheimen Verabredungen nachmittags in seinem Büro.

Eines Tages werde ich zustimmen. Zuvor gibt es jedoch noch ein paar Dinge, die ich auf professioneller Ebene selbst erreichen möchte. Alles zu seiner Zeit.

»Wohl eher das Gewicht von zwei oder drei Steinen«, meint Jennings. »Ich denke, es wird eher so viel werden.«

Oh. Das fängt an, nach einer Menge zu klingen. »Aber das Baby wird nur ein Stein davon sein, oder?«

»Das hoffe ich nicht, dir zuliebe.«

»Das ist nicht hilfreich.« Ich sollte mir diese Sache mit den Steinen wohl doch mal genauer anschauen.

»Du wirst die tollste üppige Schwangere sein, die London jemals gesehen hat. Dein Schwangerschaftsstyle wird eine Sensation auslösen und du wirst von Frauen in der ganzen Stadt darum beneidet werden, während sich jeder Mann unter achtzig wünschen wird, an meiner Stelle zu sein.«

»Das ist schon besser.«

Ich lege mich aufs Bett und Jennings legt sich neben mich, eine Hand platziert er auf meinem flachen Bauch. Wir haben einander die Köpfe zugewandt und ich lege die Hand auf seine. Liebevoll zieht er kleine Kreise auf meinem Bauch. Diese Geste ist sowohl besitzergreifend als auch beruhigend.

»Du wirst der Hammer sein. Ich werde meine Finger nicht von dir lassen können.«

»Nicht?«

»Ich verspreche es dir. Ich freue mich schon ziemlich darauf, dabei zuzusehen, wie sich dein Körper verändert.«

»Wirklich?« Das ist neu für mich. Er hat sein Interesse an Kindern deutlich gemacht, ohne mich jedoch unter Druck zu setzen. Er hat mein Bedürfnis, erst mal meine Karriere auf einem neuen Kontinent aufzubauen, respektiert und geduldig darauf gewartet, bis ich so weit war. Wir haben immer mal wieder drüber geredet und das Timing sowie das Interesse des jeweils anderen ergründet, aber das habe ich von ihm noch nie gehört.

»Im Sommer wirst du einen riesigen Bauch haben und dann werde ich dir jede Menge Sommerkleider für Schwangere kaufen.«

»Wie süß von dir. Dafür werde ich dich immer noch lieben, wenn du mal keine Haare mehr hast.« Er hat tolles Haar. Das war nur die einzige Erwiderung, die mir eingefallen ist.

Er lacht. »Es wird mich anmachen. Zu sehen, wie du mit meinem Kind im Bauch immer runder wirst.«

Verdammt. Das ist ein ganz schön steinzeitliches Gerede, was er da von sich gibt. Und es macht mich ein wenig aufgeregt, um ehrlich zu sein. »Bist du stolz auf dich?«, frage ich ihn, verbeiße mir ein Grinsen und gebe mein Bestes, um die Frage so unschuldig wie möglich klingen zu lassen.

»Weil ich dich geschwängert habe?«

»Ja.«

»Sehr erfreut darüber, ja.«

Daraufhin muss ich lachen und kichere so lang vor mich hin, bis mir etwas anderes klar wird. »Warte mal.« Ich setze mich kerzengerade auf und sehe Jennings an. »Ich werde mein Baby in England bekommen.«

»Ja, das wird in der Tat passieren.«

»Macht ihr es hier genauso?«

»Was genauso?«
»Babys entbinden.«
»Ich glaube, das wird überall gleich gemacht, *Love.*«
»Dieses Land hier weiß nicht mal, was *Hidden Valley Ranch* ist. Nichts ist hier gleich.«
»Ich bin mir nicht sicher, was das eine mit dem anderen zu tun hat, aber ich werde sicherstellen, dass eine Box mit Salatdressing hierher geschifft wird, ehe du entbindest.«
»Die Leute hier packen ihre Eier nicht in den Kühlschrank.«
»Auch das ist nicht relevant, aber das Thema können wir gern noch mal besprechen.«
»Dieses Land feiert kein Thanksgiving und keiner isst Kürbiskuchen.« Ich bin mittlerweile vom Bett gesprungen, laufe davor auf und ab und winke wegen des Kuchens mit der Hand in seine Richtung.
»Violet, du magst keinen Kürbiskuchen.«
»Das ist ein überzeugendes Argument.«
»Wir haben dafür Nachmittagstee in England. Du weißt, wie sehr du die Mini-Sandwiches und kleinen Kuchen magst.«
»Auch wahr, aber was hat das damit zu tun, ein Baby auf die Welt zu bringen?«
»Nichts.« Er schüttelt den Kopf. »Ich dachte, wir würden einfach Unsinn über die Unterschiede unserer Heimatländer reden.«
»Nein, Babe. Ich habe da nicht ganz unrecht.«
»Natürlich nicht.« Er nickt, während er mich anlacht, was eine wirklich bedeutende Qualifikation ist, die ein Ehemann haben sollte.
»Was ist, wenn ich unrecht habe und Wehen bekomme und dann sagen die: *Tut uns leid, Violet, Sie hätten vorher einen Raum buchen müssen, jetzt müssen Sie ihr Kind selbst auf die Welt bringen. Viel Glück.*«
»Es ist mehr als unwahrscheinlich, dass das hier in Großbritannien oder irgendwo anders passiert.«
»Das kannst du nie wissen.«
»Weißt du was?«, sagt Jennings, richtet sich auf und setzt seine

Denkermiene auf. Diesen Gesichtsausdruck benutzt er, wenn er versucht, mit mir über solche Dinge wie den Mangel an Kaffeesahne mit Geschmack in diesem Land zu diskutieren.

»Was?«

»Wir werden dasselbe Krankenhaus nehmen wie Will und Kate. Ist das für dich in Ordnung?«

»Halt die Klappe!«, schnaube ich. Ich höre auf, hin- und herzugehen, und sehe ihn an. »Das können wir machen? Ernsthaft? Auch normale Leute kriegen da ihre Babys?« Wenn sie dort den zukünftigen König von England zur Welt gebracht haben, dann sollten sie wohl auch dieses Baby zur Welt bringen können.

»Ja, das können wir. Jeder, der bereit ist, private Krankenhausgebühren zu bezahlen, kann das. Sind damit deine Sorgen gestillt?«

»Fürs Erste, ja, aber ich nehme mir das Recht heraus, meine Meinung jederzeit wieder zu ändern.«

»Natürlich.«

»Gut, dass wir gerade die Renovierung des Gästehauses abgeschlossen haben.« Ursprünglich war das Gebäude mal für Kutschen gedacht. Ein echtes Haus für Kutschen. Für von Pferden gezogene Kutschen. Verrückt, oder? Ich kann nicht glauben, dass ich in einem Haus lebe, das alt genug ist, um eine Garage für Kutschen zu haben. Ich meine, kommt schon, ein Gästehaus. Jennings hat mir bereits mehrfach gesagt, dass *Pferdegarage* auf keinen Fall die richtige Bezeichnung dafür ist.

Wie dem auch sei, auf jeden Fall ist es jetzt renoviert, von oben bis unten. Unten ist jetzt Platz für zwei Autos, außerdem befinden sich darüber noch eine Küche und ein Wohnzimmer und im zweiten Stock gibt es zwei Schlafzimmer. Perfekt dafür, dass Familienbesuch so lang bleiben kann, wie er möchte. Außerdem ist das nur das Gästequartier. Im Haupthaus haben wir noch viel mehr Platz, aber lasst mich gar nicht erst davon anfangen. Nein, wirklich nicht.

Es hat zwei Jahre gedauert, das alles zu renovieren.

Natürlich habe ich jede Minute davon geliebt.

Schaut ihr euch jemals Traumhäuser im Internet an und stellt euch dann vor, wie es wäre, tatsächlich dort zu leben? Genau so ist es. Nur besser, weil es sich um London handelt und die Originaldetails ein wahr gewordener Designtraum sind. Stellt euch ein historisches Stadthaus in einer der besten Straßen in Mayfair und ein unbegrenztes Budget zur Renovierung vor. Ich könnte allein beim Gedanken daran zum Höhepunkt kommen und zusätzlich ist es auch noch mein Haus.

»Warum ist das eine gute Sache? Wir werden das Baby ja wohl im Haupthaus behalten.« Er grinst, als er das sagt, daher weiß ich, dass er mich nur necken will.

Wir werden das Baby im Kinderzimmer neben dem Hauptschlafzimmer unterbringen. Möglicherweise war ich noch nicht für ein Baby bereit, als ich die Pläne für die Umgestaltung des Hauses entworfen habe, aber wie jeder gute Innenraumgestalter habe ich an die Zukunft gedacht.

»Meine Eltern werden herkommen wollen, wenn das Baby auf die Welt kommt. Und meine Schwester und ihre Crew.«

»Oh, ja. Ich freue mich schon darauf.«

Wenn ich eine Beschwerde über die Briten abgeben müsste, dann wäre es die Tatsache, dass ich bei ihnen nicht immer sicher bin, wann sie einen necken und wann nicht. Ich werfe Jennings von der Seite her einen Blick zu, während ich versuche, herauszufinden, ob er das ernst meint oder nicht.

Und was meine Schwester angeht – nun, sie liebt es, bei jeder Gelegenheit zu erwähnen, dass Jennings sie gefeuert hat. Aber sie macht nur Spaß. Denn es ist sowieso sehr unwahrscheinlich, dass sie zu ihrer Arbeit hätte zurückkehren können.

»Verarschst du mich?«

»Natürlich nicht, *Love.* Ich versuche, in dein Höschen zu gelangen.«

»Oh. Okay, in dem Fall mach weiter.«

Danksagung

Puh! Ein weiteres Buch ist geschafft. *Geschafft und abgestaubt*, wie meine Freundin Amy Jennings sagen würde. Es ist einer ihrer Lieblingssprüche und es passt daher perfekt, dass ich diese Danksagung mit Amy beginne. Danke, dass ich deinen Nachnamen für Jennings benutzen durfte. Für den Rest von euch, die sich beim Lesen gedacht haben *Hm, Jennings ist nicht der gewöhnlichste Name*, da habe ich ihn her. Charakteren einen Namen zu geben, ist ehrlich gesagt viel schwieriger und macht viel weniger Spaß, als man denkt. Man endet mit einer Seite voller Gekrakel und wenn man denkt, man hat endlich den perfekten Namen gefunden, schreibt man seiner Freundin Kristi und sagt etwas wie *Hey, ich mag den Namen Camden wirklich sehr, den habe ich noch nirgends benutzt, oder?* und drei Stunden später merkt man dann, dass man den Namen vorher schon mal für einen bedeutenden Hauptcharakter verwendet hat. #FAIL

Wie dem auch sei, Jennings. Ich bin wählerisch, was Namen angeht. Normalerweise bin ich kein Fan von zu Außergewöhnlichem, aber ab und zu mag ich es, Nachnamen als Vornamen zu verwenden. Und Jennings passte einfach. Sobald ich ihn mir als Jennings vorgestellt habe, hätte er niemand anderes mehr sein können.

Nun zu diesem Buch. Die Idee zu diesem Buch hatte ich das erste Mal vor drei Jahren – während ich am Schreiben von *Wrong* war und im Leben nicht dachte, dass ich noch mal ein weiteres Buch schreiben würde. Ich war gerade im Urlaub – auf einer Weihnachtsmarkt-Tour in Deutschland, was ich übrigens LIEBE. Europäische Weihnachtsmärkte sind MAGISCH. Wie dem auch sei, es war eine Tour mit Reiseführerin, ähnlich der, die Violet hier im Buch geleitet hat. Die sind in Europa sehr beliebt. An jedem Zwischenhalt gab es unzählige Busse von verschiedenen Reiseunternehmen. In Amerika sind sie nicht ganz so verbreitet, aber es gibt sie auch.

In meinem Kopf machte sich sofort die Idee breit, was wäre,

wenn die Reiseleiterin ihre Position mit jemandem tauschen würde? Wie hätte einer von uns davon wissen sollen? Wie hätte das Unternehmen das erfahren sollen? Da ich ich bin, habe ich Fragen gestellt. »Hey, kennen Sie und Ihr Fahrer sich? Oder haben Sie sich gerade erst kennengelernt?« Ich, verrückte Passagierin in der dritten Sitzreihe. Daher stammt also die Idee. Ich kann mich nicht mehr daran erinnern, ob ich sofort an Zwillinge gedacht habe oder die Idee dazu später kam, aber das war auf jeden Fall der Anfang des Ganzen.

Wie immer danke an meine Lektorin RJ Locksley und meinen Formatierer Erik Gevers, dafür, dass ihr es bis zum letzten Moment mit mir ausgehalten habt. Ich schätze euch beide sehr!!! Danke an Marion Making Manuscripts und Karen Lawson, dass ihr das Manuskript gelesen habt, als es noch in den Kinderschuhen steckte, und für euer Feedback.

Kari March – ich glaube nicht, dass ein Dankeschön groß genug ist, aber dennoch danke dafür, dass du es mit mir ausgehalten und mir geholfen hast, das Cover dieses Buches perfekt zu machen. Und dass du mich nicht geblockt hast, damit ich dich nie wieder kontaktieren kann.

Jade West, du hast keine Ahnung, wie viel mir deine Unterstützung und deine Bitte um weitere Kapitel bedeutet haben. Danke, dass du mir zugehört hast, als ich mich hineingesteigert habe, wie das nächste Kapitel sein sollte. Du warst ein totaler Rockstar für mich, was dieses Buch angeht.

Franzi, Jean, Kristi, Bev, Michelle, danke, dass ihr das Buch gelesen und mich ermutigt habt.

So, jetzt wollt ihr also wissen, was als Nächstes passiert?

Nun, da wäre Daisy. Ich denke, wir verdienen es alle, zu erfahren, was genau sie getrieben hat, als sie Violet die Tour aufs Auge gedrückt hat und verschwunden ist. Sie hatte einen wirklich guten Grund, versprochen. Ich stelle mir vor, dass diese *Reihe* nur aus zwei Büchern besteht, dem von Violet und dem von Daisy.

Dann gibt es da noch Rhys und Canon. Und ein paar andere

Jungs, die ich euch bisher noch nicht vorgestellt habe. Ich male mir aus, dass die Vegas-Reihe aus minimal zwei Büchern und maximal wer weiß wie vielen besteht. Ich stelle mir eine Menge Spaß und Ausschweifungen mit ein paar Junggesellen vor, die in einem Hotel leben. Diese Bücher werden zusammenhängen, aber als eigenständige Bücher mit unterschiedlichen Paaren zu lesen sein.

Zum Abschluss, liebe Leser und Leserinnen, ein Danke an EUCH. Ich kann es ehrlich nicht glauben, dass ich Autorin bin. Ich zucke irgendwie noch immer mit den Schultern, wenn mich die Leute fragen, was ich beruflich mache, und antworte dann, als wäre ich nicht ganz sicher. »Ähh, ich bin Autorin?« Dann antworten sie mit etwas wie *Oh, das ist schön* und ich sage etwas wirklich Gesprächiges wie *Ja*. Es ist eure Unterstützung, die es mir erlaubt, Fremden gegenüber linkisch über meinen Job zu sprechen, und noch wichtiger, sie erlaubt es mir, den ganzen Tag in meinem Schlafanzug zu bleiben, wo ich hingehöre. Und an einem ständigen Nachschub an Eiskaffee, den ich bei einem Drive-in von *Starbucks* besorgt habe, zu nippen, während ich noch immer meinen Schlafanzug anhabe.

XO, Jana

PS: Ich habe eine Lesegruppe auf Facebook, wenn du also auf so was stehst, dann schließe dich uns doch im *Grind Me Café* an.

Folge mir auf Social Media:

Facebook: Jana Aston
Twitter: @janaaston
Website: Janaaston.com
Instagram: janaaston

ABOVE PINK CLOUDS
von Caroline St. Charles

ISBN-Paperback: 978-3-903130-92-0
ISBN-EPUB: 978-3-903130-93-7

Dubai. Weltmetropole. Stadt der Superlative. Märchenhafter Luxus aus 1001 Nacht.

Als Sherry in die schillernde Wüstenstadt zieht, hat sie so viele Pläne wie Träume. Sie will einen Neustart wagen und alles hinter sich lassen, ein für alle Mal.

Doch als sie auf den Rockstar Johnny trifft, gerät ihre Welt schneller aus den Fugen, als ihr lieb ist. Johnny Taylor ist nicht nur Leadsänger der gerade angesagtesten Rockband, er ist auch ihre alte Jugendliebe. Eine Liebe aus längst vergangenen Zeiten. Aus einem Leben, das sie hinter sich lassen wollte. Die alten Gefühle flammen wieder auf und für Sherry beginnt ein Spiel mit dem Feuer, denn Skydiver Raphael übt eine besondere Anziehung auf sie aus. Ehe sie realisiert, wie ihr geschieht, befindet sie sich mitten in einem Gefühlschaos und ihr vermeintlicher Mörder ist ihr bereits auf der Spur ...